CONSTANTIN MELNIK
PRÉSENTE

LE COMMANDO

DU MÊME AUTEUR

BÉRETS-VERTS EN ALGÉRIE (Éd. Rossel).
LES HARKIS (Éd. B. M.).
LE BAROUDEUR (Éd. Grasset).
FUSILIERS MARINS ET COMMANDOS (Éd. Copernic).
LES FUSILIERS MARINS DE LA FRANCE LIBRE (Éd. Grasset).
LA PÊCHE À PIED (Éd. Pen-Duick).
LE GUERRIER (Éd. Grasset).
LE PARA (Éd. Grasset).
LE 1er RÉGIMENT DE CHASSEURS PARACHUTISTES (Éd. Lavauzelle).

GEORGES FLEURY

LE COMMANDO

BERNARD GRASSET
PARIS

Les documents 6 - 7 - 8 - 11 - 12 - 13 - 14 - 25 bis - 27 - 28 - 31 - 32 ont été réalisés par Robert Koehler alors quartier-maître au commando « De Montfort ».

Georges Fleury m'a choisi pour illustrer la vie d'un commando en Indochine mais mon histoire pourrait tout aussi bien être celle de n'importe lequel de mes compagnons de combat à qui je dédie cet ouvrage.

« Sol y Sombra », le 15 avril 1983.
Pierre Pihan.

PREMIÈRE PARTIE

LE BÉRET-VERT

1

L'ÉGLISE

Des amas de nuages bas, promettant de la pluie pour les jours à venir, ombrent le village tonkinois de Ninh-Binh. De hauts rochers escarpés dominent la bourgade. Au loin, des falaises calcaires couronnées de brume l'enserrent comme dans une gangue.

Jusqu'en 1945, Ninh-Binh était resté un endroit privilégié qui attirait les riches touristes du Tonkin et de l'Annam. Des centaines de pèlerins venaient chaque année honorer les déesses qui hantaient, d'après les plus vieilles légendes, les murailles rocheuses entre lesquelles serpentait, rives grasses, eaux rousses, la rivière du Day.

La guerre fait rage depuis maintenant six ans et la clé orgueilleuse des dernières rizières du nord n'est plus qu'un entassement confus de ruines et de pierrailles. La végétation luxuriante a repris ses droits sur les somptueux jardins d'agrément bordés de flamboyants. Le pont métallique qui enjambait le Day, supportant la route de Nam Dinh et l'unique voie de chemin de fer montant des pays du sud, ne représente plus, brisé, qu'un amas de poutrelles mangé par la rouille.

Le 27 mai 1951, alors que la mousson du sud-est commence à changer les couleurs du temps, une barge à fond plat, armée de deux canons de 20 mm et de mitrailleuses, glisse sur les eaux calmes de la rivière du Day. A son bord, les bérets-verts du commando de fusiliers marins « François », accoutumés depuis longtemps à ce genre de course, suivent d'un regard professionnel le défilé des rives de la rivière.

Le large bateau gris, le L.C.T. 1157 a quitté depuis plusieurs heures la ville de Nam Dinh, à quarante kilomètres au nord, où vivent encore, dans des habitations bondées, près de quarante mille habitants insensibles, du moins en apparence, aux horreurs quotidiennes de la guerre.

Arrivé à la hauteur de Ninh-Binh, à quelques mètres de l'endroit où un rach limoneux, le Song Van, se jette dans la rivière, le L.C.T. ouvre ses portes mobiles en dessous d'un énorme promontoire rocheux d'où pendent des entrelacs de lianes qui s'effrangent et se noient dans les tourbillons du fleuve.

Le « pacha » du commando, le lieutenant de vaisseau Labbens, un homme roux et barbu, fait débarquer ses hommes, soixante-treize commandos européens et deux volontaires indochinois sans arme, qui déposent leurs sacs tyroliens et leurs havresacs de combat dans la boue grasse.

Les ordres des chefs de groupe claquent sec dans le brouhaha des manœuvres d'accostage du L.C.T. pour ordonner au mieux la mise à terre du matériel lourd amené d'Haiphong.

Des hommes poussent la jeep du commandant à terre, d'autres s'activent à la mise à l'eau des trois doris à moteur du commando. Parmi eux, Pierre Pihan, un jeune colosse de près de cent kilos de muscles, à la tête ronde, au ventre plat et aux yeux marron, observe les alentours d'un œil aguerri.

Sur le rocher qui surplombe le bateau se trouve un poste tenu par des miliciens catholiques. En face, de l'autre côté de la rivière brassée par les hélices du L.C.T., un second poste, plus important, coiffe un autre roc. Cette pièce maîtresse des défenses de Ninh-Binh est occupée par une unité régulière du 6e régiment d'infanterie coloniale.

Les doris pénètrent dans l'affluent de la rivière et vont accoster à trois cents mètres du rocher des partisans, sur la rive sud du Song Van. Pihan voit la jeep du commandant se diriger vers une église à haut clocher en forme de demi-

Morte, isolée, seulement veillée par un Christ hiératique, l'église de Ninh-Binh semble naviguer sur les dernières rizières du delta.

citron qui, miraculeusement intacte, trône au milieu de la plaine humide. Les missionnaires qu'elle abritait sont loin depuis longtemps déjà. Écartant ses bras drapés de pierre devant le parvis aux marches recouvertes de mousses brunes, un Christ géant semble veiller sur les rizières qui s'étalent, gorgées d'eau, entre le village en ruine et la voie ferrée inutilisable. Les larges parcelles luisantes ne sont plus qu'épisodiquement cultivées par une poignée de nha-qués fidèles qui, sous la protection des partisans catholiques mal armés, vivent dans les masures installées en contrebas du poste.

Le lieutenant de vaisseau Labbens est descendu la veille en reconnaissance de Ninh-Binh avec le commandant de la Marine à Nam Dinh et, après avoir fait le tour des possibilités d'hébergement offertes par le site, a choisi d'installer son commando dans l'église abandonnée qui a souvent servi de cantonnement provisoire aux troupes françaises. Parachutistes, légionnaires, tirailleurs et « marsouins » de la Coloniale ont laissé des traces dégradantes de leur passage. Tout n'est plus, dans le saint lieu, que fouillis et saleté. L'officier de Marine, ancien des Forces navales françaises libres, fait rapidement nettoyer ce qui peut l'être. Rompu à toutes les techniques du combat à terre, il ordonne tout de suite de briser les écrans de ciment qui aveuglent les principales ouvertures de l'édifice. En cas d'attaque du Viêt-minh, les servants de ses fusils-mitrailleurs 24/29 peuvent désormais transformer l'endroit en une forteresse inexpugnable.

La nuit tombe brutalement sur le site humide, l'obscurité soudaine gomme sans transition les rochers et les falaises de calcaire. Les hommes de la section de veille se répartissent tout autour de l'église et des bâtiments de la mission qui pourrissent sur son arrière tandis que leurs compagnons se préparent au repos, s'éclairant à la bougie.

Pihan se défait de sa veste camouflée, de son pantalon de treillis, et s'allonge, en flottant bleu de sport, sur un des lits « Picot » débarqués du L.C.T. Des ombres fantasmagoriques dansent sur les hauts murs de l'édifice et les voix mâles des commandos ricochent en échos sourds dans sa nef.

Au petit jour humide, les fusiliers marins découvrent un

peu mieux que la veille l'environnement de leur base de départ pour les raids sur les lignes ennemies prévus par le haut commandement.

Noyées dans la brume, les falaises semblent abriter toutes les menaces du monde, tout est uniformément gris, terne, détrempé et suinte l'ennui.

— C'est pas joyeux, constate Pierre Pihan en achevant de boire un quart de café fort. Je crois bien qu'on doit rester un bout de temps dans le coin, ajoute-t-il à l'attention d'un de ses compagnons de voltige du groupe « B » de la troisième section du commando. Regarde un peu tout ce bazar...

Suivant l'invite de son grand camarade, le matelot fusilier pose les yeux sur le matériel débarqué du L.C.T. et qui, amené au fil des corvées de la fin de journée passée, encombre l'église et la mission.

— Et crois-moi, poursuit Pihan, ça risque d'être dur !

Le lieutenant de vaisseau Labbens lance des patrouilles pour reconnaître les environs. Pihan, tout heureux de se dégourdir les jambes, fait partie de celle du second-maître Marceau Simon qui reçoit l'ordre de reconnaître le village de Phuc-Am, à l'ouest de l'église, de l'autre côté du rach Song Van.

Après quelques centaines de mètres parcourus sur la rive opposée du rach, le chef de patrouille divise ses éléments en deux fractions. Pihan, l'un des deux chefs de voltige, part avec les cinq hommes de son équipe en direction d'un groupe de maisons indigènes.

Prudemment espacés, les commandos marchent derrière le grand quartier-maître armé d'une mitraillette allemande P. 40 de 9 mm. Il fait tiède, leur tenue est légère. Ils portent un pantalon de combat et une simple chemise de coton largement ouverte sur leurs torses musclés et ruisselants de sueur. Leurs ceinturons de grosse toile sont alourdis de grenades accrochées par leurs cuillers. Dans leurs étuis de bakélite gris, des poignards U.S. à lame large pendent à leur côté. Chaussés de souliers de brousse de type « pataugas », ils marchent à pas sûrs, silencieux. Tous n'ont pas encore vingt ans, mais ils sont déjà des soldats aguerris. Du regard, ils fouillent chaque repli de terrain pour deviner les pièges éventuels qu'aurait pu tendre l'ennemi.

Après quelques minutes de marche, Pihan pénètre dans le petit village abandonné, au pied d'une falaise grise. Les habitations désertées sont rapidement inspectées. Les regards avertis des commandos découvrent vite quelques traces du passage récent d'un groupe d'hommes. Dans un second groupe d'habitations, quelques femmes effarouchées et des vieillards crasseux aux yeux perdus au fond d'un étonnant réseau de rides répondent par mimiques évasives aux questions des marins.

— Y a rien à en tirer, décide le chef de patrouille. Allez, on rentre !

La petite colonne des hommes de Pihan reprend la sente pénétrée d'humidité qui mène au parvis de l'église après avoir refranchi le rach à gué. Dans la brume de plus en plus épaisse, le grand quartier-maître rejoint rapidement son unité.

Les abords de l'église ont maintenant pris l'allure d'un campement bien organisé. Dès son retour, Pierre Pihan se dirige vers le commandant Labbens qui, entouré de ses chefs de sections, est en train de faire le point.

La journée a été rude pour le commandant. L'ordre écrit, qu'il a reçu le matin même, signé par le colonel Gambiez, commandant la zone opérationnelle sud du Tonkin, est très clair :

« Contrôler les passages du Day de jour et de nuit entre Vinh Chi et Giap Gia et effectuer des reconnaissances d'amplitude progressive sur le Day, jusqu'à Doan Vi, sur la rivière de Phu Nho Quan et sur celle de Ninh-Binh »...

Le commando doit entrer en liaison avec le commandant du groupement de « crabes » — engins blindés amphibies armés par des légionnaires ou des cavaliers —, basé à Gian Kau et avec les chefs de poste de Ninh-Binh.

Le colonel Gambiez, passionné par l'emploi intensif des commandos, a encore calligraphié une dernière précision de mission :

« Effectuer des raids avec la Dinassaut III. »

En définitive, une mission de surveillance tout à fait banale. Mais Labbens n'arrive pas à se défaire d'une sourde inquiétude. L'arrivée du quartier-maître fait changer le cours de ses pensées.

— Alors, Pihan ? interroge-t-il. Quoi de neuf pour vous ?

Le colosse se fige dans un garde-à-vous impeccable malgré son armement et sa tenue débraillée. Ses yeux marron, tout ronds, plantés profond au-dessus de solides pommettes, brillent le temps d'une seconde, juste ce qu'il lui faut pour répondre de sa grosse voix :

— Rien, commandant ! Quelques traces et c'est tout...

Le chef du commando se retourne vers ses officiers, l'enseigne de vaisseau Le Gouvello de La Porte dont la barbe, d'un noir de jais, est plus courte et moins ébouriffée que celle de son supérieur et Capdeville, un autre enseigne, maigre comme un lévrier. Il lâche :

— Comme les autres ! Tout ce vide ne me dit rien qui vaille...

Et, s'en retournant vers l'intérieur de l'église, le commandant ajoute, comme pour lui-même :

— Je me demande bien pourquoi je me sens si inquiet, ce n'est pourtant pas mon habitude...

Pihan, lui, est déjà dans le sanctuaire encombré. Avec ses voltigeurs qui se déharnachent en marchant, il gagne l'emplacement de repos assigné à son groupe au milieu d'un invraisemblable fouillis dans lequel se mêlent des restes de sièges, des bancs rescapés du temps où on célébrait la messe, des caisses de munitions vides et des tas de boîtes de conserves rouillées abandonnées là par les soldats qui ont précédé les commandos à Ninh-Binh.

Pihan s'assoit précautionneusement sur son lit Picot, qui ploie sous la pression de ses quatre-vingt-douze kilos de muscles. La toile rêche de la couchette touche presque le sol sale du transept. Le quartier-maître, silencieux, observe distraitement le pacha qui marche dans l'église mal éclairée. Labbens remonte la nef vers le quartier des officiers et officiers mariniers, de l'autre côté de l'édifice, à hauteur d'une porte donnant vers la foie ferrée.

Maintenant, l'immense bâtisse grouille de vie. Les commandos, délestés de leur armement de patrouille, attendent l'heure de la soupe qui va être servie derrière l'église, dans les bâtiments de la mission, nettoyés d'importance.

Pihan, plus tôt dans la journée, avait vu débarquer du L.C.T. 1157 une cuisine roulante. Le quartier-maître sait ce que signifie ce détail : le commando doit vraiment demeurer longtemps au bivouac de Ninh-Binh. L'éventualité de séjourner dans ce site sans joie, si elle n'enchante pas Pihan outre mesure, ne lui pose aucun problème. Le colosse de vingt ans est de ces hommes qui obéissent sans poser de questions. Ses compagnons, sont comme lui, des soldats sans états d'âme, habitués à ne pas exprimer leurs sentiments.

Après la soupe, frugale, les hommes de quart se glissent tout autour de l'église. A l'intérieur, les commandos se déshabillent à la lueur des chandelles entamées la veille.

Pihan, étendu sur le flanc, aperçoit, à quelques mètres de l'autel sans âme, le buste incliné de son chef. L'officier, assis sur son lit de toile beige, paraît encore plus soucieux que le premier soir. Pihan se laisse couler sur le dos, mains étalées sous sa nuque large et le pacha disparaît de sa vue.

Une à une, les bougies des commandos s'éteignent. Les hommes s'endorment dans la tiédeur moite. Le concert des crapauds et des grenouilles de la rizière la plus proche rythme leur sommeil. La nuit noire, épaisse, humide de nappes de brume, empêche les hommes de veille de distinguer quoi que ce soit, même en ombre, à plus de quinze mètres. Le Day ronfle au nord de l'église, monotone, et le Song Van, qui court à l'ouest du bivouac, cascade plus fraîchement. Pihan, lourd des fatigues de la journée, repose, sans rêver.

Vers deux heures du matin, des tirs très lointains mettent les hommes de quart en léger émoi. Pihan se réveille en sursaut. Le calme revient vite, mais le colosse cherche vainement à retrouver le sommeil.

— Bon Dieu ! se dit-il, qu'est-ce qui m'arrive... C'est pas normal... Je ne peux pas roupiller !

Le chef de voltige, les yeux ouverts, se résigne à l'insomnie et fixe la voûte de l'église qui semble un ciel vide d'étoiles.

— Ça fait tout de même quelque chose de dormir dans un lieu saint, songe-t-il.

Élevé à la dure, malgré un passage en école religieuse, le grand commando marine n'est pas ce qu'on peut appeler un « cul-béni ». Comme presque toutes les choses de la vie, celles de Dieu n'infléchissent pas son comportement d'homme tranquille.

Maintenant complètement éveillé, le marin, les yeux toujours fixes, se retrouve, en pensée, quelques années auparavant. Rien ne laissait présager alors qu'il se retrouverait un jour à des milliers de kilomètres de sa Normandie natale, dans un commando placé en sonnette isolée en plein milieu d'une zone rebelle, menacé à chaque instant d'être submergé par la vague déferlante d'un régiment viêt-minh.

Amusé, le Normand ne cherche pas à lutter contre les images de sa jeunesse qui l'assaillent, nettes et précises. Il se revoit, jeune garçon à la tête ronde, loin de l'église profanée par la guerre, loin de ses compagnons qui scrutent la nuit au-dehors, loin des Viêts-minhs menaçants qui ne doivent pas se trouver bien loin, loin de Ninh-Binh, de ses rochers hantés par les déesses maléfiques nées dans des contes animistes, très loin du Tonkin, de l'Indochine tout entière. Il est revenu chez lui, en France, en Normandie, à Étrépagny.

On rêve beaucoup à vingt ans.

2

SOLDAT EN HERBE

« Fléau de la balance familiale », comme il l'annonce avec fierté, Pierre Pihan est venu au monde le 5 novembre 1931, au Thil-en-Vexin, au milieu des grasses terres à betteraves qui enrichissent quelques gros exploitants et permettent à deux ou trois usines de raffinage de régenter la vie de toute une région. Les autres « bras de la balance » sont formés par son frère aîné, Jean, et Yves son cadet de deux ans.

Élevé dans la bonne odeur des copeaux arrachés au bois dur par son père, ébéniste, le futur commando marine est un gaillard solide qui dépasse de quelques bons centimètres les têtes de ses compagnons de jeu et d'école.

Toute son enfance sera marquée par la guerre. A dix ans, l'exode, l'occupation, puis l'attente fiévreuse de la Libération.

Allongé sur son lit rêche, dans l'église de Ninh-Binh, Pierre Pihan goûte à loisir les images de son enfance, qu'il avait crues oubliées depuis longtemps.

La stature imposante de sa mère, mesurant près d'un mètre soixante-quinze, danse longtemps devant ses yeux. Lorsque l'image familière s'est estompée, il se sent inquiet, taraudé par une impression de gêne. Pour délasser ses bras engourdis par l'immobilité, il desserre ses mains de sous sa nuque et caresse du bout des doigts de sa main droite l'acier froid de sa mitraillette. L'arme est identique à celles que portaient les soldats allemands au cours de leurs patrouilles normandes.

Renouant ses mains derrière sa nuque, Pihan replonge dans le passé.

Il joue maintenant dans la cour de l'école du village d'Étrépagny, au milieu d'une bande de compagnons dont il est le chef incontesté. Les cris aigres des filles qui jouent dans la cour voisine montent clair dans le brouhaha des jeux de garçons.

Une sirène vrille soudain l'air de ses ululements déchirants, couvrant, puis faisant taire les manifestations joyeuses des enfants.

— Les avions ! hurle un instituteur en bondissant dans la cour pour rameuter tout son monde. Les avions ! Vite, à l'abri...

Le directeur de l'établissement scolaire qui, comme la plupart des hommes de son âge, fait partie de la défense passive d'Étrépagny, sort à son tour au milieu de ses élèves et organise la veille, dans l'attente de l'attaque annoncée par les sirènes. Les avions plongent bientôt à l'orée de la ville, bombardant d'importance les défenses allemandes. Le vacarme est infernal au deuxième passage des appareils anglais. La cour de l'école est pleine de fumée.

— C'est la ferme à Toutain qui brûle ! crie Pierre Pihan.

Une trentaine de mètres séparent seulement l'école du bâtiment en flammes.

Quelques minutes après, de nouveaux hurlements de sirènes annoncent la fin de l'alerte. Le directeur de l'école, prudent, décide que les enfants doivent creuser des tranchées entre les arbres qui bordent leur cour de récréation, estimant, à juste titre, qu'ils seront bien plus à l'abri dans des trous éloignés des murs du bâtiment qui risqueraient de les écraser en s'effondrant.

Les enfants, qui avaient déjà creusé quelques petites tranchées les semaines précédentes, se mettent à la tâche avec entrain et fouissent en zigzag leur aire de jeux avec des outils bien trop lourds et bien trop grands pour eux.

Les alertes se succèdent à un rythme croissant qui n'apeure pas pour autant Pierre Pihan et ses meilleurs compagnons de jeux. Après chaque apparition des appareils anglais, les gosses poursuivent longtemps encore, dans leurs tranchées, les gestes imaginaires d'une guerre de position, retrouvant instinctivement le rite des poilus de la Grande Guerre.

Le futur commando joue, acharné, jusqu'à la limite de ses forces, jusqu'à ce que ses joues rondes s'empourprent et brûlent, que son souffle devienne trop court et que ses membres mordus de crampes n'obéissent plus. Alors, la paix revient dans les tranchées de l'école, terminées par des employés de la municipalité.

Le souvenir des anciens jeux de son enfance relie le commando à la réalité menaçante de la nuit tonkinoise qui se meurt.

— Je n'aurais jamais pensé, se dit-il en se retournant une nouvelle fois, faisant grincer sa couche martyrisée, que je ferais un jour la guerre pour de vrai...

A la maison d'Étrépagny, surtout avant le retour du père, personne ne parlait jamais de la guerre, ni même des anciens de la famille qui avaient fait carrière dans l'armée. C'est à peine si le jeune écolier avait appris par sa grand-mère, vivant toujours au Thil-en-Vexin, que son grand-père avait été maître mécanicien dans la Marine nationale.

Dans le chœur de l'église, tout le monde dort autour de Pierre Pihan, ou presque. Les factionnaires judicieusement placés veillent, crispés sur leurs armes. Les crapauds, inlassables, poursuivent la monotone litanie de leurs chants à l'unisson. Le ciel bas se confond avec la cime des rochers. Le rêve reprend ses droits, Pihan plisse les yeux et se laisse, pour la seconde fois, saisir par la nostalgie.

Il y a maintenant quelques mois que le futur fusilier marin ne fréquente plus l'école de son village. Malgré l'obtention aisée de son certificat d'études primaires à moins de douze ans et au grand regret de son directeur d'école, il travaille dans une laiterie où il passe ses journées à laver de lourds bidons de lait et à rendre de menus services aux ouvriers dans une odeur sure de lait écrémé.

Les ouvriers de la laiterie parlent de plus en plus, lorsqu'ils sont sûrs de ne pas être entendus par des oreilles indiscrètes, de l'avenir proche qui menace d'être néfaste pour les Allemands.

— Ils vont sûrement débarquer bientôt ! entend un matin le jeune ouvrier, je le sais de quelqu'un de bien informé...

L'homme se tait lorsque l'enfant s'approche du petit groupe qui se dirige vers la sortie de la laiterie, ruisselante de l'eau de rinçage des centaines de bidons de ramassage.

Ce que le laitier prévoyait arrive enfin. Les Alliés débarquent en Normandie, de l'autre côté de la Seine, à Ouistreham. Pierre Pihan, à l'affût de la moindre nouvelle, se promet de ne pas manquer la fête de l'arrivée imminente des soldats de la revanche. Mais, malgré les efforts alliés, le temps passe. Les forces débarquées piétinent en Basse-Normandie. Des avions amis, en vagues de plus en plus fréquentes, viennent pilonner les défenses encore intactes d'Étrépagny, surtout la voie ferrée.

Un vacarme épouvantable s'abat sur la ville. La longue cour menant aux logements des familles ouvrières de la sucrerie se vide en un clin d'œil. Des éclats de fer brûlant criblent les murs de brique rouge-brun, une vitre de la cuisine dans laquelle se trouve Pierre Pihan et sa mère vole en éclats.

— Le petit est resté dehors, hurle la femme en bondissant vers la porte.

Repoussant sa mère à l'intérieur, le futur béret-vert jaillit dans la grande cour déserte.

— Yves ! Yves ! crie-t-il.

Le petit frère est là, insouciant. Il ne semble même pas se rendre compte du danger qui le menace. De nouveaux éclats hurlants passent au-dessus des maisons basses. Pierre Pihan est maintenant tout près de l'enfant. Il l'empoigne et, le tirant presque, le ramène dans la cuisine.

Les hommes, qui se trouvaient déjà bien à l'abri dans leurs maisons n'ont pas fait un geste pour secourir le petit qui pleurniche, serré tout contre la blouse bleue de sa mère tandis que son grand frère reprend son souffle.

Les avions s'éloignent, le silence retombe sur la ville occupée et la campagne proche. Le gosse courageux profite de l'accalmie pour filer évaluer les dégâts du raid allié, poursuivi en vain par les cris de sa mère.

Au bruit des combats qui se rapprochent, Pierre Pihan jubile. Les Alliés sont enfin là, les Allemands les fuient, abandonnant tout ce qui n'est pas nécessaire à leur repli. Pierre et quelques-uns de ses anciens compagnons d'école profitent de l'aubaine pour ramasser des armes et leurs munitions.

— Tiens, regarde l'usine là-bas, souffle-t-il à son frère Jean, allongé près de lui dans un champ situé au-dessus d'une briqueterie, au lieu-dit « les Trois Maisons ». Il y a sûrement des trucs intéressants à prendre...

Il se lève et court vers l'endroit où il devine qu'il va trouver de quoi grossir encore son trésor de guerre riche déjà de treize fusils et d'une masse de grenades, entassés en vrac dans la cave de sa maison.

Une longue rafale de mitrailleuse jaillit de derrière un muret de la fabrique. Les balles miaulent en ricochant à deux mètres de Pierre. Inconscient, il poursuit sa course endiablée. Devant lui, des chevaux de bât allemands, morts, gisent les pattes raides, tout près de charrettes renversées. Un soldat anglais, bondissant en tête d'un groupe d'assaillants pris à partie par le tir allemand, se jette sur l'adolescent et le plaque au sol, lui faisant un rempart de son corps. Les rafales alliées croisent celles des Allemands au-dessus d'eux. Lorsque l'arme ennemie se tait, le grand soldat anglais entraîne son protégé vers un bosquet en évitant de passer devant la ligne de tir de ses amis.

A bout de souffle, Pierre s'écroule aux pieds de son sauveur qui lui sourit, sans parler. L'homme disparaît en direction du feu qui s'éloigne vers l'est. D'autres fantassins au casque plat passent en courant, dans des nuages de fumée.

Un peu en retrait de la briqueterie, un char allié reste immobile, apparemment intact. Pihan, ayant retrouvé ses esprits, s'en approche. Il se souvient en un éclair d'avoir vu un soldat allemand se lever brusquement de derrière un mur de l'usine et mettre le blindé en joue avec son fusil porteur d'une fusée antichar. Les yeux du gosse s'agrandissent de stupeur en découvrant les ravages du Panzerfaust qui n'a pas manqué son but.

La fusée n'a percé qu'un tout petit trou, juste en dessous de la tourelle mais, à l'intérieur de l'engin, tout est brûlé, laminé, fondu. Une odeur épouvantable s'échappe de l'ensemble. Un haut-le-cœur tord brutalement les entrailles du jeune Normand qui se retire, écœuré, vers ses compagnons, marqué à tout jamais par l'horreur de la mort qu'il vient de découvrir.

Les Anglais victorieux sont de plus en plus nombreux sur le site ravagé et ne semblent pas se soucier de la présence incongrue de l'enfant sur le champ de bataille. Ce dernier reconnaît la silhouette de l'homme au Panzerfaust en voyant passer près de lui un Allemand prisonnier hurlant de peur et qui lance ses bras au ciel.

— Je m'appelle Hans ! crie l'homme. Ne me...

Mais il ne peut en dire plus, un « tommie » lui laboure le bas des reins de solides coups de pied pour le faire avancer.

Les compagnons du destructeur de char sont en fuite, ou morts.

Le jeune Pihan, égaré dans la tourmente qui se meurt, cherche des yeux des soldats français, en vain, et ne découvre que quelques civils embrassardés de bleu-blanc-rouge qui guident les vainqueurs.

Dès le lendemain de la bataille, Pierre a déjà oublié l'intermède tragique qui aurait pu lui coûter la vie. Rameutant ses compagnons les moins timorés, le futur commando fouille les décombres de la briqueterie, ramassant des armes et des munitions qui rejoignent vite le magot de sa cave. Son père porte le brassard des F.F.I., qu'il avait précieusement caché aux siens pendant des mois dans l'attente fébrile de la Libération. Les troupes alliées, un peu plus nombreuses chaque jour, se massent tout autour d'Étrépagny. Pierre Pihan, profitant de ses moindres moments de liberté, joue encore et encore à la guerre, aux endroits mêmes où des hommes sont tombés et où traînent les débris des combats des jours passés.

— Je voudrais partir avec vous, demande-t-il un matin à un officier anglais qui s'est installé avec ses hommes dans l'ancien hôtel Sorel, non loin de sa maison.

L'Anglais éclate de rire, devinant le jeune âge de son interlocuteur. Malgré les efforts de Pierre pour se donner une mise en rapport avec sa taille imposante, il ne trompe personne avec sa bonne bouille ronde.

— On ne prend pas les nourrissons pour faire la guerre, répond l'Anglais, il faut encore que tu vieillisses, petit bonhomme !

Décidant tout de même de « servir », à sa façon, le jeune éconduit ramasse le linge sale d'une dizaine de soldats fourbus et court le porter à sa mère pour qu'elle le lave. Ce qu'elle accepte volontiers, en souriant, malgré le travail de la maisonnée.

Le lendemain, une fois le linge séché et repassé, le jeune volontaire insiste encore pour suivre les troupes qui avancent.

— Peter, demande-t-il, ayant appris le prénom du maigre officier qui porte un stick de roseau, laissez-moi venir avec vous... Je serai utile, vous avez vu, pour le linge...

Après un nouveau refus de l'officier amusé, Pierre Pihan rengaine sa déconvenue dès que les libérateurs se sont éloignés.

— On va faire un canon ! ordonne-t-il à ses compagnons de désœuvrement.

Il explique rapidement l'idée qui lui est venue la nuit passée en repensant au Panzerfaust de la briqueterie. Sitôt dit, sitôt fait. Le canon de l'arme de fortune, installé sur un trépied confectionné à l'aide de trois branches d'arbres en faisceau, est un simple tuyau de poêle trouvé dans une cave. La charge qui propulsera l'obus — une grosse boule de terre glaise cuite dans le four de sa mère — est faite d'une grande quantité de poudre noire récupérée dans les munitions allemandes et tassée dans des sacs de toile fine.

Le jour de l'expérimentation de l'arme, les garçons de la bande, Chéron, l'aîné des Pihan et Robert Dedessuslamare, toujours prêts à emboiter le pas du jeune colosse, sont allongés derrière un talus. L'artilleur d'occasion met la dernière main à ses préparatifs de tir, entassant les paquets de poudre dans le tuyau de poêle qui est bientôt gorgé d'une soixantaine de centimètres de charge compacte.

Pihan éventre le dernier sac de poudre et confectionne adroitement une sorte de mèche lente. Après avoir une dernière fois vérifié l'inclinaison de son arme, il allume le cordeau qui commence à brûler en chuintant. Le chef de bande a tout juste le temps de se jeter à l'abri. Ses compagnons retiennent leur souffle, fascinés par la flamme qui court vers la charge. Une boule de feu entoure le chevalet, le tuyau de poêle se désintègre littéralement et le boulet de terre cuite roule lamentablement sur quelques mètres.

Pihan se relève, furieux et dépité.

— J'ai mis trop de poudre, rage-t-il en piétinant ce qui reste de son installation. Le tuyau est complètement fondu...

Ses compagnons, moqueurs, l'entourent en hochant la tête d'un air entendu.

— Ça ne fait rien, lance Pierre soucieux de sauver la face. Rendez-vous demain matin et cette fois, annonce-t-il, on va faire péter des grenades !

Au-dehors de l'église de Ninh-Binh isolée comme un navire échoué dans la boue, un vent léger se lève qui siffle dans les hauteurs du clocher, ajoutant encore à la tristesse du lieu. Pihan s'étire, en souriant, cette fois franchement amusé, aux détails de son passé d'apprenti soldat.

L'aube pointe. Le réveil ne va pas tarder.

3

OÙ SONT LES VIÊTS ?

Dans l'église de Ninh-Binh, les commandos assoupis s'ébrouent. Les sentinelles de la dernière relève ne cherchent même pas à prendre du repos. Bientôt, tout le monde ouvre les yeux. Les premières paroles échangées, anodines, plates ou faussement enjouées, prouvent que la plupart des bérets-verts sont inquiets. Pihan se lève en pensant une dernière fois à ses premières expériences du lancer de grenades.

— On a eu de la chance de ne pas y rester, se dit-il en enfilant machinalement sa chemise de toile froissée déjà portée les deux journées précédentes et revoyant, comme si c'était hier, son compagnon Chéron se refuser à lancer la grenade allemande à manche alors qu'elle était déjà dégoupillée. Il revit l'explosion, toute proche du groupe aplati sur la terre humide, la peur qu'il avait ressentie lorsque Chéron, l'oreille en sang, s'était mis à hurler et la fuite éperdue vers les « Trois Maisons » lorsque des villageois furieux les avaient poursuivis armés de gourdins.

— Oui, se dit encore le solide quartier-maître, on avait tout de même un sacré culot...

Le lieutenant de vaisseau Labbens, avec tous ses hommes, sort de l'église embrumée. Ses yeux bleu acier inspectent les arêtes rocheuses qui tranchent dans la grisaille. Chacun sent bien que, si l'ennemi tout proche doit se manifester, c'est de là que jailliront les premiers tirs.

Le Christ aux bras ouverts en geste de paix, couvert de

perles de rosée, fixe inlassablement le village mort. Le rach Song Van, grossi par les pluies qui s'abattent depuis quelques jours un peu plus à l'ouest, charrie des larges feuilles de loch-binh[1] qui s'entassent contre les diguettes. Les commandos boivent, sans parler, un café chaud dont l'odeur lourde traîne dans l'humidité ambiante. Le ciel, comme la veille, est terne et la journée qui naît s'annonce morne. Pierre Pihan se sent une nouvelle fois saisi par l'étrange sensation de malaise éprouvée la veille et dans la nuit.

L'enseigne de vaisseau Le Gouvello de La Porte, avec un groupe de commandos, peu avant le combat de Ninh-Binh.

Le pacha pointe déjà du doigt, sur sa carte d'état-major, les buts des patrouilles qu'il se propose de lancer vers les villages blottis aux pieds des hauteurs calcaires. Le radio s'affaire sur les boutons de son S.C.R. 694 pour entrer en vacation avec les troupes françaises du secteur.

— Commandant, annonce-t-il au bout de quelques minutes de vaines manipulations, ça ne porte pas loin...

Le pacha se rapproche de l'homme concentré sur l'écoute

1. Sorte de nénuphar.

de son poste crachotant, hoche la tête, caresse sa barbe rousse et lâche :

— C'est bon, ne t'énerve pas, je vais demander un manipulateur de graphie aux biffins, on fera plus facilement la liaison, en attendant va installer ton fourbi dans le clocher...

Têtu, le radio poursuit encore un moment la recherche du contact radio et se décide enfin à monter dans le clocher sombre de l'église, tandis que l'officier s'éloigne pour donner ses ordres aux chefs de sections venus au rapport.

De lourds nuages venant du sud-est, poussés par la mousson, viennent embrumer un peu plus encore l'horizon des calcaires.

Pihan, très loin maintenant de ses rêveries nocturnes, écoute les ordres de son chef de section, l'enseigne de vaisseau Capdeville qui répercute à ses chefs de groupe les consignes du commandant. Le grand officier de Marine envoie le groupe « B » de sa section patrouiller à nouveau, scindé comme la veille en deux équipes.

Pihan marche en tête du maigre détachement, l'œil fureteur et la main crispée sur son arme allemande, prêt à faire feu. Les commandos, essaimés dans les villages, ne découvrent aucun indice certain de passage de troupes ennemies. Ils fouillent les habitations désertes, prudents et, parfois, effarouchent les mêmes femmes et les mêmes vieillards rencontrés la veille. Des chiens efflanqués leur passent entre les jambes, poursuivant quelques cochons gris et rose qui couinent en se pressant au ras des murs humides des cagnas. Le ciel se fait de plus en plus gris. Les hauteurs calcaires dominant les villages disparaissent par instants aux regards des hommes qui fouillent.

— Regarde ça ! souffle, au bout d'une heure de quête, Pierre Pihan, en s'arrêtant devant l'entrée sombre d'une paillote. Attention !

Des cendres chaudes, mal éparpillées, jonchent le sol autour d'un foyer rond. Une lourde marmite noircie par des années d'usage est encore à demi remplie d'eau tiède.

— Cette fois, gronde le quartier-maître voltigeur, c'est certain. Il doit y avoir du Viêt pas loin...

Quelques femmes, sur la gauche, serrent leurs gosses contre elles en suivant le manège silencieux des commandos. Les hommes ne se soucient pas d'elles, sachant très bien qu'ils ne pourraient, en cas d'interrogatoire, n'en obtenir que l'éternel : *« Kong-biet! »* (je ne sais rien !) répété en litanies geignardes.

La fouille dure encore presque une heure, apportant au chef de la demi-patrouille de nouvelles raisons de croire à la présence toute proche des bo-doîs de Giap.

— Il est temps de rentrer, décide Pihan, après avoir jeté un œil distrait sur le cadran rond de sa montre-bracelet achetée en Cochinchine, au bazar de Dim-Son, au Cap-Saint-Jacques.

Les femmes, aux visages sans expression, suivent de leur regard éteint les commandos en chapeau de brousse qui reprennent le chemin de l'église. Le petit commando rejoint sans encombre les cantonnements de la mission où les autres patrouilles sont déjà de retour. Le rapport se déroule comme la veille, rapidement. Le pacha, entouré de ses chefs de sections, interroge les hommes en sueur. Épaississant les *o* de son accent du Nord, l'ancien des corvettes des F.N.F.L. de 1942 se fait une idée de tout ce qui entoure Ninh-Binh. Il rentre lui aussi d'une patrouille sur Phuc-Am et accueille avec satisfaction les indices ramenés par ses hommes : ils complètent les renseignements fournis par les forces qui tiennent les postes plantés sur les rochers au-dessus du Day.

Une fois le rapport terminé, Pihan pénètre dans l'église sombre.

— Moi, se dit-il, je ne sais pas ce que pense le commandant, mais tous les petits trucs trouvés dans les villages ne me disent pas grand-chose de bon !

Il dépose sa mitraillette bien huilée sur le dessus de son lourd sac tyrolien contenant ses effets de campagne et une tenue de sortie rehaussée des médailles glanées les mois précédents :

— En tout cas, poursuivit-il, vivement que les Viêts bougent pour de bon, que l'on sache à quoi s'en tenir...

Un peu après le retour des patrouilles, Labbens, qui ne veut pas laisser une seule chance au Viêt-minh de le prendre par surprise entre les lignes de rochers, rappelle le groupe « B », celui de Pihan.

— Tu vas aller lui ordonne-t-il, aider, avec deux voltigeurs et le second-maître Henry, ce brave Ellelouet à vérifier les doris et faire le plein des réservoirs.

Le colosse tourne les talons et part rejoindre l'officier-marinier du groupe d'assaut du commando. Henry s'affaire déjà avec Ellelouet, le mécanicien. Les embarcations, à trois cents mètres à peu près de l'église, dansent mollement sur l'eau sale du rach Song Van, sur la gauche du grand Christ de pierre impassible.

Un à un, les commandos lancent les moteurs des trois doris. Le premier râle des pièces en mouvement expulse un nuage de fumée gris-noir qui empuantit l'air humide et tiède. Presque silencieuses, les mécaniques ronronnent docilement.

— Bonnes bêtes, souligne Pihan qui apprécie depuis longtemps déjà ces engins de patrouilles et de débarquements furtifs. Elles ne nous lâcheront pas si on doit s'en servir en vitesse...

Le jeune quartier-maître a parfaitement saisi le souci de son commandant.

— Vérifiez tout impeccablement ! a précisé Labbens.

Les barques grises, aux nez protégés des chocs par des cordages tressés très fin, ont pourtant été révisées au retour de l'opération « Méduse », il n'y a pas une quinzaine de jours.

Pierre Pihan soulève une touque de carburant et commence à remplir le réservoir du premier doris de combat. Soudain, l'essence gicle et inonde le commando. Il pousse un hurlement de douleur en relâchant le lourd jerrican.

— Merde ! souffle-t-il, ça brûle... C'est dégueulasse...

Dansant sur place en se frottant énergiquement le bas-ventre, le grand Normand fait la grimace. Ses compagnons le regardent, indécis, se demandant s'ils doivent rire ou porter secours à leur camarade. Pihan n'a pas une réputation de tendre, ils comprennent vite qu'il ne joue pas la comédie mais souffre sérieusement.

La douleur se calme peu à peu et le commando explique en mots hachés :

— C'est pas croyable ce que cela peut faire mal où je pense, grogne-t-il. Faites bien attention à ne pas faire comme moi. Je n'aurais jamais cru ça... C'est pas Dieu possible, un truc pareil !

Tandis qu'il achève de remplir le réservoir du doris, Pihan observe les alentours. Vers le Day grossissant d'heure en heure, après une pagode et un pagodon à demi détruits, les postes de l'armée régulière se dressent, rassurants, au-dessus de larges couronnes de barbelés. Les yeux du commando évaluent les défenses.

— Là-haut, se dit-il, ils doivent être assez peinards, les Viets ne risquent pas de leur monter sur le ventre...

Le second-maître Henry donne l'ordre du retour après avoir, une dernière fois, vérifié les moteurs et l'accastillage des embarcations d'Ellelouet.

Pihan empoigne son arme posée à l'avant d'un doris. Tournant le dos aux rochers, il emboîte le pas de ses compagnons de corvée pour regagner, en respectant les distances réglementaires, l'église autour de laquelle le pacha ne cesse d'améliorer son dispositif.

Après le repas de midi, expédié à la va-vite dans les locaux de la mission désertée, les commandos qui ne sont pas de veille vaquent aux soins de leur armement. Certains profitent du temps de répit pour écrire des lettres qui n'arriveront en France que de longues semaines plus tard.

— Attention, avertit un des guetteurs, voilà un nha-qué !

La silhouette frêle d'un Tonkinois approche en effet, tranquillement, de la mission. Tous les regards des commandos qui se trouvent à l'extérieur des bâtiments se tournent vers lui. L'homme est vêtu d'un khe-quan marron-noir et sa face ridée est coiffée du traditionnel large chapeau pointu de paille tressée et laquée. Ses pieds sont chaussés de mauvaises socques artisanales, son pantalon flotte haut sur ses mollets secs, effrangé. L'intrus semble bien connaître les lieux et se dirige tout droit vers le chœur de l'église où se trouve le commandant Labbens.

— Qu'est-ce qu'il veut, celui-là ? gronde l'officier.

Un commando pousse le Tonkinois un peu plus près de son chef et Labbens réitère sa question :

— Alors ? Qu'est-ce que tu veux ?

L'homme, assez grand et qui paraît avoir une quarantaine d'années, lève ses yeux creux vers l'officier barbu. Il lui tend un petit bout de papier en balbutiant quelques mots de mauvais français.

Pierre Pihan s'est approché nonchalamment de la scène et entend vaguement ce que le bonhomme essaye de faire comprendre. L'Indochinois travaillait, dans le temps, à l'église et il vient de temps en temps pour veiller sur les saints lieux. Comme l'ex-bedeau se propose de couper, moyennant quelques piastres, les cheveux des commandos qui en ont bien besoin, le Normand décide de se faire rafraîchir la courte brosse qui couronne sa tête ronde.

— Attends ton tour, tranche un camarade plus vif que lui et qui s'est déjà installé sur une caisse de munitions pour offrir sa nuque aux mains du visiteur.

Les commandos présents dans l'église font cercle autour de la scène, silencieux.

— Il taille rudement vite et bien, se dit Pihan, ça doit être un gars du métier.

Tout en coupant à gestes saccadés les cheveux de son patient à l'aide d'une tondeuse brillante qu'il a sortie de son khe-quan, le coiffeur que personne n'attendait laisse traîner ses regards sur tout ce qui l'entoure. Pihan s'aperçoit du manège. Le pacha, pas dupe lui non plus, décide de renvoyer l'intrus qui termine justement son travail. Le Tonkinois, se répandant en *lais,* empoche les quelques piastres que le commando lui tend et disparaît, vers le sud, sautillant de sa démarche trotte-menu.

Les commandos le suivent longtemps du regard. Pihan passe machinalement sa main droite sur sa nuque qu'il n'a pas eu le temps de faire dégager. La silhouette disparaît bientôt dans la brume.

— Je suis d'un village à côté, avait précisé l'indigène au début de son interrogatoire alors qu'il montrait au commandant Labbens un papier signé par Mgr Le Huu Tu, tout-puissant évêque de Phat-Diem.

Le geste vague du bras avait indiqué le sud-ouest, là où il n'y avait pas âme qui vive lors des patrouilles du début de la journée.

— Enfin, se dit le grand quartier-maître qui ressent toujours une légère douleur sur son pubis, ce n'est pas mes affaires. Si le pacha a trouvé bon de le laisser repartir tranquille, c'est sans doute qu'il a de bonnes raisons de le faire...

Le lieutenant de vaisseau Labbens, toujours veillé par son boy fidèle, de loin le doyen du commando avec ses cinquante ans bien tassés, rameute tous ceux qui ne sont pas de guet alors que la nuit menace de tomber. Il fait le point de sa voix grave.

— Je ne pense pas que les Viêts nous embêteront encore cette nuit, annonce-t-il, mais il faut tout de même ouvrir sérieusement les yeux et les oreilles...

Les hommes, torse nu pour la plupart, dînent pour la troisième fois depuis leur arrivée à Ninh-Binh. Le soir tombe, rapide, enveloppant l'église, les rochers, le Christ abandonné. Les hauteurs de calcaire, la route, la voie ferrée et les rachs qui ronflent un peu plus fort que la veille disparaissent en quelques minutes. Les marins se regroupent dans l'église, protégés par la deuxième section du commando, commandée par l'enseigne de vaisseau Le Gouvello de La Porte et ses deux adjoints, les seconds-maîtres Poullelaouen et Simon.

Les grenouilles des bords du rach et des rizières inondées entament leur concert rituel. Les nuages, de plus en plus menaçants, rasent les rochers. Les ombres des commandos, projetées par les flammes courtes de leurs bougies fumeuses, dansent sur les murs de l'église redevenue silencieuse. Quelques hommes se couchent déjà, tout habillés. Pihan les regarde, un instant indécis.

— Je ne vois pas pourquoi je ne me déshabillerais pas comme d'habitude, se dit-il pour conjurer l'angoisse impalpable de la nuit qui naît.

Le colosse s'allonge, en flottant bleu, sur son lit Picot malmené par son poids. A son chevet, il a déposé machinalement son arme sur son sac tyrolien, tout près de son ceinturon de toile lourd de grenades et de l'étui de chargeurs de sa mitraillette.

Soudain, mû par un geste réflexe, le Normand se ravise et empoigne sa P. 40 allemande. Il la démonte pour la nettoyer une nouvelle fois.

Amoureux, précis, le colosse, que ses compagnons de combat appellent familièrement « le Quintal », caresse les pièces luisantes d'huile. Il fait plusieurs fois jouer le souple mécanisme après avoir consciencieusement lissé l'intérieur du canon strié et argenté avec un bout d'étoupe propre passée au bout d'une courte baguette de nettoyage. Le rituel accompli, le commando se renverse sur le lit grinçant qui menace de crouler à chacun de ses mouvements.

Tout autour de lui, comme si la journée qui vient de mourir n'avait pas existé, ses compagnons, figés dans les mêmes positions que la veille au soir, s'assoupissent déjà. Les bougies s'éteignent les unes après les autres, soufflées par certains, mouchées par d'autres. Le silence est total. L'ancien coureur de campagne normande ne trouve pas facilement le sommeil. Une nouvelle fois, le rêve passe, le saisissant pour le ramener aux portes de son adolescence, en France, en Normandie toute fraîche libérée du joug allemand, au milieu de ses jouets favoris, les armes abandonnées par les *feldgrau.*

4

L'ÉCOLE DES MOUSSES

Etrépagny n'a pas trop souffert des combats de la Libération, seuls les alentours sont atteints gravement, comme les bâtiments de la briqueterie près desquels le char détruit sert de point de ralliement aux guerriers en herbe. La bande de Pierre Pihan poursuit, inlassable, ses jeux de plus en plus risqués.

Le travail de la laiterie n'offre guère d'attraits pour le grand garçon avide d'aventure.

— Il va falloir que je trouve le moyen de partir d'ici, se propose-t-il en lorgnant de plus en plus fréquemment les affiches colorées placardées devant la gendarmerie d'Etrépagny et qui appellent les jeunes à s'engager dans l'armée.

— J'aimerais bien entrer dans la Marine, se dit-il. Là, je suis sûr de voir du pays...

— Tu as six mois de trop ou alors de moins, lui explique un gendarme souriant lorsque le candidat au voyage vient se renseigner, à la fin de l'automne 1946, sur les conditions d'admission des garçons de son âge à l'école des pupilles de la Marine nationale.

Le futur commando fait la grimace.

— C'est bon, souffle-t-il en quittant la gendarmerie, j'attendrai le temps qu'il faudra, mais ce n'est pas drôle par ici...

Le temps passe vite, l'âge de partir à l'école des mousses arrive enfin pour le jeune ouvrier de la laiterie.

Le commando se secoue sur son lit de toile, se souvenant des circonstances de son départ pour l'école de Loctudy, dans le Finistère.

— Je n'ai pas perdu de temps, se rappelle-t-il. La veille du départ, le dimanche 5 octobre 1947, je travaillais encore dans cette foutue laiterie, comme si rien ne devait se passer...

Le béret-vert se revoit sur le quai de la gare de Quimper, en pantalon long, son sac de plage battant le long de sa jambe droite, inquiet malgré lui de l'avenir qui le happe. Des cris, poussés par des gradés de Loctudy, rameutent quelques dizaines de candidats matelots qui, après un appel rapide, sont embarqués dans des camions gris stationnés devant la gare.

Les vingt-deux kilomètres qui séparent Quimper de Loctudy sont parcourus rapidement et en silence. Les futurs marins sont alignés tant bien que mal devant la porte imposante de leur école. Après un nouvel appel de contrôle, ils pénètrent dans leur nouveau cadre de vie, se demandant, anxieux, à quelle sauce ils vont être dévorés. Les choses se précipitent, comme si les officiers de la vieille école voulaient étouffer dans la frénésie les derniers chagrins.

— Celui-là, lâche un infirmier lors d'une des premières visites médicales qui fait défiler les nouveaux arrivants dans les locaux blancs d'une immense infirmerie, je crois bien qu'on va en faire un « sako » !

Pihan apprend vite ce que le mot « sako » veut dire et accepte, fièrement, de devenir un fusilier marin comme les plus solides de ses condisciples. Il est affecté à la première compagnie de l'école, commandée par le lieutenant de vaisseau Houot, un officier au commandement souple mais sévère qui est secondé par l'officier des équipages Le Bris, un Breton solide (sorti du rang) à qui rien n'échappe. L'ancien employé de laiterie découvre une ambiance rude qui ne lui déplaît pas et il sympathise tout de suite avec une poignée de camarades venus des quatre coins de France, Chamfly, Petrissin, Schwartz et quelques autres, presque aussi grands que lui.

Les futurs matelots sont entassés à une centaine dans une

vaste chambrée à haut plafond dans laquelle le Normand a vainement cherché, en y pénétrant pour la première fois, la trace d'un lit, avant d'aller toucher les tenues neuves de son sac de marin et son hamac difficilement agencé à l'aide de longues « araignées » qui le suspendent par des anneaux à des crochets espacés de deux mètres environ.

L'hiver est rude. Chaque matin, les apprentis marins se lèvent à six heures, ce qui ne choque pas Pihan habitué depuis longtemps à se lever bien plus tôt pour gagner la laiterie d'Etrépagny. Les jours de corvée de lessive, les jeunes recrues doivent casser la glace dans les bacs de lavoir pour tremper leur linge sale dans une eau qui leur donne bien vite de solides onglées douloureuses. Il est absolument interdit d'étendre le linge humide en se servant de simples épingles à linge. En bons marins, les apprentis doivent, surveillés de près par leurs gradés de service, utiliser de petits bouts de mèches en nœud d'écoute simple pour tendre leurs vêtements au cartahut du séchoir.

— Ça forme sec, souffle un second-maître de surveillance en lâchant un nuage de buée par la bouche et en frottant ses mains gantées de laine. C'est du tout bon, vous verrez que tout ça vous servira un jour...

Les apprentis, s'escrimant à la confection du petit nœud d'écoute, se forcent à rire avec le gradé, mais le cœur n'y est pas.

Parmi les instructeurs de l'encadrement, quelques sakos, portant les décorations qu'ils ont gagnées sur les champs de batailles de la dernière guerre, exercent une véritable fascination sur l'ancien lanceur de grenades d'Etrépagny. Les longues séances de « bois mort », passées à tirer sur les lourdes pelles d'avirons qui arment les baleinières affectées à l'école de manœuvres, à hisser et affaler, par tous les temps, les pesantes voiles rêches dures à manœuvrer, ne cassent pas son enthousiasme.

La dureté rebutante de la discipline, l'éloignement de sa famille, le peu de nouvelles venant de sa Normandie lointaine, les exercices d'ordre serré, le manque d'indulgence des maîtres pour les défaillants, durcissent un peu plus chaque jour le futur commando, mûrissant son corps d'athlète. L'ambiance rude est compensée par la chaude camaraderie, les premières permissions de sortie, la complicité totale avec des jeunes gens de son âge tout aussi enthousiastes que lui.

— On est tout de même pas mal ici, se dit-il en revenant justement d'une longue séance de manœuvres en face de l'île Tudy. J'ai l'impression de vraiment « faire » ma vie...

Le temps qui passe lime la nuit tonkinoise. Il est maintenant deux heures du matin. Les nuages, de plus en plus bas sur les calcaires poursuivent leur course lente vers le nord-est.

Tendus, les hommes de garde fouillent l'obscurité, cherchant à déceler le moindre indice de vie étrangère dans le grand concert de la nature, rassurant de monotonie. Les commandos qui reposent dans l'église sont plongés dans un profond sommeil. Soudain, des échos de lointaines rafales d'armes automatiques courent au ras des rizières inondées. Un béret-vert de la section de veille rentre, furtif, dans la nef. Le pacha, déjà sur pied, l'accueille et l'interroge :

— Qu'est-ce qui se passe ?

Le commando répond à voix feutrée à l'officier barbu en prenant bien garde de respecter le repos de ses compagnons. Mais les rafales s'endiablent et les hommes commencent à s'ébrouer, un à un.

— Ça vient du sud, commandant.

Le lieutenant de vaisseau, secouant son corps engourdi de sommeil, réfléchit un court instant. Avisant l'enseigne de vaisseau Le Gouvello de La Porte, il décide, après une brève discussion chuchotée, d'envoyer un groupe en patrouille au large des bâtiments de la mission. Lorsque les commandos se fondent dans la nuit, les rafales inquiétantes redoublent encore d'intensité.

Labbens, assis sur son lit Picot, détaille sa carte du secteur à la lueur sourde de sa lampe de poche.

— Ce sont sans doute les postes de Yen Phu et Yen Ve qui sont attaqués, se dit-il en suivant les courbes du relief qui portent des dizaines de petits noms tonkinois.

Les commandos sont maintenant presque tous éveillés. Ils

attendent calmement, évaluant le rythme des coups de feu qui leur parviennent étouffés. Pihan reconnaît le chant sinistre de deux mitrailleuses lourdes accompagné, en contrechant sourd, par quelques aboiements de mortiers. Près du grand Normand, un de ses voltigeurs, émergeant du sommeil, commente l'événement à mi-voix :

— Ce sont les biffins qui trinquent !

Le commando ajoute en se frottant les yeux :

— En tout cas, ce n'est pas encore pour nous...

Le marin se rallonge sur sa couche étroite. Pihan l'imite, tandis qu'au-dehors, suivant à la lettre les ordres donnés par le pacha à leur chef de section, les hommes du second-maître Jean Poullelaouen fouillent rapidement les bâtiments de la mission puis poursuivent leurs investigations jusqu'à la portion de route à demi inondée qui rejoint la R.C.I. La patrouille revient vers l'église au bout d'un quart d'heure et son chef pénètre dans la nef pour rendre compte au commandant Labbens.

— Il n'y a rien dans notre coin, commandant...

Il est 2 h 50. Pihan, qui n'a pas replongé dans le sommeil, regarde son pacha qui écoute l'officier marinier en lissant sa barbe rousse.

— Bon, décide l'officier lorsque le chef de patrouille a terminé son rapport; gardez tout de même le groupe en veille serrée à bonne distance de l'église.

Le second-maître ressort dans la nuit pour placer ses hommes en embuscade. Labbens reste longtemps assis sur le bord de sa couche.

— Il ne s'agirait pas, murmure-t-il, que les Viêt-minhs qui ont attaqué la biffe nous surprennent en remontant. Avec les gars de Poullelaouen, je suis tranquille.

Les tirs lointains cessent. Le silence reprend ses droits. Au bout de quelques minutes, les grenouilles et les crapauds des lises redonnent de la voix. Malgré l'alerte, les commandos se sont recouchés sans prendre, pour la plupart, la précaution de se vêtir. Pihan regarde l'heure à sa montre-bracelet. Il est 2 h 55. Un brouhaha règne encore dans l'église pendant quelques minutes.

— On est tranquille, se dit le grand Normand quand la paix est revenue dans la nef, les Viêts n'attaquent jamais à l'aube...

Le quartier-maître caresse tout de même encore une fois l'acier noir et froid de sa mitraillette allemande pour se rassurer. Dès qu'il se laisse glisser dans ses songes, il retrouve les lointains rivages de l'Atlantique, près de l'école des mousses de Loctudy.

L'apprenti marin de 1947 se baigne dans les rouleaux bretons avec trois de ses compagnons. Ils ont décidé, en partant de Pen-ar-Men, la base nautique de l'école, de gagner l'île Tudy, toute proche, à la nage. Le but de l'expédition émerge, gris, dans les courants de la marée descendante qui facilite la nage des quatre mousses bien entraînés.

Au bout de deux cents mètres de brasses souples, Pihan, soufflant comme un phoque, commence tout de même à s'inquiéter un peu en constatant que l'île semble reculer à l'horizon mouvant. Les vagues ourlées forcissent dans le jusant, les faces luisantes de ses trois compagnons disparaissent à ses yeux brûlés par le sel tandis que son souffle se fait court.

Bientôt, le chef de l'équipée se met à haleter et boit une solide tasse d'eau froide et amère en voulant repérer le mousse qui nage sur sa gauche.

— Merde ! crachote-t-il en accélérant par réflexe le mouvement de ses bras puissants et laissant pendre, presque inertes, ses jambes pour reprendre son souffle. On est pas près d'arriver là-bas... On devrait peut-être faire demi-tour...

Lucide, le Normand accepte facilement l'idée de renoncer au pari stupide, mais ses compagnons ne semblent pas l'entendre ainsi. Ils lui font signe, alors qu'ils l'ont dépassé de quelques brasses, de reprendre sa nage coulée vers les rochers noirs de l'île Tudy qui semblent danser au ras de l'océan. Ne voulant pas perdre la face, le futur quartier-maître d'Indochine accélère pour rejoindre les trois autres nageurs. Les minutes passent, bercées par le clapotis des vagues sur les corps des apprentis marins mordus peu à peu par la fatigue. Pihan boit une nouvelle fois la tasse. Un coup d'œil à ses compegnons lui apprend que ces derniers sont en tout aussi mauvaise posture que lui. Cette fois, il décide d'arrêter l'expédition.

— On rentre ! hurle-t-il entre deux hoquets dans le ronflement de l'eau. On n'y arrivera jamais...

Tournant le dos à l'île inaccessible, les quatre mousses forcent vers Loctudy, épuisant vite leurs dernières ressources. Leurs bras se font de plus en plus gourds et des lueurs de panique passent, par instants, dans leurs yeux tout à l'heure si brillants d'excitation.

Alors que le Normand, comme les autres à bout de résistance, se laisse porter par les vagues en faisant une sorte de planche sans mouvements, une embarcation sort miraculeusement de la nuée verte et grise de la mer de plus en plus grosse. Un cri perce le tumulte des vagues, dominant le bruit sourd d'un moteur qui baisse de régime.

— Oh ! hurle le patron de l'embarcation, les gosses, nagez vers moi ! Je vais vous sortir de là...

Les brasses des nageurs en détresse redeviennent énergiques. Un à un, suffoquant et tremblant d'énervement, les trois mousses se hissent dans la barque ballottée.

— Où alliez-vous comme ça, donc ? interroge le marin-pêcheur. Vous êtes pas un peu fous ?

Les quatre mousses, penauds, affalés au fond de la grosse barque ventrue au milieu de quelques casiers d'osier tressé, ne répondent pas tout de suite. L'homme n'a guère de mal à deviner qu'il vient de pêcher des mousses en fugue et ramène sa prise à l'embarcadère où sont amarrés les canots du maître de manœuvre de l'école.

— Oh non, m'sieur ! plaide Pihan qui a déjà récupéré une bonne partie de ses forces. Il ne faut pas qu'on nous voie débarquer...

Le marin breton est coopératif et les quatre mousses, après l'avoir chaudement remercié, replongent dans l'eau glauque à quelques encablures de la bande de vase qui court, à marée basse, avant le petit port étiré, là où ils ont abandonné leurs tenues « bleu de chauffe ».

— On a eu tout de même une sacrée chance, lance Pihan en se rhabillant rapidement. Sans le pêcheur...

Les quatre mousses, maintenant en tenue, se faufilent dans l'école par un chemin dérobé et regagnent leur compagnie sans se faire remarquer.

— D'où venez-vous comme ça ? interroge un de leurs compagnons en fixant leurs cheveux mouillés.

— De l'île Tudy, lâche Pihan en gonflant sa large poitrine. Enfin, presque...

Les semaines d'instruction passent sans que l'ancien petit laitier y prenne garde et, bientôt, la fin de son année d'école arrive. Après une première sélection, comme il l'espérait et comme l'avaient prévu ses instructeurs dès son arrivée à Loctudy, il se retrouve sur la liste des cinquante-quatre mousses désignés pour rallier l'école des fusiliers marins, en Algérie.

Après une courte permission au cours de laquelle le futur « sako » a repris son travail à la laiterie pour gagner un peu d'argent de poche, Pierre Pihan rejoint Paris pour y prendre, à la gare de Lyon, un train pour Marseille, ville magique d'où partent tous les rêves d'aventure de jeunes gens comme lui moulés à la dure à l'école de mousses.

Dans le train qui roule vers le sud, l'apprenti marin retrouve avec plaisir quelques-uns de ses meilleurs compagnons de Loctudy. Débarrassés de leurs pèlerines, les jeunes gens, ivres de liberté, roulent un peu des épaules dans les couloirs du long convoi, se sentant des marins accomplis.

A Marseille, regroupés par quelques gradés peu amènes venus les accueillir à la gare Saint-Charles, les futurs fusiliers marins gagnent directement, dans des camions gris de l'Amirauté, la caserne de transit du Pharo, située de l'autre côté du Vieux-Port. Dès le lendemain, ils embarquent, au matin, sur un vieux rafiot noir et blanc qui laisse bientôt le château d'If sur son arrière.

La mer est tout de suite mauvaise. Peu amarinés par quelques petites sorties à bord des corvettes à voile de l'école navale, la *Belle-Poule* et l'*Étoile*, les mousses sont presque tous malades. Pihan n'est pas le dernier à nourrir les poissons de la Méditerranée. Le bateau poussif, pour éviter le gros de la tempête, longe presque les côtes espagnoles et le voyage se rallonge de quelques heures inconfortables.

Lorsque, enfin, Alger s'étale devant la proue du navire, inondée de soleil et que la mer est soudain redevenue calme, Pihan, accoudé au bastingage, ragaillardi, ouvre tout grands ses yeux marron.

— Bon sang ! Qu'elle est blanche ! s'émerveille-t-il tandis que le bateau approche du port protégé par une longue jetée parallèle aux étagements de la ville.

Lorsque les manœuvres de l'accostage sont entamées, dans un tintamarre de criaillements et de mugissements rauques de sirènes, le jeune Normand est déjà revenu sur sa première impression :

— Après tout, se dit-il, déçu, Alger n'est pas si blanche que cela, vu de près...

Les sacs des marins sont rapidement alignés. Aussitôt descendus, Pihan et ses compagnons de voyage réembarquent sur un petit bâtiment de servitude, gris, qui fend lentement la baie d'Alger en direction du cap Matifou, à l'ouest de la grande ville.

La traversée ne dure qu'un peu plus d'une demi-heure. Les garçons, impatients de découvrir enfin l'école des fusiliers marins, la « Mecque du fusil », que certains appellent aussi « l'école du crime », se pressent sur le quai du tout petit port rose et gris de La Pérouse, encombré de « lamparos » et de « pastéras », embarcations de pêche tout à fait différentes de celles qu'emploient les pêcheurs bretons.

Il fait très bon en ce mois d'octobre 1948, les futurs sakos grimpent facilement, au pas mal cadencé qui leur est imposé par le transport sur l'épaule de leur sac marin, la longue côte qui mène du port à l'entrée de la grande école.

5

COMMANDO A DIX-SEPT ANS

Les recrues franchissent, pour la plupart le cœur battant, les limites du centre « Siroco », sous les regards goguenards des hommes de la garde qui ne doivent pourtant avoir que quelques semaines de présence en Algérie. Dans la large cour de terre battue recouverte de gravillons, ils sont accueillis par leurs instructeurs, vêtus de treillis de combat kaki et vert olive.

Pierre Pihan dévore du regard ce qui s'offre à lui, avide de tout percevoir d'un seul coup. Un officier pas très grand, presque rondelet, aux yeux serrés de ridules laissant filtrer un regard malicieux, les harangue à voix grave. L'homme porte sur le côté droit de sa vareuse bleu marine le célèbre « perchoir » des Forces navales françaises libres. Des rangées de décorations placardent le côté opposé de sa tenue impeccable d'officier des équipages à trois galons. C'est le fameux Colmay, qui a vécu les combats de Bir Hakeim, de Tunisie, d'Italie et ceux de la campagne de délivrance de la patrie dans les rangs du 1er régiment de fusiliers marins [1]. Les instructeurs qui encadrent l'officier décoré de la Croix de la Libération paraissent aussi de vieux briscards marqués du sceau indélébile de ceux qui ont vu la mort de près.

Le centre « Siroco » est une école modèle, fonctionnelle,

1. Voir : *les Fusiliers marins de la France libre*, Grasset.

et où il fait bon vivre malgré l'implacable discipline qui y règne. Ses allées bien tracées et ses bâtiments impeccablement entretenus s'étagent sur toute l'étendue du cap Matifou qui meurt en criques tapissées de sable blanc et de gros galets ronds dans la Méditerranée. Une longue allée goudronnée, bordée de palmiers, prolonge la route du cap Matifou à l'intérieur de l'école et mène de l'aubette d'entrée à un fortin roux de style mauresque, carré, massif. Rien ne manque dans la « Mecque du fusil », ni foyer, ni cinéma, ni prison. Une vaste infirmerie, des cuisines modernes, un magnifique bâtiment de commandement où règne en maître absolu le capitaine de corvette Richard qui vient de remplacer le capitaine de corvette Cornuault aux rênes du centre. Sur un vaste plateau dominant la baie d'Alger se déroulent, matin et soir, réglées comme des parades d'automates, les cérémonies des couleurs qui rythment la vie de l'école de leurs coups de fusils rituels.

Pihan et les cent soixante camarades de son cours — baptisé « Laffaux » en souvenir des fusiliers marins qui se sont illustrés et sacrifiés le 14 septembre 1918 à la prise du sinistre Moulin de Laffaux sous les ordres du capitaine de frégate Martel —, entament le cycle de six mois au cours duquel il leur faudra gagner leur brevet élémentaire de « sako » pour avoir le droit de coudre, sur la manche gauche de leur vareuse de sortie, les fusils croisés et rouges dont ils rêvent.

L'entraînement commence par une tâche inhabituelle : après avoir touché une bonne partie de leur équipement de fusiliers marins, les futurs commandos doivent travailler sous un soleil ardent à la finition d'un stade de football que le commandant de l'école a décidé de construire.

Avant d'entamer les cours, les futurs brevetés, fourbus par les travaux de terrassement, font la queue, silencieux, dans les différents services de l'école où, chaque fois, ils sont obligés de décliner leur identité.

Devant Pierre Pihan, un gaillard aussi grand que lui, noir de cheveux et d'yeux, est figé dans un garde-à-vous strict devant un quartier-maître de première classe, un « crabechef », qui le questionne sèchement, sans lever les yeux d'un long registre de papier quadrillé.

— Nom et prénoms ? ânonne le gradé d'une voix neutre.

— Diaz ! Benito Diaz ! lâche l'homme en un dixième de seconde et en accentuant la liaison sonore du a et du z, comme le font les Espagnols.

Le quartier-maître ne semble pas avoir saisi.

— Comment ? demande-t-il, gardant obstinément la tête penchée sur son registre entamé fraîchement.

Le grand garçon brun se raidit encore un peu plus et lâche à nouveau :

— Diaz ! Benito, Narcisso, Barbaro, Diaz !

L'apprenti fusilier a cru bon de rajouter cette fois les deux autres prénoms qu'on lui a attribués le jour de son baptême. Le gradé réfractaire à l'accent ibérique ne comprend toujours pas les termes sèchement énoncés.

— Épelez ! ordonne-t-il d'un ton toujours aussi neutre.

Diaz fige encore un peu plus son garde-à-vous et épelle :

— Diaz ! D... I... A... Z... Benito : B... E...

Le quartier-maître-chef relève enfin la tête, tenant haut son crayon à la mine bien taillée et fixant le regard noir de son interlocuteur.

— Qu'est-ce que ça veut dire ? demande-t-il.

— Ça veut dire Benoît, explique Diaz, Benito = Benoît B... E... N... I... T... O...

— Ça va ! Ça va ! marmonne le gradé en inscrivant le nom et prénom. J'ai compris. Je ne suis pas sourd !

L'homme aux trois galons rouges en chevrons commente :

— Alors ? Vous êtes étranger ?

Diaz, blessé, lance :

— Et Narcisso, ça veut dire Narcisse N... A... R... C... I...

Quand il a fini d'épeler son deuxième prénom, il passe au troisième en appuyant sur le mot.

— Barbaro, ça veut dire barbare...

Le quartier-maître reste bouche bée devant le solide Bordelais dont les yeux de jais jettent des éclairs.

— Ça va ! Au suivant, tranche-t-il rapidement, comme pour éloigner un danger.

Pierre Pihan et Benito Diaz dans une rue de Bordeaux après l'école des fusiliers.

Le grand Diaz s'éloigne sans se hâter. Pihan le suit des yeux un court instant, impressionné. A son tour, il épelle les cinq lettres de son patronyme.

— Ce Diaz, se dit-il en s'éloignant du tabellion pointilleux, il a du caractère. J'aimerais bien que nous devenions des amis...

Le premier soir de l'installation définitive des élèves du cours Laffaux dans leur vaste bâtiment, le Normand constate avec une heureuse surprise que Diaz est son voisin de hamac. Comme il a plus que l'autre l'habitude de monter les araignées de la couche de grosse toile, il l'aide sans un mot à gréer son matériel de couchage et à le suspendre à ses crocs. Les jours passent, les deux hommes sympathisent de plus en plus.

— Tu sais, Pihan, avoue un beau soir le Bordelais à son nouvel ami, j'ai une frangine qui te ferait une jolie marraine de guerre...

La mode, dans toutes les unités de l'Armée française, est encore au marrainage, héritée des traditions de la 2e Division blindée du général Leclerc.

— Alors, va pour ta sœur ! accepte Pihan.

Diaz est heureux, ses yeux brillent, pour lui, c'est un peu comme si le Normand devenait presque son frère en acceptant de correspondre avec sa sœur Aurore.

Dans l'église de Ninh-Binh, des mouvements furtifs, près de la porte donnant sur la voie ferrée, à hauteur du lieu où repose le pacha et ses officiers, interrompent les songes du commando. Se soulevant sur un coude, Pierre Pihan entrevoit dans les lueurs dansantes des lampes torches la silhouette d'un des hommes de Poullelaouen qui vient sans doute avertir le commandant de quelque mouvement suspect dans les environs. Le commando ressort vite par la petite porte de l'église, les lumières s'éteignent, Pihan se reglisse dans son sac de couchage de toile beige.

— Sacré Benito, se dit-il en évoquant le grand Bordelais. En ce moment, il doit se trouver au Cap-Saint-Jacques, en attente de partir pour la France puisqu'il ne tient pas à rengager chez nous...

Le jeune commando s'attarde sur le souvenir du joli visage de la sœur de son camarade. C'est que, au fil des lettres et surtout des permissions, sa gentille marraine de guerre a pris de plus en plus de place dans son cœur.

Au centre Siroco, en 1948, Pihan respecte les bonnes habitudes prises à l'école de Loctudy. Il est toujours impeccablement vêtu, ses cols de sortie sont parfaitement repassés, ses bleus de chauffe et ses treillis kaki ne méritent que des éloges. Il attire même l'envie de Diaz qui est bien loin de se débrouiller aussi bien que lui.

— Comment fais-tu ? lui demande un jour le Bordelais, moi, je ne peux pas...

Pihan, sans mot dire, ouvre le caisson de Diaz encastré dans la longue ligne cimentée qui supporte les hamacs noués dans leurs araignées et se saisit, en vrac, de tout le linge qu'il peut prendre, sale ou propre.

— Viens avec moi, dit-il à l'adresse de son compagnon stupéfait, je vais te montrer comment je fais !

Le Bordelais court derrière son ami qui file, à grandes enjambées, vers le lavoir carré et couvert qui se trouve sous la piste du stade maintenant tout à fait achevé, à une quarantaine de mètres du bâtiment du cours Laffaux. Il le rattrape au moment où Pihan lance dans l'eau sans rides tout ce qu'il a pris dans son caisson.

— Tiens ! s'exclame le Normand en commençant à frotter durement une jambe de pantalon de treillis avec une brosse en chiendent, regarde ! c'est facile... T'as qu'à faire pareil !

Le cours de fusilier marin passe vite, les anciens mousses et leurs compagnons venus directement de la vie civile n'ont pas le temps de s'ennuyer. A l'examen de fin de cours, Pihan réussit toutes les épreuves, surtout celles qui demandent une grande valeur physique. Il choisit, une fois cousus sur son bras gauche les fusils croisés, de suivre le stage commando pour mériter de porter le fameux béret vert penché à droite, hérité des anciens commandos de Kieffer qui ont débarqué à Ouistreham le 6 juin 1944. Diaz, lui aussi, est volontaire.

D'autres élèves du cours Laffaux choisissent, quant à eux, d'aller se perfectionner sur les engins de débarquement du centre d'instruction des opérations amphibies, à Arzew, en Oranie.

Le stage commence, avec en toile de fond, l'Indochine où les commandos de la Marine se battent durement et ont grand besoin de relèves.

Les instructeurs du stage commando dont les bâtiments sont installés tout au bout du cap Matifou, presque au-dessus des criques étroites et de la plage dite « du Gouverneur », sont tous des combattants aguerris qui découvrent vite les formidables capacités du Normand. Pierre Pihan avale, sans jamais se plaindre, les kilomètres de marches forcées dans le sable des plages ravinées par les rouleaux impétueux de la Méditerranée, à l'est du cap Matifou, vers Le Rocher Noir et Le Figuier, à quarante kilomètres d'Alger, et semble survoler les obstacles les plus durs en dépit de la masse imposante de sa carcasse.

L'évocation de son stage commando ramène, tout naturellement, Pihan en Indochine. Les yeux grand ouverts, il sonde les voûtes obscures de la nef de l'église de Ninh-Binh. Vainement, il essaye de percevoir quelques bruits de l'extérieur. Pour chasser la tension qui le gagne, il referme les yeux et replonge dans ses souvenirs.

— Ce que je préférais encore, se dit-il, c'était le grand parcours commando. Ça c'était du sport...

Le quartier-maître se retrouve au centre Siroco, au départ du fameux parcours de l'école. Il entend, nette, comme s'il vivait vraiment l'événement évoqué, la voix de l'instructeur qui contrôle le départ de l'épreuve.

— A toi, grand. Fonce !

Le gradé lui tape sur l'épaule pour l'encourager. Du pouce de sa main droite il actionne le bouton d'allumage d'une grosse lampe torche pour signaler aux instructeurs qui se trouvent, loin dans la nuit tiède, au sommet d'une falaise, au point final de la course dangereuse, qu'ils doivent enclencher leurs chronomètres de contrôle.

Le Normand porte, enroulé autour de sa poitrine, le bout d'encordement hérité des Anglais et, en bandoulière, un vieux fusil canadien sans culasse. Il prend une dernière fois son souffle dans les effluves marins. Ses yeux s'attardent une seconde sur le fabuleux spectacle de la ligne de feu des lamparos qui dansent, par centaines, à l'horizon et Pihan plonge dans le gouffre noir en dévalant une falaise de vingt-cinq mètres d'éboulis.

En bas de l'à-pic, l'élève commando se retrouve au pied d'un rocher abrupt de plus de dix mètres de hauteur qu'il commence à escalader en ahanant. Son effort violent le hisse sur une plate-forme carrée, large de trois mètres environ. En dessous du petit plateau, la mer s'effrange sur des rochers qui luisent dans la nuit claire. Un énorme anneau rouillé sert d'ancrage à un gros cordage qui, tendu sur quatre-vingts mètres au-dessus des rochers puis de la mer, mène aux galets d'une plage. Pihan se jette à plat ventre sur le « bout ». Une jambe repliée sous les fesses et l'autre pendant en balancier dans le vide, il commence à avancer en poussant avec sa jambe repliée et tirant avec force sur ses bras. Le but est vite atteint ; l'apprenti commando se laisse tomber sur les galets inégaux de la plage et reprend son souffle avant d'escalader un pan de mur ruiné et dévaler un monticule en éboulis qui le mène sur le sol d'une vaste carrière.

Après avoir gravi un tumulus de sa foulée nerveuse, le matelot se retrouve en équilibre sur une grosse poutre agencée à plus de deux mètres du sol. L'obstacle est franchi sans encombres et le Normand essoufflé empoigne un cordage qui se balance dans le vide d'une fosse. A la manière de Johnny Weissmuller, il s'élance dans le noir, pour s'agripper quelque dix mètres plus loin aux larges mailles d'un filet tendu à la verticale sur plus de six mètres de haut. Il escalade maintenant ce filet et se laisse tomber, en drapeau, de l'autre côté de l'embûche. Son souffle se fait de plus en plus court, ses tempes battent douloureusement sous l'effort lorsqu'il escalade en petits sauts réguliers un escalier de rondins très mal rabotés qui le mène au sommet d'un portique de cinq mètres de hauteur.

Sans perdre le temps d'évaluer l'obstacle, Pihan saute dans le vide et se reçoit, impeccablement, sur le sol dur. Remettant d'un geste machinal son fusil en bonne position sur son dos, le jeune commando court maintenant vers le « mur breton », un obstacle de béton de trois mètres de hauteur, bâti de l'autre côté d'une fosse de deux mètres de large. Pihan prend son élan, se jette vers l'arête du mur gris en prenant appui de sa jambe droite à environ mi-hauteur de l'obstacle.

— Bon Dieu, que c'est dur ! souffle-t-il en s'arc-boutant sur son coude gauche placé en équerre sur l'arête du mur pour se hisser péniblement, en balancement, au sommet du piège.

Serrant les dents, Pihan évalue ce qui lui reste encore à parcourir après avoir sauté au bas du mur breton.

— Je dois être dans un bon temps, se dit-il en se lançant acrobatiquement sur un cordage identique à celui qu'il a emprunté en début de course mais qui est tendu au-dessus du sol dur de la carrière.

La reptation du funambule reprend à bon rythme, ses mains deviennent brûlantes au contact des torons usés du bout.

— Encore un effort et ça y est ! s'encourage-t-il en se laissant glisser, en bout d'obstacle, sur le sol. Il prend sa course pour gagner, au travers de la carrière blanche sous la lune, le pied d'une falaise imposante qui barre le ciel étoilé. Au sommet du dernier obstacle, les instructeurs se penchent dans le vide pour suivre l'escalade de leur élève. Leurs yeux suivent sa forme sombre qui s'accroche à la moindre arête de rocher et ne la quittent que pour apprécier l'avance sautillante de l'aiguille de leurs chronomètres.

Le sommet est tout proche, Pihan ahane en arrivant au pied des gradés qui se relèvent après avoir arrêté leurs appareils de contrôle. Sans s'occuper du Normand qui reprend péniblement son souffle, les trois hommes en béret vert se consultent en haussant la voix. L'un d'eux siffle entre ses dents en inscrivant à la lueur de sa lampe torche le temps de course. Pihan se relève enfin et s'éloigne du groupe, indifférent à l'intérêt qu'il vient, une fois encore, de faire naître.

Là-bas, au départ de l'épreuve, une lueur fugace annonce qu'un nouveau matelot va devoir vaincre sa peur et, comme celui qui l'a précédé, se retrouver vidé de toutes forces au bout de six minutes ou plus de calvaire.

Le vent tiède continue de caresser le sommet de la falaise et, au large de la mer qui chantonne en léchant les rochers, les lamparos dansent toujours, feux follets sautillants.

Les jours passent vite, fiévreux, en escalade, descente en rappel, séance de tir instinctif dans toutes les positions, sabotages au plastic, nage de combat en mer et débarquement de nuit et de jour à l'aide de dinghys de caoutchouc et de doris en bois.

— Vous verrez, annoncent les instructeurs infatigables qui participent avec leurs élèves à tous les exercices. Un jour vous nous remercierez. Quand vous serez là-bas !

Là-bas, c'est bien sûr l'Indochine qui se profile en récompense aux jeunes matelots qui souffrent comme des diables pour mériter de faire la guerre.

Le jour de la remise du fameux badge de bronze à la corvette sous voile barrée d'une dague effilée arrive enfin. Pihan est évidemment reçu dans les premiers et, après une permission vécue dans la famille de Diaz, il rejoint son affectation aux commandos.

Tout d'abord désigné pour le commando « De Penfentenyo » qui est embarqué sur le croiseur *Georges-Leygues*, le béret-vert doit suivre un stage en Angleterre, aux sources mêmes de l'esprit commando. Il se retrouve ensuite au commando « Trepel » sur le *Gloire*. Enfin, après une croisière sur le croiseur effilé, le Normand part pour l'Indochine, sur la *Jamaïque*, un transport de troupe sur lequel il retrouve quelques-uns de ses anciens compagnons de l'école des mousses et du centre « Siroco » qui, comme lui, n'ont pas reçu d'affectation précise.

— On verra bien là-bas, dit-il à Diaz, tout de même un peu inquiet de ce qui peut bien l'attendre en Extrême-Orient.

Après un long et joyeux voyage émaillé d'escales et au

cours duquel le Normand révèle à ses compagnons des trésors de débrouillardise qui les comblent de nourritures supplémentaires glanées dans les cuisines du bord, au milieu de « marsouins » de la Coloniale, de légionnaires en képi blanc, de tirailleurs de toutes les races maghrébines et africaines et de quelques parachutistes à béret rouge, les nouveaux commandos, partis le 1er octobre 1949 de Toulon, découvrent les approches du Cap-Saint-Jacques.

Debout, Pihan et Diaz font escale à Djibouti.

Le transport de troupe s'engage, lentement, dans les eaux calmes de la large rivière qui mène à Saigon. Du bateau surchargé de renforts, Pihan ne perd pas une miette du spectacle. Lorsqu'il foule le quai de la capitale de la Cochinchine, il reste sans voix. Comme la plupart de ses compagnons de voyage, il ne s'attendait pas à trouver une ville aussi importante et d'apparence si moderne. S'étant longtemps bercé de rêves échevelés d'exotisme, il se sent un peu déçu mais, très vite, la première impression de banalité qu'il vient de recevoir se perd dans les cris des coolies rapides et querelleurs qui se disputent les marchandises à débarquer de la *Jamaïque*. Sur le long port encombré de bâtiments de guerre, où de longues jonques de bois côtoient de vieux vapeurs sans âge, planent les odeurs entêtantes d'épices qui s'échappent des entrepôts bondés. Le rêve renaît dans ces senteurs nouvelles.

Menés rapidement aux bureaux de la Marine à Saigon et affectés administrativement à une unité dont le sigle de « Flo 7 » ne leur dit rien de précis, Pihan et ses compagnons n'ont guère le loisir d'apprécier longtemps la ville. Ils repartent sur la large rivière, véritable boulevard nautique embouteillé par un trafic incessant, en direction du Cap-Saint-Jacques où se trouvent, à Ben-Dinh, les commandos de la Marine.

Dans la cour de la caserne de Ben-Dinh, les premiers compagnons de combat de Pihan, ceux du groupe « D » du commando « François ».

Là, pas de romantisme béat, la discipline connue au centre Siroco est présente et librement consentie. Pihan saisit très vite les choses et se moule facilement dans l'ambiance. Diaz et lui sont affectés au commando « Jaubert » mais, par la grâce d'un jeu d'écriture hasardeux, le Bordelais rejoint seul son unité tandis que le Normand, un peu déçu, se retrouve au commando « François ».

Le mois d'octobre tire à sa fin. Le Nam-Ky, la Cochinchine des Vietnamiens, connaît les derniers jours de la saison des hautes eaux. Les nombreux rachs, qui viennent mêler leurs flots boueux aux méandres des bouches du Mékong, faiblissent de régime, les boues de leurs rives commencent à pâlir. Bientôt, les plus gros engins de débarquement de la Marine et ses vedettes blindées ne pourront s'infiltrer dans les veinules d'eau. Le Viêt-minh se sentira encore plus en sécurité dans ses sanctuaires bien dissimulés.

Au Cap-Saint-Jacques, dans les cantonnements vastes de la caserne de Ben-Dinh, Pierre Pihan, impatient de vivre son premier combat, subit la routine de la base arrière des commandos. Son unité, quelques jours seulement avant son arrivée au Cap, a participé à un raid important à partir du croiseur *Duguay-Trouin*, puis du L.T.C. 1139, dans la région du cap Falaise.

Le nouvel « embarqué » au commando a longuement écouté le récit des anciens qui lui ont narré les péripéties au cours desquelles les hommes du commandant Vedel ont, en compagnie des commandos « Jaubert » et « De Montfort » épaulés par une compagnie du 1er régiment de chasseurs parachutistes, accroché des éléments viêt-minhs fluides à l'extrême. L'ennemi a subi des pertes en hommes assez faibles, abandonnant seulement une poignée de prisonniers aux mains des commandos qui se sont vengés de leur réussite imparfaite en détruisant un dépôt de riz d'importance, de grosses réserves de carburant, en faisant sauter une trentaine de jonques et arrosant de pétrole un peu plus de sept mille tonnes de sel.

Le 23 octobre, à 17 heures, Pihan embarque enfin, fébrile, sur le tender d'aviation *Robert-Giraud* qui conduit son commando et une section du commando « De Montfort » à la hauteur de l'embouchure du rach Trang Tran, dans la région de Tra-Vinh, un peu au-dessus de Can-Tho, au sud-est de

Mission accomplie, tout brûle derrière les commandos.

Saigon. Le navire est en vue de l'objectif le lendemain. Ayant une dernière fois démonté son fusil Mas 44 et vérifié ses boîtiers chargeurs noirs de fusil-mitrailleur 24/29, le Normand prend place dans la cuve d'un L.C.V.P. L'engin amphibie s'écarte aussitôt du flanc gris du *Robert-Giraud* et cingle, mêlé au ballet grondant des 15e et 19e sections d'engins de débarquement, vers la terre, à un peu plus d'un kilomètre de l'embouchure du Trang-Tran, là où, d'après des renseignements récents, le Viêt-minh a installé un atelier de réparation de jonques.

Les bateaux à fond plat beatchent sur le sable blanc. Les commandos en chapeaux de brousse bondissent dans les rouleaux. Pihan court derrière son tireur au fusil-mitrailleur tout en goûtant l'excitation de la ruée bien ordonnée du débarquement.

Le Viêt-minh ne tente rien pour arrêter les premiers voltigeurs de « François » qui se rabattent en direction de l'atelier rebelle reconnu à la jumelle par les chefs de sections. Le crépuscule interrompt la progression.

La nuit tombe trop vite, les pièces de fusils-mitrailleurs des marins sont placées tout autour du dispositif étiré. Pihan, après son tour de veille passé dans la fièvre à écouter les quelques rafales tirées au large de son campement par les paras à béret rouge, ne trouve pas tout de suite le sommeil. Il suit longtemps du regard les traînées d'étincelles dessinées par des lucioles et se laisse bercer par le concert lancinant des crapauds des bords du rach qui tissent un manteau sonore à la nuit.

Au matin, la fouille reprend vite et les hommes de Vedel découvrent du matériel gardé par quelques bo-doïs qui fuient sans tirer sur les commandos.

Lorsque les marins remontent sur le pont du *Robert-Giraud*, une épaisse colonne de fumée noire s'élève haut dans le ciel à l'emplacement de l'atelier viêtminh et une grosse jonque, sans doute chinoise, de plus de soixante tonnes, est éventrée, à demi immergée devant son embarcadère dévasté.

Malgré le succès du raid, Pihan est déçu. Il espérait plus

d'émotions de cette première opération. Il ne se rend pas compte que les autorités ne demandaient pas plus à la mission.

Ce passé, tout proche pourtant, paraît presque aussi lointain au commando pensif que les tragiques événements de la guerre 39-45 qu'il a revécus la nuit précédente. Pihan regarde une nouvelle fois sa montre. Il est maintenant 3 h 45 et l'aube ne tardera plus.

— Bon, se dit-il en éteignant son boîtier électrique, cette fois, c'est certain : les Viêts ne nous emmerderont plus cette nuit...

Et, tranquille quant à l'éventualité d'une attaque, le Normand reprend l'évocation de ses premiers contacts avec le baroud.

6

UNE LEÇON DE GUERRE

La mousson du sud-est s'est abattue sur la Cochinchine avec une rare dureté depuis près d'un mois déjà, figeant tout dans la chaleur. Un rach largement asséché serpente au milieu d'un quadrillage de diguettes cernant des rizières craquelées, coupées de place en place par des touffes de cocotiers à maigres palmes en plumets. Dans les gros buissons d'épineux, des nuées d'oiseaux au plumage terne s'abritent de la canicule intolérable. Aux abords de chaque village visité par le commando « François », des buffles, énormes, paisibles, aux cornes torsadées, sont affalés, à demi enlisés dans les dernières mares encore gorgées d'eau saumâtre.

Des plaques de lumières dansantes traînent au ras du décor surchauffé et font naître des mirages aux yeux des marins en sueur. La veille, 15 novembre 1949, les commandos ont quitté leurs cantonnements de Ben-Dinh, situé à deux kilomètres du Cap-Saint-Jacques, pour embarquer à bord du L.C.T. 7016 qui les a amenés, à route lente, sur mer très calme et sous un ciel ruisselant d'étoiles scintillantes, devant l'embouchure du rach Dua, dans la région de Bien Hoa. Les commandos ont ensuite pris place dans la cuve d'un L.C.V.P. et dans trois vedettes F.O.M. — France d'Outre-Mer — mis à l'eau par l'équipage du L.C.T., pour débarquer un peu avant 9 h 30.

Après son premier raid, Pierre Pihan a participé à quelques petites opérations comme chargeur de sa pièce de F.M.

et fêté ses dix-huit ans le 5 novembre. Il est tout heureux de remplacer son tireur habituel qui, souffrant cruellement des pieds, a dû, à contrecœur, se séparer de son arme et se faire exempter d'opération.

Le Normand porte son arme lourde et noire au bipied en V, en bandoulière au travers de son ventre plat, comme s'il s'agissait d'un jouet de peu de poids. Il est en pantalon de toile. Un ceinturon, porté très lâche, lourd d'une gourde, de quelques grenades, d'un pistolet automatique américain de calibre 11.43 et d'un poignard, glisse à chacune de ses enjambées sur ses hanches laissées nues par les pans courts d'une chemisette de toile sans couleur et trempée de sueur. Chaussé de vieilles chaussures de brousse à tige montante de type « pataugas », le nouveau tireur au F.M. marche une dizaine de mètres devant le chargeur de sa pièce. Ce matelot, armé de son ancien fusil Mas 44, porte, bien ajustée sur ses épaules à l'aide de courroies de cuir étroites et croisées, une musette rectangulaire contenant neuf boîtes de chargeurs gréées de vingt-cinq cartouches de 7,5, percutantes, traceuses et incendiaires panachées.

Au-dessus de la lente procession bien étirée, le ciel est désespérément vide de nuages. Pas un souffle de vent n'anime les longs pinceaux pendants des cocotiers qui se font de plus en plus rares à mesure que le commando du lieutenant de vaisseau Vedel s'éloigne de la mer, laissant loin derrière lui la forme trapue du L.C.T. figée à plus d'un kilomètre de l'embouchure du rach.

— Qu'est-ce qu'on peut bien chercher dans ce coin pourri ? se demande le nouveau tireur au fusil-mitrailleur.

Pihan est assoiffé mais il ne tient pas à gaspiller une seule goutte de l'eau qui, déjà, tiédit lentement dans sa gourde d'aluminium.

Les voltigeurs de sa section, commandée par l'enseigne de vaisseau Paris, un grand maigre armé d'une carabine U.S. de 7,62, viennent de passer au peigne fin quelques paillotes montées sur pilotis au milieu d'un petit bois de palétuviers. Pihan, qui s'était placé en bonne position de tir, derrière l'arête poudreuse d'une diguette pour couper la route à d'éventuels fuyards, replace son arme en bandoulière et fait signe à son chargeur et à ses deux pourvoyeurs de se remettre en route derrière les éclaireurs qui s'étalent maintenant en tirailleurs à une centaine de mètres devant lui.

Les commandos découvrent bientôt, à un coude du rach, trois sampans couchés sur le flanc qu'ils fouillent rapidement après avoir fait s'envoler en s'approchant un couple de cormorans, au long bec jaune et noir terminé en crochet, au ras de l'eau presque stagnante, vers l'embouchure du fleuve côtier.

Le pacha, coiffé d'un chapeau de brousse aussi informe que les couvre-chefs portés par ses hommes, suivi de près par son radio, dépasse la pièce de Pihan. Sans attendre les ordres, le grand commando s'est judicieusement placé en protection de la fouille. L'officier de Marine donne l'ordre de faire sauter les barques mafflues.

Trois commandos agencent des pains d'explosif malléable à bord des sampans, tout neufs, que le Viêt-minh croyait avoir bien dissimulés dans le méandre du fleuve ombré par un rideau de palétuviers. Ils sautent prestement dans la boue blanchâtre. Le paysage éclate. Une dizaine d'explosions simultanées projettent haut dans le ciel des débris de bois et arrachent des centaines de kilos de boue qui retombent sur les commandos bien abrités. L'écho du fracas destructeur traîne longtemps au ras du rach et des rizières figées sous la morsure du soleil.

Le pacha pointe sur sa carte l'emplacement exact de la destruction, prend contact radio avec le L.C.T., assez difficilement semble-t-il, et le commando reprend sa route silencieuse.

Des nuées d'oiseaux, effarouchés par les explosions d'enfer, reviennent se percher dans les buissons après avoir longtemps tournoyé dans le ciel bleu. Les hommes marchent encore une demi-heure puis s'arrêtent pour casser la croûte. Le contenu des rations « K » est vite avalé, sans commentaires. Le commando repart en file, laissant cette fois le rach derrière lui. Le soleil a amorcé sa descente vers l'ouest mais

Encore un sampan que les bateliers viêt-minhs n'utiliseront plus.

tape tout aussi dur qu'au matin. Pihan soupèse sa gourde et résiste encore à la tentation de boire.

— On ne sait pas jusqu'où on va encore marcher, se dit-il en repoussant le précieux bidon vers l'arrière de son ceinturon.

Les marins débouchent bientôt aux abords d'un nouveau village qui se dessine, à près de huit cents mètres, encagé comme les précédents dans un bois de palétuviers. Les voltigeurs se figent au sol. Pihan avise un creux qui recèle encore un peu d'eau et fait signe à son chargeur de le rejoindre. Il installe sa pièce en position de tir pendant que le pacha détaille dans ses jumelles marine le hameau qui représente sur son plan d'opération l'objectif portant le numéro 15.

Au bout de quelques minutes d'observation, les commandos amorcent la fouille prudente des environs immédiats du village. Les voltigeurs des trois sections approchent des paillotes suspectes en prenant bien garde d'échapper à la vue des Viêt-minhs qui, selon les renseignements reçus au Cap-Saint-Jacques par le pacha, doivent avoir placé des guetteurs sur le site.

Ils avancent ainsi, furtifs, jusqu'à quatre cents mètres de l'objectif. Rien ne bouge. Il est un peu plus de 17 h 15, le pacha reprend un contact radio, toujours aussi laborieux, avec le L.C.T. et reçoit l'ordre de rebrousser chemin vers son point de recueil.

A contrecœur, les hommes devinant que l'ennemi est là, tout proche, se replient vers l'est, laissant le village convoité derrière eux. Pihan entend la voix rauque d'un ancien qui grommelle :

— C'était pas la peine de venir jusque-là pour leur foutre la paix... Drôle de truc...

Les commandos, marchant à bon pas sur un itinéraire presque parallèle à celui qu'ils ont emprunté à l'aller, parviennent sans encombre, en moins de deux heures, aux rouleaux de la mer. Le L.C.V.P. et les vedettes F.O.M. sont là et se balancent mollement à quelques encablures de l'embouchure du rach. Les patrons des embarcations aperçoivent les premiers éléments las du commando et amorcent de larges arcs de cercle pour se rapprocher de la plage. Les moteurs soulèvent des gerbes d'écume dans les sillages ourlés de fumée blanche d'échappement.

Pataugeant avec délectation dans les vagues fraîches, protégés par les armes d'un élément placé en embuscade à quelque trois cents mètres à l'intérieur des terres pour éviter toute surprise du Viêt-minh, les hommes de Vedel embarquent rapidement. Aussitôt que l'élément de protection du recueil a rallié la plage, les embarcations cinglent vers la masse immobile du L.C.T. mouillé au large.

Pihan, dans la cuve d'un L.C.V.P. grondant, est assis, dos à la tôle trépidante et tient droit entre ses cuisses puissantes son fusil-mitrailleur au bipied replié contre son canon noir. Il fixe le ciel qui danse au-dessus du petit engin filant ses six nœuds en pétaradant. Les hommes se hissent sur le L.C.T. et la nuit saisit d'un seul coup la mer. Les L.C.V.P. et les vedettes, amarrés à couple du gros engin qui ronronne, tous feux éteints, suivent son lent mouvement de balancier.

Harassés, les commandos, déçus de ne pas avoir accroché le Viêt-minh, s'endorment très vite après avoir mangé les restes de leurs rations « K » agrémentés de quelques denrées fraîches offertes par les hommes de l'équipage. Vers l'ouest, la terre n'est plus qu'une vague ligne basse dans la pénombre, mais le L.C.T. ne remonte pas ses ancres, Pihan laisse longtemps traîner ses yeux dessus.

— Les Viêts doivent bien rigoler, se dit-il. Demain, ils auront peut-être un peu moins de chance...

Les commandos, bien reposés, s'éveillent à l'aube. La mer est toujours aussi calme et le L.C.T. danse à peine, son nez camus tourné vers le nord-est. Les sections de Vedel embarquent rapidement dans le L.C.V.P. et les vedettes dont les moteurs, lancés par les boscos, déchirent le silence et empuantissent l'atmosphère tiède. La petite armada pique résolument vers la terre embrumée qu'on aperçoit à peine devant ses étraves trapues.

A 7 h 30, les premiers voltigeurs bondissent dans les rouleaux qui lèchent le sable clair. Pihan reconnaît le paysage de la veille. Le commando avance directement vers le dernier village découvert, avec ordre de le détruire. Les voltigeurs spécialistes des mines et démolitions se sont chargés, à cet effet, de pains de plastic supplémentaires.

Le bois de palétuviers est vite retrouvé. Pihan et les autres tireurs des pièces de 24/29 se placent aux points clés du site pour barrer la route aux rebelles tandis que les équipes investissent les maisons bâties sur pilotis. Le soleil réchauffe déjà durement le paysage sec. Quelques rafales de mitraillettes P.40 allemandes, suivies d'explosions de grenades, ponctuent la fouille des voltigeurs qui ne donne rien.

A 11 heures, sous le soleil très haut dans le ciel, l'enfer s'abat sur la bourgade qui flambe en crépitements de bois torturé. Le spectacle est grandiose, Pihan n'en perd pas une miette. Au loin, des collines barrent l'horizon maintenant bien dégagé. Des formes humaines se dessinent sur leurs pentes, fourmis longtemps suivies des yeux par les guetteurs du commando qui pestent contre leur impuissance.

— Ils ne sont tout de même pas bien loin ! souffle le Normand, bouillant d'impatience de se lancer à la poursuite des bo-doîs et serrant de rage la crosse de bois brun de son arme.

Le village rebelle, déserté par ses occupants qui se perdent au loin, n'est bientôt plus, après moins d'une demi-heure, qu'un amas de foyers fumants qui ajoutent encore à la chaleur quasi intolérable du soleil.

Un ordre radio lance le commando vers le rach où les voltigeurs dégoulinants de sueur découvrent vite une dizaine de sampans qui subissent le sort tonitruant de ceux qu'ils ont dénichés la veille.

Le soleil est au zénith lorsqu'un nouveau message avertit le lieutenant de vaisseau Vedel qu'une forte concentration de jonques doit se trouver un peu plus au nord, à l'embouchure d'un rach au débit plus fort que celui dont les bérets-verts ont jusqu'ici fouillé les abords. Les commandos abrègent leur maigre repas de rations « K » et, au bout d'une marche forcée qui les épuise, atteignent l'objectif. Six jonques lourdement chargées de bois sont accostées à un embarcadère de fortune. Aussitôt, les artificiers se mettent à

Deux commandos regagnent les engins de débarquement au bout de toute fatigue.

l'ouvrage. Les explosions n'ont pas fini de mourir en échos qu'un voltigeur d'une patrouille lancée un peu à l'écart du site ravagé découvre une septième grosse jonque, échouée le long de la berge boueuse. Elle saute aussi dans un éblouissement de gerbes d'eau.

Le commando reçoit l'ordre de regagner la mer toute proche. Les hommes de Vedel, à bout de forces, laminés par la chaleur, usés par les kilomètres abattus à bon rythme, s'affalent littéralement dans les embarcations du L.C.T., déçus de ne pas avoir trouvé le combat.

Le lendemain, les bérets-verts embarquent une nouvelle fois dans le L.C.V.P. et les F.O.M. qui les déposent cette fois un peu plus au sud, sur le Tac Sau où ils se postent en attente. Une opération d'envergure se monte au vu des renseignements recueillis la veille et l'avant-veille dans les villages brûlés et les jonques éventrées. Mais un ordre radio, vers 10 heures, rejette les commandos vers la mer et ils regagnent le L.C.T.

— Là, bougonne Pihan, je me demande vraiment quel petit jeu on nous fait jouer.

La perplexité du colosse augmente encore. A peine arrivés au L.C.T., les hommes de Vedel reçoivent l'ordre de repartir pour aider au débarquement de mille quatre cents rations de vivres destinées à un bataillon de tirailleurs marocains qui fait rapidement mouvement vers la zone tâtée par les fusiliers marins.

En fin d'après-midi, les trois sections du commando débarquent une nouvelle fois à l'embouchure du Tac Sau et découvrent, après une marche rapide, un barrage qui domine des salines précieuses pour l'infrastructure rebelle.

— Voilà enfin un bon truc de commando, se réjouit Pihan en apprenant que Vedel a reçu l'ordre de pratiquer des brèches dans l'ouvrage.

Mais le jeune guerrier rengaine son enthousiasme car l'opération est reportée au lendemain. Le 18 novembre 1949, les équipes et les pièces du commando quittent leurs engins de débarquement à 3 heures du matin. Il fait relativement frais bien que des langues de brumes chaudes rampent à terre. Au bout de deux heures de marche silencieuse, les voltigeurs de la section de tête sont en vue du barrage à détruire.

Les jumelles des officiers et des chefs de groupe se braquent avec ensemble sur l'ouvrage. Pihan se place en batterie en direction d'un bois de palétuviers, prêt à ouvrir le feu au moindre mouvement suspect.

— Pourvu qu'ils viennent défendre leur foutu barrage ! se répète-t-il pour la dixième fois au moins en s'usant les yeux à essayer de déceler une présence ennemie entre les troncs gris-blanc des palétuviers emmêlés.

A quelques pas de lui, beaucoup plus calme, son chef de pièces détaille lui aussi le paysage. Les commandos se fondent dans les couleurs ambiantes et sont littéralement invisibles pour les guetteurs viêt-minhs qui sont certainement embusqués dans le secteur. Le grand Normand, allongé derrière son F.M., veille depuis bientôt une demi-heure, crispé, lorsque les voltigeurs approchent au plus près du barrage.

Poirier, un quartier-maître-chef trapu, de la pièce mortier, qui a vécu comme la plupart des anciens du commando les tragiques événements des révoltes de Madagascar en 1947, a soudain le regard attiré par un mouvement fugace dans les arbres.

— Attention, souffle le gradé. Je crois que ça va bouger. Par là-bas...

Le quartier-maître n'a pas le temps de terminer sa phrase. Quelques balles passent, haut au-dessus de la position de protection du sabotage du barrage. Pihan, le cœur battant, jubile. Il arme son fusil-mitrailleur d'un geste nerveux de la main droite. L'œil rivé à l'œilleton de son arme, il essaye de distinguer les formes, bien dissimulées, des combattants viêt-minhs.

Le tir ennemi cesse, puis reprend, tout aussi imprécis. Un bo-doî sort du petit bois, en courant courbé.

— Celui-là, se dit en une fraction de seconde le tireur au fusil-mitrailleur affamé de combat, je vais l'avoir...

Et il lâche une courte rafale qui encadre, sans le toucher,

la forme sautillante du Viêt-minh qui disparaît, en plongeant entre les racines de palétuviers.

Pihan jure entre ses dents, dépité, et reçoit en même temps un coup de talon dans les fesses, donné par Poirier qui l'engueule :

— Espèce de grand couillon ! lâche le gradé qui reste debout malgré les balles qui sifflent à nouveau au-dessus de la position de la pièce. Tu as dévoilé ton F.M. trop tôt...

Et, aussi calmement que si les deux hommes se trouvaient au pas de tir de la carrière de l'école des fusiliers marins du centre « Siroco », l'ancien poursuit, tout en suivant les mouvements rebelles :

— Si tu tenais tellement à tirer sur le type qui s'est débiné, il fallait te servir du coup par coup... C'est pas fait pour les chiens le coup par coup... Vu ?

Puis, condescendant enfin à se baisser à croupetons, l'ancien de Madagascar enchaîne :

— Maintenant que tu as tiré, il faut bouger d'ici et vite... Si les gars d'en face ont un mortier ou même une mitrailleuse, tu es bon...

Pihan avise, tandis que quelques balles passent encore, toujours aussi haut, un nouvel emplacement de tir. Après l'avoir montré à son chargeur, il se lance vers lui en courant courbé.

Les Viêt-minhs ne tirent plus. Poirier rejoint son matelot pour poursuivre la leçon.

— Tu as remarqué le bruit de leurs balles ? demande-t-il. Quand elles sifflent comme ça, c'est tout bon, tu ne risques pas d'en prendre une dans la tête... Mais, poursuit le gradé en fixant le bois de palétuviers d'où la mort peut jaillir à chaque seconde et s'allongeant contre la pièce de Pihan pour évaluer ses possibilités de tir, quand elles se mettent à faire : « taco... taco... », ça veut dire que tu peux t'aplatir au sol et après...

Comme pour confirmer le propos de la leçon du calme quartier-maître, les Viêt-minhs reprennent le tir. Cette fois, les balles passent si près qu'elles font entendre le sinistre claquement annoncé par Poirier.

— Couche-toi, Bon Dieu ! rugit ce dernier en empoignant le fusil-mitrailleur et ouvrant le feu sur six rebelles qui se dévoilent dangereusement à la lisière du bois.

« Excuse-moi, ajoute-t-il en encadrant les fuyards armés, mais je ne peux pas te les laisser. Prends ma carabine.

Pihan s'empare de l'arme américaine et tire à son tour quelques balles de 7.62 sur les formes imprécises qui se perdent à un peu plus de quatre cents mètres.

— A toi maintenant ! crie le quartier-maître en se relevant d'un bond souple et arrachant presque sa courte carabine des mains du Normand.

Ce dernier se replace en position de tir derrière son fusil-mitrailleur au canon chaud et, dès qu'il a enclenché un nouveau boîtier de vingt-cinq cartouches sur la culasse de l'arme, poursuit le feu sur l'ennemi.

Il ne reste bientôt plus devant les commandos qu'un maigre élément qui s'obstine à protéger le repli du gros du groupe de protection. Les Viêts abandonnent le barrage à la destruction. Pihan, les yeux brillants d'excitation, relâche la pression de son index sur la queue de détente de son F.M. Poirier le regarde et sourit, sûr d'avoir vu un vrai soldat se révéler à lui-même.

Les voltigeurs reprennent leur manœuvre. Ils atteignent le bas de l'ouvrage sans encombre et placent leurs charges. Des brèches irréparables s'ouvrent, qui laissent s'engouffrer l'eau dans les salines brillantes qu'elle noie rapidement sous plusieurs centimètres.

Pihan, les joues encore enfiévrées par l'accrochage, reprend son souffle en contemplant le désastre. Des semaines de travail abattu par des cohortes de nha-qués à la solde du Viêt-minh sont anéanties. Il est 15 heures, la mission du commando est accomplie. Le gros des troupes mis en place la veille se met en branle et commence à investir la région. Des canonnades déchirent l'après-midi surchauffé et des avions plongent en crachant le feu sur les itinéraires de repli du Viêt-minh.

Le commando rejoint la plage, embarque vite dans les

engins et regagne le L.C.T. qui reprend aussitôt la route vers le Cap-Saint-Jacques.

Avant de s'endormir, Pihan revit les péripéties enragées de son premier vrai combat.

— Heureusement que les anciens sont là, s'avoue-t-il en repensant à la formidable leçon de guerre que lui a offerte, sous le feu, le quartier-maître Poirier. Avec des types comme lui, pense-t-il, irrésistiblement poussé dans le sommeil par le lent mouvement de tangage du L.C.T. 7016, j'irais en enfer s'il le fallait... Et, poursuit-il, je souhaite que cela m'arrive le plus vite possible...

7

BAPTÊME DE SANG

Le 9 décembre 1949, le commando « François », débarqué du tender d'aviation *Robert-Giraud* qui danse maintenant avec le *Paul-Goffeny,* son *sister-ship* au large de la côte, a pris place dans des barques M 2 démunies de moteurs, halées par deux L.C.V.P., et a pénétré dans le cours d'un rach, un peu à l'est de Can-Tho. Pierre Pihan, de plus en plus tendu vers le combat, a quitté sa pièce de fusil-mitrailleur pour rejoindre l'équipe de voltigeurs du groupe commandé par le second-maître Chartier, un Martiniquais massif.

Les bérets-verts sont à la recherche d'un hôpital rebelle qui serait, d'après les renseignements qui ont permis de mettre sur pied le raid, caché dans l'inextricable fouillis de palétuviers serrés le long du cours d'eau.

Le convoi avance au ralenti, bien au milieu du rach amoindri par presque deux mois de saison sèche. A chaque petit village traversé, il attire l'attention craintive de quelques gosses qui disparaissent aussitôt, rappelés à grands cris perçants par des femmes invisibles.

Les moteurs des deux L.C.V.P. crachent des senteurs acides d'essence brûlée. Leurs hélices soulèvent au fond du rach des nuages de boues ocre. Dans le M 2 de Pihan, une dizaine d'hommes serrés les uns contre les autres scrutent les rideaux d'arbres qui défilent lentement autour des sillages des engins.

Au bout d'une heure et demie de navigation, alors que les

palétuviers se resserrent encore, une volée de balles jaillit de l'écran de verdure, heureusement sans dommages pour les commandos qui offrent, entassés dans leurs barques plates, des cibles de choix. Les hommes se recroquevillent dans leurs coques de noix surchargées. Les canots tressautent dans les vagues soulevées par les L.C.V.P. lancés, moteurs emballés, vers la rive d'où giclent les coups de feu.

Pihan bondit dans la fange glissante. Les Viêt-minhs sont invisibles et rien ne peut trahir leur position d'embuscade. Les fusils-mitrailleurs du commando hachent de leurs rafales rageuses les branches sèches des arbres enchevêtrés. Le nez dans la boue, le nouveau voltigeur, serrant nerveusement la crosse de sa mitraillette allemande, attend que les choses se calment, impuissant.

Les rebelles sont vite obligés de rompre le combat sous la violence de la riposte. Un mortier de 50 mm canadien, vite placé en batterie tout au bord du rach, pilonne au jugé la forêt basse et drue, en direction des fuyards ennemis.

Les voltigeurs se relèvent un à un, tous indemnes. Les L.C.V.P. culent dans le rach et le commandant Vedel lance ses hommes sur les brisées du Viêt-minh qui ne tire plus.

Au bout de quelques centaines de mètres de fouille, un ordre radio rappelle la section de Paris et la chenille ondulante des bérets-verts se remet en route en direction du rach.

La voltige de Chartier, une fois revenue à la hauteur du cours d'eau, se faufile entre des touffes sèches de roseaux et les dernières racines de palétuviers qui s'enfoncent dans la boue, pour fouiller en amont de la rivière. Les sangsues pullulent dans les mares insalubres que traversent les commandos. Les hommes, habitués depuis longtemps à fréquenter ces sales bestioles, les évitent au maximum mais, malgré toutes les précautions qu'ils prennent, quelques-uns des visqueux annélides s'agrippent à leurs chevilles. Les marins les arrachent de leur peau, d'un coup très sec, comme le leur ont appris les Vietnamiens du Cap-Saint-Jacques.

— Saloperie de saloperie, gronde Pihan de sa voix de basse en ressentant la morsure cuisante d'une sangsue qui s'est plaquée sur le haut de sa cheville droite. Si avec tout ça on n'attrape pas les fièvres, c'est que nous sommes solides...

La fouille stoppe net lorsqu'un voltigeur de tête découvre un sampan dissimulé sous des roseaux à un coude du cours d'eau.

En arrière de la lente progression, le bruit ronronnant des moteurs de L.C.V.P. se fait entendre à plus d'un kilomètre tandis que, prudents, Pihan et ses quatre compagnons de voltige approchent. Leur trouvaille semble vide. Deux autres courtes embarcations sont amarrées à une vingtaine de mètres de la première. Le Normand remarque tout de suite qu'elles sont hautes sur l'eau.

— Elles sont lèges, se dit-il en sautant souplement à bord du premier sampan abandonné, on ne trouvera rien là-dedans...

Le plus grand désordre règne à bord de la prise. Des cordages brûlés par le sel gisent en vrac sur le pont et quelques caisses vides encombrent l'arrière de la grosse barque ventrue.

Bien protégé par ses compagnons de voltige restés sur la rive, le jeune colosse fouille à gestes mesurés les entrailles obscures du bateau rebelle. Il se rejette vite en arrière, à l'air libre, écœuré par une insupportable odeur de décomposition.

— Bon sang que ça pue ! se dit le Normand en reprenant son souffle à goulées gourmandes, il y a sûrement bien longtemps que personne n'est grimpé sur cette saleté...

Les deux autres sampans sont rapidement fouillés, le bilan de l'équipe est des plus maigres, elle découvre seulement quelques boîtes de conserves sans étiquettes, que les commandos jettent à l'eau après les avoir crevées à coups de poignard, et une pile de sacs de jute.

— Allez, hop ! décide l'enseigne de vaisseau Paris après avoir rendu compte par radio au pacha qui se trouve avec une autre section à trois cents mètres en arrière. On fait sauter tout ce bazar !

Pihan et ses compagnons, habitués à ce genre d'exercice, pratiquent des brèches dans les coques des sampans en les arrosant de courtes rafales de mitraillettes. Lorsque l'eau du rach a suffisamment pénétré dans les embarcations suintantes de calfat, ils jettent des grenades dont la puissance de destruction est décuplée par la bourre liquide. Éventrés, les sampans noirs coulent en quelques minutes.

— La méthode a du bon, commente Pihan pour lui-même. Les grenades coûtent moins cher que les pains de plastic...

La section se remet en chasse. Devant le Normand marche le quartier-maître Posty, un gaillard presque aussi grand que lui, au long visage et à la chevelure particulièrement nourrie. Les voltigeurs tombent vite sur deux petites embarcations amarrées quilles en l'air sous un manteau d'arbres penchés sur le rach, au-dessus d'un petit embarcadère à demi écroulé.

— Ça, suppute Pihan en rejoignant son compagnon, c'est bizarre. Il y a du louche dans le coin...

Les deux commandos restent perplexes, à quelques mètres de leur découverte, les yeux braqués sur le premier esquif retourné. La coque brune est luisante d'humidité.

— Il doit y avoir un gars là-dessous, avance Posty en dégoupillant une grenade offensive. Attends, on va en avoir le cœur net...

Le solide marin pose un pied sur la coque légère et commence à la balancer, d'abord légèrement, puis de plus en plus fort, jusqu'à ce que ses bords sortent de l'eau opaque dans le mouvement d'oscillation. Pihan, tandis que le reste de l'équipe s'est un peu écarté du rach, braque sa mitraillette vers l'esquif maltraité, prêt à tirer.

Posty cesse son manège et, tout en reculant d'un bond souple, lance sa grenade entre l'eau et le bois de la barque qui retombe sur l'homme qui doit se cacher en dessous. L'explosion sourde soulève une gerbe d'eau et de boue. La barque se retourne en position normale de flottaison et deux Vietnamiens émergent du magma crissant.

Posty en agrippe un sans ménagements et l'autre, rampant dans la boue, se hisse tout seul au sec. Les deux hommes ne sont pas armés et sont vêtus de pauvres vêtements de nhaqués qui collent à leur peau, soulignant les maigres contours de leurs corps. Roulant des yeux affolés en fixant les canons des mitraillettes qui les menacent de près, les suspects dégoulinants et boueux se jettent à genoux, mains sur la nuque, devant Posty et Pihan en crachant des paroles incompréhensibles en jets saccadés.

L'enseigne de vaisseau Paris regrette de ne pas avoir d'interprète dans sa section et ce ne sont pas les quelques très vagues notions de vietnamien que possèdent les plus anciens de ses hommes, surtout apprises dans les bars du Cap-Saint-Jacques, qui suffisent à mener une conversation utile avec les deux hommes. Choqués par l'explosion qui les a extirpés de leur cachette, ils semblent très bavards. L'officier fait un signe à son matelot radio chargé d'un poste S.C.R. 300 encombrant. Un L.C.V.P. doit venir prendre en charge les prisonniers.

Soulevant des masses de boue et faisant danser au passage les restes éparpillés des sampans éventrés, l'engin approche bientôt, de toute la puissance de son moteur, à près de sept nœuds. Il se range à la rive boueuse, écrasant les deux barques contre leur embarcadère écroulé. Les deux nha-qués sont jetés dans la cuve de l'engin dont le patron, manœuvrant rapidement dans des nuages de gaz d'échappement, remet l'étrave mafflue en direction aval du rach, vers le bord de mer.

La section Paris reprend sa marche en pénétrant cette fois, s'éloignant du cours d'eau, dans une brousse où, malgré la sécheresse qui règne depuis un bon mois au sud de l'Indochine, ils pataugent dans un véritable bourbier.

Pihan et ses compagnons de voltige se sont dispersés en tirailleurs et marchent à une trentaine de mètres devant leur pièce de fusil-mitrailleur en enfonçant parfois jusqu'aux genoux dans une boue collante et fétide.

Le groupe parvient, difficilement, aux abords d'un village bâti sur pilotis.

— Cette fois, constate Pihan en arrachant une jambe d'un cloaque profond, je crois bien qu'il y a du monde...

En effet, devant l'approche des commandos, des formes furtives glissent entre les palétuviers à cent troncs, abandonnant trois buffles paisibles derrière eux. Les fuyards disparaissent dans les premières paillotes du village planté autour d'une large clairière. Les marins, comme ils l'ont déjà fait des dizaines et des dizaines de fois auparavant, investissent l'endroit en bonds souples sous la protection parfaite des fusils-mitrailleurs.

La population du village est rapidement rassemblée, sans brutalités inutiles, au milieu d'une sorte de longue cour en terre battue et bien balayée. L'élément mâle du hameau n'est représenté que par quelques vieux édentés qui hochent inlassablement la tête au milieu d'une trentaine de femmes et de gosses à tête ronde et cheveux ras.

— C'est pas encore là-dedans qu'on trouvera du bon Viêt, se dit Pihan en contemplant le lamentable spectacle du troupeau humain agglutiné.

Jouant la terreur absolue, les Vietnamiennes serrent leurs bambins contre elles tandis que les vieillards expliquent, surtout par gestes et quelques mots de mauvais sabir, que les hommes de leur village sont partis travailler loin, très loin dans les plantations au nord de la capitale.

— Tu parles, souffle Pihan qui a saisi quelques-unes des explications des vieux aux visages chiffonnés, leurs jeunes doivent être au Viêt-minh...

Les palabres inutiles risquent de s'éterniser, les commandos les abrègent et passent les habitations au crible. Le soleil est presque à son zénith, la faim commence à se faire sentir.

— On mangera tout à l'heure, lance le second-maître Chartier lorsque la fouille, vaine, est terminée.

La section affamée se remet en marche, replongeant dans les boues entre les troncs de palétuviers ennoués.

— Il n'y a certainement pas d'hôpital là-dedans ! regrette Pihan en perçant du regard le rideau d'arbres qui ne permet pas aux commandos de distinguer quoi que ce soit au-delà de trente mètres.

Le Normand n'a pas fini sa phrase, trois grenades jaillies de l'épaisseur des taillis explosent presque simultanément. Les armes de la voltige crépitent à l'unisson mais, devant le manque de riposte ennemie, se taisent tout aussitôt.

A genoux dans la fange collante, les commandos essayent de deviner d'où ont giclé les grenades. Pihan change son chargeur vide et se relève pour avancer vers une large clairière qui se trouve à une vingtaine de mètres de là. Des fils de fer traînent au sol, pendant de petits arbres touffus. Prudent, le jeune commando ne touche pas aux pièges et retourne en arrière pour alerter son chef de groupe martiniquais. Ce dernier gagne la clairière avec lui tandis que veillent les museaux noirs des fusils-mitrailleurs.

Le sous-officier se baisse, ramasse un des fils et suit des yeux son cheminement jusqu'aux arbres où disparaît son extrémité.

— Ils ont tiré trop tôt sur leur foutu piège à cons, annonce-t-il, ils doivent être assez loin maintenant.

Le Martiniquais est arraché à ses supputations par un cri de Pihan.

— Chef ! crache ce dernier. Je suis blessé... Regardez...

Le Normand, qui n'avait rien senti au moment des explosions, soudain alerté par une douleur lancinante montant de sa jambe droite, contemple un long et large trait de sang qui poisse son pantalon le long de son mollet et se mêle à la boue placardée sur le tissu.

L'infirmier du commando qui accompagnait la section débouche vite tout près du blessé et commence, à gestes doux, à nettoyer la plaie avant de la panser.

— Ça ne sera rien, avance-t-il après avoir bien inspecté les dégâts, les éclats n'ont fait que traverser la viande...

La section est rappelée par le pacha du commando qui est regroupé au bord du rach. Pihan sent sa jambe devenir de plus en plus lourde et serre les dents sous les morsures de la douleur qui le taraude.

— Ce ne sont tout de même pas trois ou quatre petits morceaux de saloperie de fer qui vont m'obliger à demander de l'aide aux copains ! se dit-il. Ils ont assez de mal à marcher seuls dans toute cette merde de boue.

Le rach est atteint sans incidents et la nuit va bientôt tomber. L'hôpital fantôme des Viêts n'est toujours pas retrouvé lorsque les L.C.V.P. viennent, remorquant les M 2, récupérer les commandos fatigués. Le convoi prend la direction de l'embouchure du fleuve. Les commandos retrouvent bientôt les tenders d'aviation qui les attendent un peu au large. Après que les L.C.V.P. et les M 2 ont été hissés à leurs bords, le *Robert-Giraud* et le *Paul-Goffeny* lancent leurs machines à bonne vitesse vers le Cap-Saint-Jacques.

— Demain, promet un compagnon de voltige du Normand, on va arroser ton baptême du sang et on va s'en payer une bonne tranche...

Comme promis, toute la voltige de Pihan, après avoir subi la traditionnelle inspection des permissionnaires passée par l'officier de garde du commando, se retrouve, en fin d'après-midi dans un petit restaurant vietnamien, au centre de la place du marché du Cap-Saint-Jacques. Son patron, un Vietnamien jovial d'une quarantaine d'années, est affublé, sans que personne ne puisse dire exactement dire pourquoi, du surnom de « Vitamine ».

— Des crabes farcis, commande Pihan qui ne sent presque plus de douleur dans sa jambe bien soignée à l'infirmerie de Ben-Dinh et qui raffole, comme tous ses camarades, de la spécialité de l'endroit, épicée à souhait.

Les hommes ont oublié les vaines courses dans la boue des marécages de la veille et vivent la chaleur du moment, riche d'amitié. Après avoir avalé un bol de soupe fumant où nageaient des herbes inconnues, des nouilles translucides et des morceaux de poissons séchés, le tout bien arrosé de nuoc-mâm fabriqué dans les ateliers de la région de Phan-Rang, à quelque cent kilomètres au nord du Cap-Saint-Jacques, Pihan se lève de table. Il se dirige vers les toilettes du restaurant, installées derrière l'étroite cuisine où s'affairent, dans un somptueux mariage d'odeurs appétissantes et de moiteur crasseuse, le *bep* et son aide.

Ressortant des toilettes exiguës qui ont eu du mal à contenir sa grande carcasse, le Normand découvre en plissant les yeux une vieille femme toute vêtue de noir. La Cochinchinoise plonge ses mains, agiles papillons de chair diaphane, dans un seau qu'elle tient serré entre ses maigres jambes et amène à sa bouche édentée des morceaux de crabes décortiqués qu'elle mastique méthodiquement avant de recracher la pâte ainsi obtenue dans une cuvette émaillée. La bizarre cuisinière est vêtue d'un khe-quan soyeux, d'une propreté impeccable. Elle poursuit son manège pendant plus d'une minute, tout son visage animé à l'extrême par son mouvement de mastication appliqué, avant de s'apercevoir de l'intérêt que lui porte le grand commando. Elle lève alors la tête, délaissant un instant le seau à moitié rempli de bouts de chairs de crabe et plante ses petits yeux malicieux dans ceux du marin qui demeure coi à quelques centimètres de son vieux corps cassé.

La bouche de l'aïeule s'ouvre largement, dévoilant en un horrible sourire des gencives inégales et veuves de toute denture puis, devant le peu d'empressement du marin en saharienne claire à lui rendre la politesse, la vieille replonge une main parcheminée dans son seau et reprend son travail de broyage.

Écœuré, Pihan regagne doucement la salle à manger du restaurant, bondée de marins, de quelques tirailleurs sénégalais et de « tringlots ».

— Qu'est-ce que tu as ? interroge un de ses compagnons lorsqu'il se rassied en prenant garde de ne pas heurter sa jambe blessée contre un pied de la table, tu es tout drôle... C'est ta jambe qui te travaille ?

Le Normand pose les yeux sur un large plat tapissé de carapaces de crabes retournées et farcies à ras bords de chair dorée que Vitamine, toujours souriant et empressé, vient de déposer au milieu de la table.

— Non, souffle-t-il, je n'ai rien... Rien du tout.

Puis, s'efforçant d'oublier les yeux brillants comme des escarboucles de la vieille et de surmonter son dégoût, ne voulant pour rien au monde troubler le bel appétit de ses amis, il tend la main droite vers un crabe empli de la farce mâchée par l'horrible grand-mère et commence à le manger, du bout des dents. Malgré lui, le mouvement souple de la mâchoire à la peau flasque de la Cochinchinoise s'impose irrésistiblement devant ses yeux et il croit entendre le peu ragoûtant bruit de succion qu'elle produit dans son effort constant.

Heureusement, quelques rasades de vin rosé bien frais et les plaisanteries assez lourdes de ses amis rejettent enfin l'obsédante vision dans les odeurs de sa sombre arrière-cuisine.

— Après tout, conclut philosophiquement le blessé en recouvrant son féroce appétit, on mangera certainement de pires saloperies dans le bled...

Les commandos paient chacun leur écot et sortent dans la nuit parfumée des effluves arrachés par un vent léger aux plantations de poivriers qui couvrent des dizaines d'hectares à l'ouest du Cap-Saint-Jacques, vers Baria. Pihan et ses compagnons, repus, rentrent à leur cantonnement de Ben-Dinh, à pied.

— On mange pas mal mais ça manque un peu de filles ! lance un matelot. Pas vrai, les gars ?

Une chanson à boire, vite reprise en chœur par les voix mâles des commandos, monte sous le ciel étoilé. Le grand Normand qui a tout à fait oublié sa jambe blessée marche à grands pas. Il se sent bien dans sa peau de soldat de dix-huit ans et heureux de vivre avec des hommes comme lui qui acceptent de risquer leur vie pour servir une France bien lointaine.

— Les filles ? se dit-il en souriant, on aura bien le temps d'y penser. Pour le moment, je vis le temps des copains...

Pendant que le groupe joyeux approche de Ben-Dinh, laissant le Cap-Saint-Jacques au sud, le Normand se laisse aller à regretter que les accrochages sérieux avec les rebelles soient si rares. Il rêve au Tonkin où, selon les anciens, le Viêt-minh est plus pugnace qu'au sud et combat souvent, ouvertement, dans le delta du fleuve Rouge et à la frontière de Chine.

— Bah ! se rassure-t-il en débouchant près de la caserne à longues loggias, on finira bien par y aller un jour ou l'autre...

Tachen - Legall - Tortay et Moulina, quatre du commando « François » à Ben-Dinh.

8

LA MORT DE PRÈS

Ninh-Binh commence à vivre l'aube du 29 mai 1951. Pihan se retourne, ne trouvant pas le sommeil, sur son lit grinçant et replonge quelques mois en arrière, au début de l'année 1950.

— On a fouillé et refouillé la plaine des Joncs avec les gars de la Légion, se souvient-il, mais le plus souvent pour pas grand-chose.

Espérant toujours monter au nord pour y connaître de grands moments de guerre, le Normand passe les deux premiers mois de l'année 50 en opérations dont les déroulements, identiques et monotones dans leurs moindres détails, bloquent l'avance du temps. Le jeune voltigeur et ses compagnons peaufinent, au cours de ratissages sans grand intérêt, l'apprentissage de leur métier de soldat professionnel. Des dizaines de débarquements et d'infiltrations en zones sous contrôle viêt-minh sont ponctués de quelques petits accrochages qui rempliraient d'aise d'autres que Pihan mais ne suffisent pas à étancher sa soif de baroud.

Le 23 avril 1950, alors que la saison des pluies approche, des engins de débarquement, un L.C.M. et des L.C.V.P., disloquent le silence du petit matin torride. Leurs moteurs brassent l'eau d'un fleuve côtier de toute leur puissance.

Tassé au fond de la large cuve du L.C.M. à la porte avant rabattable en pont-levis, Pihan perd l'équilibre à chaque soubresaut de la barge, impitoyablement secouée par les sillages des engins qui la précèdent. Il s'écrase contre les épaules de ses compagnons. Des jurons fusent et des rires sonores se mêlent aux grondements des mécaniques.

Vers 8 heures, les patrons d'engins mettent en panne à un embarcadère. Une piste mène à un poste protégé d'une couronne de barbelés, situé au sommet de la colline qui surplombe le rach.

Les bérets-verts débarquent. Pihan secoue son quintal de muscles pour en chasser l'ankylose qui le tenaille. Les plus anciens du commando, parmi lesquels Posty et Tachen, se souviennent qu'à la même époque l'année passée, ils avaient durement accroché le Viêt-minh dans la région d'An-Thoi au cours d'une embuscade qui leur avait coûté sept morts et plusieurs blessés, dont les enseignes de vaisseau Roubeau et Terrenoire. Le Normand connaît bien le récit de l'embuscade tragique qui avait surpris les commandos au cours du franchissement d'un arroyo sur un long pont de singe rudimentaire.

— On aura peut-être, nous aussi, la chance de tomber sur les Viêts aujourd'hui, se dit-il, en ajoutant pour conjurer le sort : et cette fois, sans morts de notre côté !

Les hommes de Vedel se regroupent au pied du poste tenu par des partisans Hoa-Haos. Une large barge de la Légion étrangère, hérissée de mortiers de 60 et 81 mm, rejoint la petite flottille du L.C.M. et des L.C.V.P. Le pacha de « François » monte au poste avec le lieutenant de vaisseau Allongue qui commande le commando « Jaubert », débarqué lui aussi des engins.

Benito Diaz, à quelques mètres seulement des sections de « François », fait un signe de la main au « filleul » de sa sœur. Les événements se précipitent. Les officiers redescendent du poste, enfouissant leurs cartes d'état-major dans les poches à soufflets de leurs tenues de combat.

Un ordre sec intime aux commandos de s'équiper. Pihan vérifie une dernière fois son harnachement. Comme le groupe d'assaut du premier-maître Majeur, un sous-officier trapu, est désigné pour ouvrir la route au commando, il se place en deuxième position de la progression, derrière Leresteux, un Malouin très sec et au nez pincé, familièrement appelé « Titine ». Un groupe de Hoa-Haos de la garnison du poste, placé devant la voltige de Majeur, guide les fusiliers marins vers leurs objectifs.

Les sept hommes, vêtus de khe-quans noirs, arborent de larges sourires et, armés de fusils Mas 1936, sont chaussés de sandalettes à semelle épaisse, de fabrication locale. Celui qui semble être le chef du petit groupe d'éclaireurs, mal armé, est un grand maigre, très noir, sans âge, au visage ridé tout illuminé à la perspective de traquer le Viêt-minh avec les commandos marine. Cinq de ses hommes sont dans la fleur de l'âge, mais le septième est un tout petit bonhomme qui ne doit guère compter plus que quatorze ans.

— Mais, se dit Pihan, avec eux, on ne peut vraiment pas savoir si on se trouve devant un gamin ou un père de famille...

Les Hoa-Haos tracent la route du commando en direction d'une cocoteraie étalée sur la rive gauche du rach tandis que les sakos de « Jaubert » cheminent de l'autre côté du cours d'eau qui se rétrécit. Le jeune partisan a déployé un fanion carré et noir, brodé de fils jaune et argent dont il tient la hampe sur l'épaule droite.

— C'est la guerre en dentelles ! remarque le Normand, étonné de la tournure folklorique que prend l'expédition.

Le petit partisan au fanion, sautillant à pas mécaniques devant Leresteux, se retourne vers les marins en indiquant les premiers cocotiers de son bras libre.

— C'est beaucoup Viêt-minhs par là-bas, cette nuit ! leur crie-t-il en ajoutant dans une cascade de rire : c'est bon pour nous...

Leresteux et Pihan détaillent un peu mieux la ligne des palmes qui barre l'horizon, à l'équerre du rach.

— Si seulement le gosse avait raison ! espère le Normand, avide de combat.

Derrière les commandos bien espacés, les partisans Hoa-Haos restés à leur poste, agglutinés à leurs dernières défenses de barbelés, suivent des yeux les sections commandos qui raient la plaine ocre et ensoleillée. Il est un peu plus de 9 heures. La cocoteraie est toute proche, bientôt, le premier partisan pénètre sous les futaies à troncs lisses. L'homme s'accroupit un instant pour observer.

Derrière lui, le groupe de Majeur se fige aussi. Le partisan se relève, fait signe à ses compagnons que tout va bien et les commandos s'enfoncent sous les cocotiers, au bord du rach. Les palmes des arbres bruissent légèrement, peignant le silence.

Au moment des dégagements de la frontière de Chine, debout au centre, le premier-maître Majeur, le second-maître Simon et le maître Roland Royer.

Au bout d'une centaine de mètres sous les arbres, un coup de feu claque, donnant le signal aux déchaînements d'une embuscade. L'éclaireur de tête s'abat le premier, touché à mort. L'enfer balaie la piste. Devant Pihan, comme dans un rêve assourdissant, les autres partisans, hachés par les balles qui jaillissent de partout, s'effondrent en poussant des hurlements de douleur.

Plaqué à genoux tout contre le tronc d'un cocotier, le Normand arme sa mitraillette mais ne tire pas, attendant de distinguer nettement les tireurs du piège.

Le plus jeune Hoa-Hao est resté debout et semble danser, sous les balles de ses frères ennemis, un ballet surréaliste au rythme des crécelles de la mort qui crépitent de plus en plus et éraflent en miaulements sinistres l'écorce gris-vert des hauts arbres.

— Il est dingue ! crache Pihan tassé au pied de son abri précaire. Qu'est-ce qu'il attend pour se foutre à l'abri ?

Insouciant de la mort qui le frôle, le pantin dansant fait tournoyer la flamme noire, argent et or, de son fanion. Ce n'est que lorsqu'il a réussi à enrouler cette dernière autour de sa hampe qu'il plonge enfin à l'abri, disparaissant de la vue du grand commando qui ne tire toujours pas et observe le déroulement de l'embuscade.

— Le pauvre gosse doit être mort, souffle ce dernier, ne se rendant pas compte que lui aussi, avec ses dix-huit ans et demi, reste un gamin égaré dans la guerre.

Le feu augmente encore d'intensité. Les Viêt-minhs, nombreux et bien dispersés, dirigent le gros de leur tir sur les gens de « Jaubert » immobilisés de l'autre côté du rach.

Pihan reconnaît dans le tumulte croissant la voix nerveuse de l'enseigne de vaisseau Paoli qui hurle ses ordres aux hommes de sa section. Acker, un tireur au fusil-mitrailleur, met sa pièce en batterie derrière un tonneau rouillé, abandonné lors d'une lointaine opération. Son tir précis soulage un peu le groupe de Majeur, toujours sous le feu des armes rebelles. Diaz n'est pas loin de la rive droite du cours d'eau. Pihan le cherche un moment des yeux et le découvre enfin, soulagé de le trouver indemne. Une forme maigre s'écroule, frappée par une balle dans les rangs de « Jaubert ».

— Bon Dieu ! souffle Pihan en reconnaissant la silhouette dégingandée du quartier-maître Le Lorrain, appelé « la Chignole » par tout le monde au Cap-Saint-Jacques. Ça chauffe drôlement par là-bas...

Le blessé contemple, les yeux incrédules, le sang qui colore de brun le haut de son pantalon.

— C'est foutu pour moi ! lance-t-il à ses compagnons de combat, sans une intonation de peur ni même de regret en constatant qu'il est touché à l'aine.

Acker, non loin de Pihan, vide chargeur sur chargeur sur l'embuscade. Son appui permet au colosse de faire un bond vers un abri plus conséquent que son tronc d'arbre, dans un petit creux, près du rach. Trois ou quatre balles fichantes l'encadrent tout de suite. Les coups de feu partent du haut des cocotiers qui se trouvent à vingt mètres de sa nouvelle position.

Le Normand épuise la presque totalité d'un chargeur de 9 mm sur une forme bien dissimulée qui se tient recroquevillée au cœur des palmes d'un arbre. Le canon effilé de sa mitraillette allemande ne dévie pas d'un millimètre sous la riposte ennemie et le Viêt-minh pousse un hurlement de terreur en plongeant vers le sol. Le bo-doï reste pendu, après deux mètres de chute, par la corde qui l'amarrait à son observatoire indécelable. Leresteux ouvre le feu lui aussi sur un deuxième sniper qui tombe de son perchoir.

Pihan fixe longtemps la marionnette tragique qui tournoie à quelques mètres de lui, araignée encore animée de soubresauts et dont le khe-quan est rabattu tout autour de la tête. Le fusil de l'homme reste lui aussi suspendu, rattaché au bras du mort par une lanière.

Les autres voltigeurs du groupe d'assaut prennent les snipers survivants à partie. Majeur, pistolet à la main, magnifique de calme, s'est porté, dès les premiers coups de feu, à la hauteur de son élément de tête.

— Maintenant, hurle-t-il dans le vacarme, il faut attendre les ordres. Économisez vos munitions ! De deux choses l'une, poursuit-il plus bas en se tournant vers Pihan et Leresteux, ou on nous fait avancer, ou on se replie...

Le Normand admire le flegme de son chef qui ajuste de son colt 45 un Viêt-minh qui s'enfuit entre les troncs d'arbres criblés de balles, tout en poursuivant :

— Et, dans les deux cas, on aura besoin de munitions !

Les Viêt-minhs, un instant calmés par le tir des pièces de « Jaubert » et marqués par la mort de leurs snipers les plus avancés vers le rach, reprennent le feu, empêchant le groupe Majeur de manœuvrer efficacement. Des voix nasillardes hurlent des ordres courts au plus profond de la cocoteraie transformée en forteresse.

— Ils vont essayer de nous encercler ou tout au moins de nous prendre en fourchette contre le rach, se dit Pihan, en dirigeant quelques rafales de trois cartouches vers les formes agiles qui courent au ras du sol entre les troncs plantés irrégulièrement. Les vaches ! souffle-t-il, il y en a un sacré paquet !

De nouveaux cris se font entendre au milieu du raffut infernal, en provenance du poste. Pihan essaye de saisir des bribes d'éclats de voix au milieu des rafales et, ne reconnaissant pas des accents français, jure entre ses dents :

— Bon Dieu ! Ils ont réussi à nous contourner au ras du poste.

Sur l'autre rive du cours d'eau, « Jaubert » manœuvre impeccablement, comme à l'exercice, sous le feu continu des armes rebelles.

— Heureusement qu'ils étaient là ! constate le Normand. Si on sort de ce pétrin, on leur devra une fière chandelle !

Des obus de mortiers s'abattent soudain au plus profond de la cocoteraie, loin devant le groupe Majeur. Pihan se retourne vers l'aval du rach et découvre, soulagé, l'origine des cris qui lui avaient fait craindre le pire.

— Les légionnaires de la barge ! souffle-t-il. Il était temps...

Les gradés des pièces à tir courbe, Allemands pour la plupart, continuent de hurler leurs ordres, changeant sans cesse les angles de tir de leurs armes de 60 et 81 mm pour pilonner au mieux les positions tenues par la longue embuscade.

Les Viêt-minhs se tassent sous la formidable pression salvatrice qui dégage complètement les commandos. Ces derniers, tout en tirant, sortent par petits paquets de la zone dangereuse.

Le combat dure depuis plus d'une demi-heure lorsque Majeur donne à ses hommes l'ordre d'entamer à leur tour un mouvement de repli vers le poste des Hoa-Haos.

Courant courbé, Pihan passe près d'un fossé d'où jaillit soudain, tel un diablotin à ressort, le jeune partisan au fanion, miraculeusement indemne. Le petit farfadet file vers le poste en serrant son précieux emblème contre son maigre corps poussiéreux.

Le groupe de Majeur passe au ras d'une nouvelle position ennemie, le tir reprend. Quelques obus de mortiers s'abattent dans la minute qui suit sur le dernier groupe en embuscade. Les commandos se dégagent facilement en jetant leurs dernières grenades sur les Viêt-minhs qui se débandent.

Essoufflé, le Normand débouche enfin devant les premières défenses du poste ami, et constate avec soulagement que pas un seul de ses compagnons n'a été touché au cours du furieux engagement. Le commando « Jaubert », lui aussi sorti du piège de feu, rejoint « François » un peu plus tard, brancardant ses blessés qui sont vite chargés sur un engin blindé qui fonce vers la mer, de toute sa puissance, en éventrant les eaux du rach.

Pihan, qui cette fois a vu la mort de très près, se rapproche des sections de « Jaubert », cherchant Diaz du regard et le retrouvant intact avec satisfaction. Un officier à trois galons commente l'événement, comme s'il se trouvait dans une cour de l'école du cap Matifou en train de tirer les enseignements d'une manœuvre dans la région d'Alger.

— Il faudra revoir de près le problème de l'utilisation du terrain car...

Le lieutenant de vaisseau ne peut poursuivre son exposé, l'enseigne de vaisseau Paoli le reprend sèchement :

— Capitaine, je suis tout à fait satisfait de mes hommes, crache-t-il en colère. Ils ont tous parfaitement manœuvré, je peux vous l'assurer, j'étais avec eux !

Pihan et ses compagnons se détournent de l'altercation.

— En tout cas, se dit le Normand en regagnant son groupe d'assaut et repensant à la conduite héroïque d'Acker et de ses compagnons, sans eux je ne serais pas ici tout entier !

Sur le rach aux eaux battues par le ballet incessant des engins qui amènent des renforts de l'Armée de terre sur le site, la barge des légionnaires poursuit longtemps encore son travail régulier de pilonnage de la cocoteraie mortelle.

Alors que le soleil plombe droit au-dessus du champ de bataille, un ordre rejette les commandos hors du poste, en direction de l'embuscade déjouée.

Cette fois, Pihan et ses compagnons du groupe d'assaut, qui ont repris la tête de l'avance, font un large détour de près de trois kilomètres avant de se rabattre vers le cours d'eau, en direction des anciens emplacements de tir rebelles.

Le matraquage de la Légion étrangère reprend quelques instants avant que les bérets-verts ne parviennent à leur but. Les Viêt-minhs survivants se sont prudemment repliés. Les snipers morts pendent toujours en bout de leur corde mais leurs compagnons en fuite ont emmené leurs fusils.

Les six corps criblés de balles des guides Hoa-Haos sont vite retrouvés sur le bord de la piste, à l'endroit où ils sont tombés, premières victimes d'une embuscade dévoilée un peu trop tôt et qui aurait certainement coûté beaucoup plus cher aux commandos si son feu avait jailli seulement deux minutes plus tard, alors que la plus grande partie de la section de tête pénétrait plus avant dans le piège.

De grosses mouches vertes bruissent en nuées autour des cadavres. Le jeune Hoa-Hao, qui a tenu à repartir avec les bérets-verts, regarde les dépouilles de ses amis et semble tout à coup vieilli d'une dizaine d'années. Il ne sourit plus, se tait, ses yeux sont morts.

Un ordre radio rappelle le commando au poste. Pihan et ses amis tournent le dos à la cocoteraie tragique et se remettent en route en longeant le rach vers la colline des partisans. Quelques Hoa-Haos graves et silencieux portent les six morts sanglants. Leurs ombres, projetées par les rayons du soleil qui fuit vers l'ouest, s'étirent en dansant sur la piste poudreuse.

Le Normand, soudain las, repense à la coïncidence qui a fait que les commandos retombent en embuscade, un an jour pour jour après le tragique accrochage d'An-Thoi.

— Avec des trucs comme ça, s'avoue-t-il, impressionné, on deviendrait facilement superstitieux... On verra bien l'année prochaine !

La barge de la Légion redescend le cours d'eau tranquille jusqu'en dessous du poste endeuillé. Un mouvement de troupe important enserre, de très loin, tout le site, prenant les Viêt-minhs en large tenaille. Les commandos réintègrent leurs engins d'assaut. La flottille fait route vers la mer. Personne ne parle dans les cuves bondées. Certains commandos, les traits tirés, laissent tomber leur visage entre leurs bras croisés sur leurs genoux ramenés contre leur poitrine et somnolent, à bout de forces et de nerfs.

9

LE SIRE DE VINH-LONG

Vivant sa guerre d'Indochine au jour le jour et sans romantisme béat, Pihan est devenu, malgré son tout jeune âge, un combattant accompli, conscient de ses capacités, en pleine possession de ses moyens.

La saison sèche n'est plus qu'un souvenir. Le mois de mai, bien entamé, a enflé à nouveau les rachs des bouches du Mékong, permettant aux engins de débarquement de la Marine et aux vedettes F.O.M.[1] de l'Armée de terre de pousser les commandos en infiltrations, chaque fois plus profondes, dans des zones contrôlées en quasi-permanence par des éléments viêt-minhs.

Une opération est lancée dans la région de Ben Tre, vaste presqu'île noyée par les eaux et quadrillées de petits postes tenus par des miliciens catholiques groupés en brigades d'une soixantaine de volontaires. Les commandos remontent le Song Ba Lai dont l'embouchure, située entre celles de la Cua Dai qui mène à My-Tho, au nord, et la Cua Ham Luong, plus au sud, déverse ses flots grossissants dans la mer de Chine, à un peu moins de cent kilomètres au sud-ouest de la pointe du cap Saint-Jacques.

Une pluie obsédante noie tout le paysage plat dans son bruissement lancinant, à peine couvert par les ronronnements des moteurs marins qui marchent au ralenti depuis

1. Vedettes France Outre-Mer.

que le convoi armé est entré en zone suspecte. Dans leur cuve de L.C.V.P., Pihan et ses compagnons de section ne voient rien du paysage grisaillant. Les engins tournent bientôt le nez vers la rive droite du Song et beatchent contre la glaise noyée. Les commandos bondissent dans la boue.

Après deux heures de marche sur les diguettes glissantes, alors que les commandos ne rencontrent que des nha-qués craintifs et des dizaines d'énormes buffles débâtés, écroulés dans la boue, une rumeur remonte la colonne criblée d'eau.

— Ponchardier est avec nous...

Pihan sursaute, intéressé. Il connaît, comme presque tous les combattants d'Indochine, celui qui est appelé le « Sire de Vinh-Long » ou encore « le Ponche », mais il n'a encore jamais eu l'occasion de l'approcher. Curieux, il se retourne pour essayer de le découvrir alors que la pluie offre une accalmie à ceux qui progressent.

Le Normand distingue, assez loin, la silhouette épaisse du capitaine de corvette qui ne peut se résoudre, malgré ses fonctions importantes dans l'organigramme de la Marine en Indochine, à rester loin des commandos et trouve tous les prétextes pour rechercher le feu.

L'officier de légende remonte la colonne étirée de sa démarche chaloupée. Pihan, l'ayant aperçu, sûr de sa présence, regarde en avant de la marche et, fouillant dans une poche à soufflets de son pantalon de treillis trempé, en extrait un des quatre bonbons « Becco », très acidulés, qui agrémentent les boîtes de rations « K ». D'un geste machinal, le voltigeur sort la friandise de son emballage de papier translucide. Comme il va vous porter la sucrerie à sa bouche, la sensation gênante d'être observé le stoppe net. Il découvre, maintenant marchant à sa hauteur, Ponchardier qui le dévisage.

L'étui du pistolet de l'officier en veste camouflée balance au rythme de ses pas en plein milieu de son bas-ventre. L'homme qui avait chassé le Viêt-minh de My-Tho et Vinh-Long en 1945 porte une casquette bleu marine ornée de quatre larges galons dorés et, noué en foulard autour de son cou massif, un morceau de voilure de parachute camouflé. Sa voix gouailleuse se lève :

— Tu n'as pas honte de manger des bonbons à ton âge ? claironne-t-elle.

Pihan, surpris, se demande où le capitaine de corvette veut en venir et reste coi, hésitant à jeter le bonbon ou à continuer de le sucer.

— Après tout, se dit-il, s'ils les foutent dans les boîtes de rations, c'est bien pour qu'on les mange... Il se fout de moi...

L'ancien patron des commandos mixtes aéroportés d'Indochine continue à marcher à la hauteur du jeune marin perplexe et poursuit :

— Moi, en tout cas, j'aurais honte...

Pihan, agacé, marche encore quelques pas sans répondre au baroudeur puis, reprenant, cette fois à haute voix son raisonnement, lâche :

— Si on nous les donne, commandant, c'est pour les manger... Non ?

Le large officier de Marine sourit de toutes ses dents, ses yeux pétillent de malice.

— T'as bien raison, dit-il en tendant une large main vers le grand voltigeur dégoulinant d'eau, tu peux pas m'en donner un ?

Pihan, manquant avaler le reliquat de son premier bonbon, plonge sa main dans la poche de son treillis et tend un Becco au capitaine de corvette. Le héros de la dernière guerre dépaquette ce dernier rapidement et l'enfourne, l'air ravi, dans sa large bouche.

— Merci, petit gars ! lance-t-il en s'éloignant vers la tête de la colonne en se dandinant comme un ours puissant.

Le but de l'opération, montée par Ponchardier lui-même, tend à découvrir d'importants dépôts de nourriture et de paddy qui permettent aux groupes de réguliers du Viêt-minh de se ravitailler facilement sans s'éloigner de leurs sanctuaires.

Le commando, bientôt parvenu dans la zone où doit se trouver le paddy clandestin, éclate en petites patrouilles qui se mettent aussitôt à fouiner, en suivant les indications du Sire du Vinh-Long qui paie de sa personne comme un simple voltigeur. Ponchardier semble rajeuni de quinze ans

Les commandos achèvent la fouille d'un village.

tandis qu'il s'enfonce dans un petit village pour le fouiller.

Au bout d'une heure de recherches fructueuses, les bérets-verts ont retrouvé la presque totalité du ravitaillement ennemi. Regroupant tous les nha-qués des villages passés au peigne à poux, les marins commencent une longue et pénible corvée d'embarquement du riz dans les engins rameutés par radio. Le paddy, chargé tout d'abord dans les bateaux M2 remorqués par un L.C.V.P., est amené jusqu'au L.C.T. au mouillage au large de l'embouchure du rach. La noria bien réglée se poursuit pendant plus de trois heures. Les commandos, malgré la pluie persistante, sont en sueur.

— Il faut vraiment tout faire dans cette guerre, se dit Pihan, en s'arc-boutant vigoureusement dans les vagues sur le manche d'une courte pagaie grise, dans un M2 ballotté par le flot.

Comme la nuit menace de tomber bientôt, Ponchardier et le pacha du commando décident de détruire le maximum de ce qui reste encore du paddy découvert. Les hommes en chapeau de brousse arrosent de pétrole les tas de riz brut sous les regards réprobateurs et tristes des nha-qués libérés de la corvée, silencieux et groupés.

— Bien sûr, se dit Pihan, on aurait mieux fait de leur distribuer tout le fourbi, mais les Viêts seraient venus tout récupérer dès notre départ. Alors...

La destruction, rondement menée, se termine vite. Les commandos laissent derrière eux des tonnes de paddy empuantis de pétrole. De longues langues de feu détruisent en ronflements réguliers les entrepôts clandestins.

Quelques jours plus tard, Pihan se retrouve à la base arrière de Ben-Dinh criblée de pluie, commandée par le lieutenant de vaisseau Wassilieff[1], un homme pas très grand, sportif, au visage expressif animé d'un regard bleu et qui monte souvent des opérations avec la poignée de marins de toutes spécialités qui forment sa maintenance. Le jeune commando se sent mal dans sa peau, fébrile et nerveux. A l'infir-

1. Alex Wassilieff, *le Pacha,* Grasset.

merie proche du C.I.T. de Ben-Dinh, il apprend qu'il est en train de subir une attaque de paludisme.

— Mais, le rassure l'infirmier, si tu prends régulièrement de la quinine, tu passeras au travers sans t'en apercevoir...

Le grand Normand n'est pas le seul à souffrir des atteintes du climat. Quelques cas de tuberculose se sont même déclarés dans les sections du commando. Le lieutenant de vaisseau Vedel, très proche de ses hommes, bombarde l'état-major de la Marine à Saigon de notes réclamant des suppléments de ration alimentaire pour ses commandos qui doivent faire leur ordinaire, à la base arrière, de platées de riz au gras et d'ignames cuits de toutes les façons possibles, même en frites.

La fièvre va et vient dans le grand corps musclé du voltigeur, tantôt forte et parfois sournoise, presque oubliée, mais n'empêche pas le Normand de participer à toutes les opérations du commando.

Pihan se retrouve, un matin de la fin mai, en train de marcher derrière un parachutiste, sur une digue dans la plaine des Joncs, une nouvelle fois violée par le déroulement d'une opération d'envergure destinée à casser l'infrastructure rebelle de cette région du nord de Saigon.

A droite et à gauche de la ligne de la digue, la rizière, haute en eau, s'étend à perte de vue en carrés, losanges et rectangles inégaux délimités par des diguettes basses. Le commando « François » et les quelques parachutistes qui l'accompagnent approchent d'un petit village de paillotes amalgamées en désordre au point de rencontre de trois routes digues. Pihan marche d'un pas d'automate, soucieux de ne pas glisser sur les traces du parachutiste, en troisième position de la longue colonne écrasée d'eau.

Le silence bruissant est éventré par un claquement sec. Un hurlement fou s'élève et se termine en infect gargouillis. Le parachutiste qui ouvrait la marche gît en plein milieu de la piste humide, écrasé, perforé, par une lourde herse rouillée qui lui a défoncé le thorax. L'homme râle, agrippé au fer assassin. Le piège diabolique, formé de la herse maintenue en tension par une longue perche passée entre les troncs de deux arbres, a été déclenché par un rebelle bien dissimulé qui a libéré la simple goupille de bois dur qui retenait le tout bandé.

Leur surprise surmontée, le para qui marchait devant Pihan et les premiers voltigeurs du commando se jettent dans les lises du bord de la digue pour tenter de retrouver le Viêt-minh. Mais, après un bon quart d'heure de recherches vaines, tandis que le corps martyrisé du parachutiste a cessé de s'agiter en dernières convulsions nerveuses, les commandos, rageurs, sont obligés de reprendre la route vers le but de l'expédition.

Pihan, les oreilles pleines du bruit mat de la herse emboutissant la poitrine du béret-rouge, serre la crosse de sa mitraillette.

— Les Viêts ont tout de même une sacrée imagination, se dit-il en essayant, une dernière fois, de détecter du regard la présence de l'homme qui a déclenché le mécanisme du piège. Ces gars-là font une guerre totale. Tout leur est bon...

La section de tête parcourt encore quelque six cents mètres. Le para esseulé qui mène la marche stoppe net à un coude de la route digue et fait signe à Pihan de s'approcher de lui.

— Regarde, souffle l'homme en désignant au commando l'endroit de la rizière d'où émergent deux chalumeaux de bambous, insolitement plantés là, à deux mètres seulement des glaises qui embasent la digue.

La section de tête se fige, genoux au sol, sur la piste dérapante. Pihan arme sa mitraillette en même temps que le béret-rouge. A l'unisson les deux hommes encadrent les tiges suspectes de courtes rafales. L'eau gicle, les bambous sont rejetés de leur gangue et, noires, deux têtes affolées apparaissent dans la seconde qui suit les premiers coups de feu. Quatre bras décharnés se lèvent vers le ciel gris et bas en signe de reddition.

Les Viêt-minhs sont extraits de leur abri d'eau et de boue. Le souffle court, roulant des yeux fous, dégoulinants de boue brune, ils restent accroupis aux pieds chaussés de

« pataugas » des commandos, les mains peureusement plaquées en casque sur leurs têtes rondes à cheveux ras, les coudes collés devant le visage pour parer les coups qu'ils redoutent mais qui ne viennent pas.

Un ordre radio enjoint au chef de section de Pihan de laisser les prisonniers à la charge de l'arrière de la progression grossie de quelques partisans. L'un d'eux, un Cambodgien à pommettes saillantes et haut placées, rejoint l'avant du mouvement qui se relance.

Pihan et ses compagnons reprennent leur marche de fouille tandis que d'autres colonnes apparaissent à l'horizon, processions de fourmis minuscules qui convergent toutes vers le but final de la traque.

Quenzi, un quartier-maître que ses compagnons de combat appelle « Canoé », a pris la place du second parachutiste choqué par l'horrible sort de son compagnon. Pihan conserve toujours la troisième position de l'avance.

A huit cents mètres de l'endroit où furent découverts les Viêt-minhs, le quartier-maître s'arrête net. Ses compagnons l'imitent mais, cette fois, ce n'est pas un indice trahissant la présence d'un rebelle qui fige la progression mais, souverain de calme, un superbe buffle. Luisant de boue, l'animal est planté sur la digue, véritable statue de bronze. La tête est aussi large que la piste. Quenzi fait des moulinets de son bras désarmé pour l'effrayer et l'obliger à céder le passage à la section.

L'animal figé ne l'entend pas ainsi et les commandos gomment vite leurs sourires amusés lorsque, après avoir gratté plusieurs fois la boue de son sabot avant droit, sans bouger sa tête d'un seul centimètre, le colosse de bronze aux larges cornes étalées fonce soudain sur Quenzi qui n'a pas le temps d'esquiver la charge.

Le marin, encorné, est projeté à bas de la piste savonneuse. Pihan saute dans l'eau et, derrière lui, tous ses compagnons en font autant. Seul, à quelque trente mètres en arrière de la tête de la section, le Cambodgien reste maintenant debout sur la digue. Le buffle ne ralentit pas sa charge furieuse. Le partisan braque calmement son fusil sur la masse imposante qui a balayé toute une section de bérets-verts comme un jeu de quilles. Alors que la bête n'est plus qu'à deux mètres de lui, il lui loge une balle au-dessus des yeux, entre les cornes.

Foudroyé par l'impact de 7,65, le buffle chancelle de gauche à droite, s'affaisse sur ses pattes avant, puis roule sur le côté, mort.

Le Cambodgien est entouré par les commandos qui ressortent de la rizière et sourit sous les claquements de mains humides des marins qui meurtrissent ses épaules étroites. Quenzi, moins gravement touché que Pihan ne l'avait craint, gît sur le bord de la digue, se mordant les lèvres sous la douleur.

— Si les Viêts se mettent à dresser les buffles à la charge, plaisante le Normand pour détendre un peu son compagnon blessé, on n'a pas fini la guerre...

Sans se plaindre, l'encorné se laisse dépasser par tout le commando en attendant qu'on le brancarde vers les engins de débarquement. Le gros corps du buffle a été difficilement repoussé dans la rizière et s'est à demi enfoncé dans l'eau glauque, ne laissant plus dépasser qu'une seule de ses superbes cornes aiguës.

L'après-midi touche à sa fin, des avions passent au-dessus de la colonne des commandos et vont mitrailler, en carrousel hurlant, l'horizon, vers le nord-ouest d'où courent les échos de tirs d'armes lourdes.

Les bérets-verts reçoivent l'ordre de rebrousser chemin après avoir fouillé deux nouveaux petits villages blottis au-dessus de la rizière sous quelques palétuviers. Dans le deuxième ils découvrent un petit atelier de fabrication de mines et de grenades.

— Encore une usine d'armement pour les communiqués de l'état-major, grommelle Pihan en détaillant, l'œil morne, les maigres prises formées de quelques corps inertes de grenades énormes et de boîtes de poudre noire qui accompagnent une trentaine de détonateurs.

De plus en plus dégoulinants d'eau, les commandos du

Malgré la charge du buffle qui a mis Quenzi hors de combat,
les commandos, parfois, utilisent cet animal comme moyen de transport...
Ici, le groupe du second-maître Simon.

commandant Vedel, se dirigent, lents et las, vers le point prévu pour le recueil où les attendent déjà, bien protégés par un élément de l'Armée de terre, leurs canots M 2 et les engins qui les tirent.

Quelques jours après cette opération sans grand intérêt pour les combattants comme Pihan qui n'apprécient que le résultat tangible d'un bel engagement avec l'ennemi, les commandos ont la surprise de voir leur maigre ordinaire monotone amélioré par quelques bouteilles de bon vin blanc et une distribution de cigarettes « Jobert », bien meilleures que les troupes de tabac rêche.

C'est le capitaine de corvette Ponchardier qui régale, en remerciement de la bonne exécution de ses ordres au cours du raid sur les entrepôts de paddy, aux bords du Song Ba Lai.

— En voilà un qui n'oublie pas les petits, constate Pihan en apprenant que c'est au Sire de Vinh-Long que le commando doit ces largesses inhabituelles. Ça réconforte !

L'humidité croissante n'arrange pas l'état de santé du Normand qui frissonne longuement le soir, sous la moustiquaire bien tendue de son châlit.

— Pourtant, s'inquiète-t-il, je prends bien cette saloperie de quinine amère. Je me demande ce que j'ai ?

En sueur et grelottant, le commando appelle le sommeil de toutes ses forces.

— En tout cas, se dit-il en fermant ses yeux brûlants, je ne vais pas me faire porter malade, il suffirait que je manque une opération pour que les copains tombent sur un gros morceau... Jusqu'à maintenant, on n'a fait que s'amuser, mais je sens que, bientôt, cela va devenir sérieux...

DEUXIÈME PARTIE

LE LOUP DES RIZIÈRES

10

LES RATS

La saison humide se poursuit en ratissages, fouilles, débarquements et coups de mains lancés sur les côtes du sud de l'Annam, les bouches grasses du Mékong, dans la région de Ca-Mau, à l'extrême sud de la péninsule battue par la mousson du sud-est et dans le golfe du Siam.

Pihan vit intensément chacune de ces actions ponctuées d'éventrations de sampans rebelles, de destructions massives de matériel viêt-minh et de la capture de quelques prisonniers. Mais, pour lui, le « gros coup » est encore à faire.

Le 27 mai 1950, un cargo, le *Lieutenant-Saint-Loubert-Bie,* saute sur une mine après avoir franchi le coude de l'est de la rivière de Saigon. Le navire s'est échoué, nez dans la boue, sur la rive droite du fleuve. Son flanc tribord avant est crevé d'une brèche triangulaire de quatre mètres sur cinq. Le *Paul-Goffeny,* rameuté rapidement, veille au grain près de l'épave et l'état-major de Marine à Saigon demande au lieutenant de vaisseau Vedel de dépêcher une de ses sections à bord de celle-ci pour parer à une éventuelle attaque en masse des rebelles.

Pihan est de l'expédition et aide à aveugler la brèche avec du ciment à prise rapide. Le 10 juin, le *Lieutenant-Saint-Loubert-Bie* est remorqué vers la capitale et le commando se retrouve au grand complet dans son cantonnement de Ben-Dinh.

— Les affaires vont reprendre, souhaite Pihan.

Le Normand aux yeux marron ne se trompe pas : le commando reçoit une mission qui l'envoie, une fois de plus, dans un secteur coupé par le fleuve Bassac, entre Vinh-Long au nord du cours d'eau et Can-Tho, plus au sud de ce dernier.

Le jour est à peine entamé lorsque les voltigeurs débarquent, les premiers, de leurs canots M 2 dans la boue des bords d'une des nombreuses veines du Song Ba Lai. Un village se découpe, presque en ombres, nimbé de brouillard, à moins de six cents mètres de leur point de beatchage. Pihan, qui a souffert de la fièvre durant une bonne partie du voyage, oublie tout à fait cette dernière lorsque des formes furtives se fondent dans la brume à l'horizon.

— On fonce dessus ! ordonne son chef de section après un rapide contact radio avec le pacha du commando, débarqué un peu plus profond dans le rach étroit.

Les bérets-verts se ruent sur une digue menant au village d'où les suspects ont giclé. Leurs semelles de « pataugas » usées mordent mal la glaise détrempée et les plus lourds, comme Pierre Pihan, conservent difficilement leur équilibre. Ils glissent, se rétablissent miraculeusement, dérapent à nouveau, se reprennent encore, reglissent, mais tracent tout de même une route rapide vers les paillotes qui émergent de la brume.

Des coups de feu figent un instant l'avance des commandos qui s'accroupissent. Les fusils-mitrailleurs de la section ouvrent un feu d'enfer en riposte, leurs rafales claquent, rassurantes, au-dessus des têtes des voltigeurs. Les Viêt-minhs embusqués n'insistent pas. Leur feu meurt au bout de quelques rafales.

Les échos des dernières détonations se coulent au ras du sol, entre brouillard et boue, des cris les couvrent, menant la retraite des bo-doïs. Pihan, essoufflé, débouche dans le village en même temps que ses quatre compagnons de voltige. La fouille des pauvres cahutes mangées d'humidité commence, rapide.

— Grenade ! hurle un des cinq voltigeurs en émergeant en catastrophe de l'antre sombre d'une cagna.

Un projectile en forme de citron roule en chuintant au bas des pilotis entrecroisés. Pihan saute à plat-ventre dans la rizière qui lèche les bases du hameau. La grenade explose. Ses éclats, claquant sec, passent au-dessus des marins plaqués au sol et qui se relèvent, sous les retombées de boue du geyser soulevé par l'explosion, pour mêler les rafales de leurs mitraillettes en direction de l'ennemi.

Le maître Salle assiste, après le combat, à la destruction d'un village viêt-minh.

Un béret-vert est resté étendu dans le magma froid de la rizière, un peu en arrière de l'accrochage. Deux Viêt-minhs en treillis, fauchés par les balles des marins, gisent, ensanglantés et râlants, à quelques mètres de la paillote d'où la grenade a jailli.

Le marin blessé, s'arc-boutant à l'aide de ses deux mains nouées autour de sa jambe douloureuse, se relève tout doucement. Assis, il contemple les dégâts. Son regard se rive sur un énorme clou rouillé qui émerge de la plaie. Pihan, qui s'est approché du gisant après s'être assuré qu'il n'y avait plus de bo-doîs dans le hameau, découvre lui aussi le projectile insolite.

— Les salauds ! souffle-t-il entre ses dents.

Refranchissant en quelques enjambées la distance qui le sépare des Viêt-minhs blessés, le Normand entend la voix de son chef de section qui ordonne :

— Il faut les faire parler... Ils ne doivent pas être seuls dans le coin...

Pihan scrute les deux hommes recroquevillés en boule, animaux terrorisés qui semblent avoir compris l'ordre de l'enseigne de vaisseau et attendent des sévices de leurs vainqueurs.

Deux minutes s'écoulent, martelées par les questions sèches qu'hurle un interprète envoyé par le pacha qui a regroupé tout le commando en bouclage serré des approches du village. Les deux blessés comprennent vite qu'ils ne seront pas maltraités. Leurs yeux, un moment vidés de toute expression par la terreur extrême née de l'approche de la torture, retrouvent, malgré les douleurs de leurs plaies, des brillances d'insolence. Ils se taisent.

— Mais c'est pas vrai ! gronde Pihan tandis que l'interprète nerveux s'époumone en questions vaines. Ils se foutent de nous ! C'est pas Dieu possible, des rigolos pareils...

Soignés à la va-vite, les bo-doïs ne prennent même plus la peine de prêter attention aux phrases qui les harcèlent. Ils se tassent encore un peu plus et ferment les yeux. Les commandos n'insistent pas, l'interrogatoire en reste là.

La matinée se meurt en fouilles monotones et n'amène que la découverte de quelques douilles et des traces de passage de fuyards de la première heure. Il bruine légèrement lorsque Pihan et ses compagnons, affamés, ouvrent leurs boîtes de rations.

— C'est tout de même maigre, se dit le grand Normand, en contemplant l'étalement des boîtes de pâté, de fromage fondu, du paquet de cigarettes de tabac noir, des quatre bonbons Becco, de deux « concrètes » de fruit, de la petite plaquette de chocolat très dur et de la minuscule bouteille d'alcool imbuvable qui forme, avec deux sachets de poudre de fruit à mélanger avec de l'eau et une plaquette de cachets de sel, le menu du jour.

Sur la gauche du petit village fouillé et maintenant

Muller, qui mourra à Ninh-Binh, surveille l'évacuation d'un Viêt-minh blessé.

dévasté, deux commandos, hilares, Denène et Wescly, reviennent vers leurs compagnons de section, chacun balançant à bout de bras une bestiole longue de quelque trente à quarante centimètres et soigneusement débarrassée de sa fourrure. Intéressé, Pihan les suit du regard, suspendant le début de son repas.

— Qu'est-ce que c'est que ça ? interroge-t-il lorsque les deux débrouillards arrivent à sa hauteur.

— Ça doit être une sorte de lapin du coin, avance Denène qui a déposé sur une pierre la forme éviscérée de l'animal inconnu.

Wescly installe une broche de fortune à l'abri sous une paillote et, allume, difficilement, un feu de bois humide. La viande cuit bientôt, dégageant une odeur appétissante.

— Où est-ce que vous avez trouvé ça ? interroge encore Pihan en salivant.

Denène, comptant ses mots, semblant bien trop occupé à souffler sur le maigre foyer grésillant de graisse chaude, lui indique l'extrémité du village.

— C'est par là-bas, explique-t-il, on les a échangées contre nos rations...

Pihan n'en demande pas plus. Suivi du quartier-maître Legall qui est aussi grand que lui et tout aussi affamé, il découvre vite un vieux nha-qué qui, indifférent aux tumultes de la bataille, est en train de peler un animal identique à celui qui cuit, surveillé par les yeux gourmands de Denène et Wescly.

Le vieil homme, sans se préoccuper de la présence des deux grands commandos qui le regardent faire, tire à lui une espèce de nasse en bambous tressés en ovale, en sort un énorme rat et l'assomme d'un maître coup de bâton court. Lorsque le gros rat, mort sans un cri, est à son tour pelé et vidé, le vieillard condescend à sourire aux deux intrus. D'un mouvement de la tête et d'une mimique très expressives, il les invite à échanger à leur tour leurs boîtes de ration contre sa viande toute fraîche.

Pihan laisse échapper un geste de dénégation mais son compagnon accepte le troc.

— Tu sais bien, avance le commando pour convaincre le Normand, qu'en 70, ils en bouffaient à Paris et, ajoute Legall, les rats de là-bas devaient être particulièrement dégueulasses ! Ils bouffaient de la merde tandis que ceux du vieux ne mangent que du riz... Alors...

Les deux commandos délestés de leurs rations rejoignent leur section et se mettent à rôtir les deux gros rats qu'ils mangent, une fois bien dorés, avec un féroce appétit.

— Un peu fade, commente Pihan, mais c'est tout de même autre chose que nos boîtes de pâté...

Le repas improvisé est interrompu par un ordre radio qui relance le commando sur une piste, en direction d'un grand massif de palétuviers dans lequel, d'après les renseignements tout de même soutirés aux prisonniers blessés, devrait se trouver un dépôt de munitions.

Les trois kilomètres séparant le bois suspect du village investi sont parcourus en moins d'une demi-heure malgré les précautions prises par les voltigeurs de tête pour éviter les pièges de l'ennemi.

Pihan commence à fouiner sous les arbres, dans la boue la plus épaisse. Au centre de la forêt, une grande clairière est encombrée de cagnas brûlées, tristes vestiges d'une ancienne opération. Les commandos essaient de déceler des indices qui pourraient leur dévoiler l'entrée de l'entrepôt clandestin. Alors que la fouille se déroule depuis près de deux heures et que la bruine a cessé de tomber, un matelot pousse un cri de réussite.

Le chef de section, suivi comme son ombre par son radio, court vers l'endroit où le matelot a découvert une cache. Nerveux, Pihan et trois autres bérets-verts creusent la terre molle de leurs mains en arrachant des toiles de sac entassées qui masquent l'entrée d'une sorte de silo. Les marins y trouvent un petit stock de poudre noire. Le Normand s'éponge le front d'un geste machinal, déçu.

— Si c'est pour ça qu'ils nous ont fait galoper dans la bouillasse, enrage-t-il, revoyant devant ses yeux brûlants de fièvre les faces sournoises des deux prisonniers du matin, ils se sont pas trop mal foutus de nous. Ils doivent bien rigoler...

Acharnés, les commandos poursuivent encore la fouille et mettent à jour de nouvelles caches, au fond desquelles ils récupèrent encore quelques kilos de poudre et des détonateurs.

— C'est toujours ça de pris sur l'ennemi, se dit Pihan tandis que le radio tend le combiné de son émetteur-récepteur à l'enseigne de vaisseau Paris qui s'en empare.

L'officier, qui doit bientôt être rapatrié, se trouvant en fin de campagne réglementaire, écoute le message du pacha en hochant la tête puis ordonne à ses hommes de reprendre la direction du rach.

Les semaines s'écoulent, chacune identique à celle qui l'a précédée. La mousson du sud-est s'acharne sur la Cochinchine, monotone de pluie. Le mois d'août 1950 naît, sans qu'au fil des opérations menées à bon rythme, Pierre Pihan ne subisse vraiment la réalité du temps qui court.

Le 3 août 1950, les hommes de Vedel embarquent sur le L.C.T. 696 et, le lendemain à 1 heure du matin, sont transbordés sur le L.C.M. numéro 26 qui les mène une fois encore à Rach Dua où ils prennent place à bord de canots M 2 et de quelques radeaux pneumatiques. L'opération nouvelle est baptisée « Dominique » et a rameuté de gros moyens sur tout le secteur plat des salines. Son ampleur ne dit rien qui vaille à Pihan lorsque, à 7 h 45, le commando arrive en liaison à vue avec d'autres éléments de la manœuvre.

— Si avec tout ce fourbi, se dit le Normand, les Viêts du coin n'ont pas encore foutu le camp, c'est qu'ils sont vraiment bouchés à l'émeri...

Débarqué de ses engins, le commando s'est dispersé en bouchon de l'opération, tourné vers le sud. Il est 8 h 30. Pihan sursaute soudain, tiré de l'ennui languissant par l'écho de nombreuses rafales qui naissent à un peu plus d'un kilomètre de la position des sections de Vedel.

Les rafales s'espacent puis, après quelques minutes d'accalmie, reprennent de plus belle.

— Ça, c'est du sérieux, constate le Normand plein d'espérance, pourvu que le feu se déplace vers nous !

Les retombées en écho de l'accrochage glissent au ras des boues des rizières noyées et des salines grises, puis meurent. La mer commence à remonter dans le rach, les commandos regagnent leurs radeaux pour patrouiller, silencieux, au plus près des rideaux de bambous jusqu'à un village appelé Rach So où ils débarquent à nouveau.

Alors que, tout autour de leur avance, la guerre semble vivre sans qu'ils fassent vraiment partie du jeu, les bérets-verts, vers 13 h 30, sont tirés de la routine par les hurlements de moteurs de deux appareils de chasse qui percent les nuages lourds pour fondre au ras de leurs positions. Les bombes ravageuses des avions effilés dénaturent la terre gorgée d'eau. Leurs longues rafales de mitrailleuses déchirent, en longs sillons étroits, la boue de la rizière.

Le pacha du commando s'acharne sur son poste radio pour signaler la présence de ses sections sous le feu qui les frôle, mais en vain. Pihan, plaqué contre un mur bas de béton à demi écroulé, avec son compagnon Massebœuf, à quelques mètres du grand officier, suit les ravages de la patrouille. Les avions reviennent à la charge. Une rafale de mitrailleuse percute le mur qui abrite les deux commandos, le béton éventré s'écroule sur eux.

— Un peu plus à gauche, grommelle Pihan en s'époussetant, et on y passait... sale temps !

Les avions disparaissent dans le ciel. Le silence renappe l'humidité, un ordre radio rappelle le commando vers Rach Dua. Les marins en chapeau de brousse découvrent bientôt la mer calme et grise encombrée de bâtiments de tous tonnages qui ont débarqué des renforts et se balancent au large, plaqués en long manège imprécis à l'horizon.

Après quelques nouvelles incursions dans les flots boueux des marigots de Cochinchine, le lieutenant de vaisseau Vedel a épuisé son temps de commandement. Le 18 septembre 1950, les commandos « Jaubert », « De Montfort » et « François » sont réunis à Ben-Dinh pour la cérémonie de sa passation de pouvoir au lieutenant de vaisseau Labbens qui masque difficilement son émotion lorsque la voix assurée du commandant Allongue, pacha de « Jaubert » et patron du groupement des commandos, monte, claire, dans le silence des commandos au garde-à-vous.

Les commandos harassés regagnent les engins porteurs.

— ... Vous reconnaîtrez désormais pour votre commandant le lieutenant de vaisseau Labbens et lui obéirez en tout ce qu'il vous commandera pour le bien du service...

Pihan, les yeux braqués sur l'homme roux qui sera désormais son chef, est ému par l'ordonnancement viril de la cérémonie et accepte sans fausse honte l'émotion qui le taraude.

— Ça fait vraiment quelque chose, se dit-il, rigide, tandis que Vedel s'éloigne à pas raides du champ des troupes, ça fait partie des belles choses de notre vie de soldats...

Le nouveau pacha de « François » ne change presque rien des habitudes de l'unité. Il semble s'intéresser de très près à chacun de ses nouveaux hommes. Son prestige de combattant des Forces navales françaises libres touche les jeunes bérets-verts qui se sentent vraiment les héritiers directs de ceux qui ont combattu, maigre poignée de volontaires, sous la bannière à Croix de Lorraine du général de Gaulle[1].

Quelques jours après l'émouvante prise de commandement du lieutenant de vaisseau Labbens, natif du Pas-de-Calais, un civil indochinois, aussi grand que maigre, affichant une bonne cinquantaine d'années, se présente à la garde de la base arrière de Ben-Dinh, demandant à parler au commandant Labbens dans un français teinté d'accent nasillard. Pihan regarde le bonhomme vêtu de noir entrer dans le petit bureau du nouveau pacha puis, ne le voyant pas ressortir, vaque à ses occupations.

Le lendemain, le Vietnamien fait déjà partie du paysage. Il a pris du service comme ordonnance auprès de l'officier de Marine à trois galons et son histoire commence à courir dans les sections du commando.

— C'est un type formidable, raconte un ancien, il était déjà l'ordonnance du pacha quand celui-ci commandait le L.C.T. 1187, au Tonkin. C'est un ancien tirailleur qui a fait carrière. Et, ajoute l'homme qui paraît en savoir long sur le nouveau venu, il est descendu d'Haiphong à bord d'un remorqueur dès qu'il a appris que le commandant Labbens était de retour en Indochine.

Les jours qui suivent, les commandos cernent un peu mieux la personnalité attachante du grand Tonkinois et l'appellent, tout comme le nouveau pacha lui-même, de son surnom de « Boboy ».

Ce dernier, toujours souriant, devient vite l'ami de chaque commando. Au cours des premières opérations, pendant lesquelles l'ancien F.N.F.L. prend la juste mesure de son unité, il suit comme son ombre le maître qu'il s'est donné il y a plus de quatre ans. Il porte son sac, permettant ainsi, comme le constatent les commandos, à Labbens de se charger de choses utiles pour le combat.

— Quand nous serons enfin au Tonkin, avance Pihan, je crois que ce gars-là nous sera bien utile...

1. Cf. *les Fusiliers marins de la France libre,* Grasset.

11

LE BOUCHER

Septembre 1950 se meurt, la saison humide traîne en longueur. Le commandement semble décidé à profiter à l'extrême des conditions climatiques exceptionnelles pour accentuer le rythme des raids sur l'Annam.

Le commando « François » embarque à bord du tender d'aviation *Paul-Goffeny* qui doit le conduire dans la région de Qui-Nhon. Le *Robert-Giraud* achemine vers le même secteur les trois sections de « Jaubert ». Dans le sillage des deux bateaux suivent des navires de la Royale.

Le *Paul-Goffeny,* rudement secoué par la tempête, fait route au nord. Après une navigation de près de sept cents kilomètres, il met en panne à cinq milles de la côte d'Annam. Il est quatre heures du matin. Les commandos, fatigués par les dures conditions du voyage, commencent à embarquer dans les engins qui les mèneront à terre. La mer est très forte, les canots M 2 dansent de façon peu engageante au ras des tenders. Les L.C.V.P., qui doivent prendre les barques à fond plat en remorque, tournoient, bruyants, à l'écart du chapelet gris en cabriolant sur la crête des vagues.

— C'est vraiment pas un temps pour mettre un commando dehors, peste Pihan, en échappant in extremis à une chute à la mer houleuse.

D'un bref coup d'œil, il apprécie la masse menaçante qui se coiffe d'écume :

— Au moins, les Viêts ne doivent pas nous attendre par la

mer, ajoute-t-il. Ça nous permettra peut-être de tomber sur un de leurs camps encore occupé.

Le grand Normand choit lourdement dans son radeau. Derrière lui, le reste de sa section achève d'embarquer dans les M 2 sans trop se mouiller. Les L.C.V.P. emballent leurs moteurs et piquent vers la terre imprécise.

Les bérets-verts sont pris dans des nuées d'embruns glacés qui les transpercent. A l'approche du point de débarquement, les vagues forcissent encore. Le rugissement du vent couvre presque le fracas des moteurs de L.C.V.P.

— C'est vraiment bon pour nous, se dit Pihan, tassé entre deux voltigeurs accroupis et silencieux. Personne ne nous entendra arriver...

Le petit jour s'annonce. En arrière de l'armada ballottée, le *Paul-Goffeny* n'est plus qu'un trait gris-noir, incertain, qui disparaît presque quand les vagues se font plus grosses. La terre se rapproche et semble danser devant le nez camus des engins.

Pihan saute sur le sable avec un soupir de soulagement et court derrière son chef de groupe. Au dernier briefing au Cap-Saint-Jacques, Labbens a expliqué, dans le détail, que le but de la manœuvre était de gagner au plus vite des positions à l'intérieur des terres, et de s'y installer pour protéger le débarquement d'autres troupes qui seront mises à terre un peu plus tard.

Les voltigeurs s'élancent sans se soucier des pièges viêtminhs contre lesquels le pacha les a mis en garde. Le jour se lève. Pihan et ses compagnons, transis, essoufflés par la course, découvrent le paysage qu'ils n'ont fait qu'arpenter en aveugles. Tout est désespérément calme.

Pihan enrage :

— Une fois de plus, ils ne sont pas au rendez-vous ! C'est vraiment pas de chance...

Le commando « Jaubert » a débarqué dans le nord du site, à quelques kilomètres.

— Diaz et ses copains auront peut-être plus de pot que nous, espère le grand commando en essayant, les yeux plissés de percer la brume qui masque encore une grande partie du paysage.

Le commando tout entier atteint ses positions sans coup férir. A leur tour, les marins des compagnies de débarquement des navires de la Royale, volontaires et fortes-têtes désignées d'office par le commandement, encadrés de « sakos » et de canonniers, débarquent sans encombre.

Les sections de marins casqués se dispersent en direction d'un village émergeant de la brume, encadré de cocotiers élancés et de bas bananiers à larges palmes. Rien ne bouge alentour, Pihan, bien placé au sommet d'une falaise battue par le vent, suit l'ensemble de la manœuvre.

— Heureusement qu'il n'y a personne pour les attendre, se dit-il, critique. Avec leur façon de s'entasser, ils tomberaient comme des mouches si...

Le colosse n'a pas le temps d'épiloguer. Des rafales partent soudain d'un second village accroché au flanc d'une hauteur encore très sombre. Les marins des corps de débarquement sont pris au piège.

Labbens donne calmement ses ordres. Les commandos manœuvrent comme à l'exercice malgré les rafales de l'ennemi qui s'est aperçu de leur présence. La section de Pihan, en bonds vifs de deux à trois hommes, parvient sans pertes à proximité de la forteresse, d'où les bo-doïs tiennent sous le plus gros de leur feu la plage et les dunes qui la prolongent.

— Bon Dieu ! Ils sont en train de foutre le camp, grommelle Pihan entre ses dents serrées.

Des formes vert sombre apparaissent entre les arbres de ceinture des paillotes, trop rapides pour être ajustées par les tireurs de « François ». Le colosse, rageur, poursuit de courtes rafales de trois balles les derniers fuyards qui courent, cassés au ras du sol, loin derrière le village. Le feu cesse bientôt. Quelques corps de marins, blessés ou morts, gisent sur le sable tassé par les embruns. Deux compagnons de Pihan ont été touchés eux aussi.

L'ordre de pénétrer dans le hameau lance Pihan entre les paillotes aux toits de longues lamelles de bois tressées. Le village dégage une âcre odeur de poudre brûlée, son sol de terre battue est jonché de douilles cuivrées. Le Normand, prudent au tout début de la fouille, bute sur quelques Viêt-minhs morts, aux yeux grand ouverts et désarmés par leurs compagnons en fuite. Les voltigeurs font quelques trouvailles et ramènent leur butin à leur chef de section.

— C'est pas gros, regrette Pihan en déposant à terre deux grosses grenades artisanales de type ananas et une petite musette de toile brune bourrée de paperasses viêt-minhs.

Le commando revient vers la plage et s'installe au-dessus du sable. En bas, les compagnies des bateaux achèvent de réembarquer. Il est presque midi, l'heure du repas. Le rituel de l'ouverture des boîtes de rations « K » commence, ponctué des habituelles plaisanteries sur l'honnêteté des fabricants de pâté.

Le colosse entame son menu sans surprise en faisant la grimace. Non loin de lui, un de ses compagnons se redresse sur ses jambes. Pihan reconnaît Cadichon.

— On va bouffer de la viande, annonce le sako, j'ai vu un buffle par là-bas...

Là-bas, c'est le village viêt-minh qui brûle, dévoré, rongé, réduit déjà de moitié par les flammes des incendies allumés par les commandos avant de quitter les lieux. Cadichon retrouve sans peine l'animal hébété par le tintamarre du matin. Une rafale de mitraillette couvre un instant les crépitements et les souffles rauques des brasiers. Le buffle s'affaisse et meurt. Sortant son poignard U.S. de sa gaine grise, Cadichon commence à découper la masse tressautante.

Pendant que le béret-vert s'acharne sur le cuir dur de l'animal de plus de trois cents kilos couché sur le flanc, un ordre radio rameute le commando tout entier vers les canots M 2. Pihan vient chercher le boucher affairé.

— « Jaubert » est accroché au nord, lui apprend-il. Viens vite, laisse ta viande, on rembarque...

Cadichon ne peut se résoudre à laisser toute cette nourriture à la voracité des charognards. Jetant un coup d'œil vers son compagnon qui s'éloigne à grands pas, il décide d'emmener au moins de quoi régaler les copains de son groupe et plonge à nouveau la lame sanglante dans le flanc de la bête. Avec des gestes de plus en plus frénétiques, il poursuit son découpage malaisé.

— C'était pas la peine que je le tue si je n'ai pas le temps de le dépiauter, commente-t-il à voix haute, pour se donner un prétexte de rester encore en arrière de ses compagnons.

Acharné à sa besogne, nageant dans une odeur de sang chaud, Cadichon réussit à extraire de la masse flasque un énorme steack de plus de trois kilos. Le dernier commando a disparu de la crête de la falaise. De l'autre côté du point de débarquement, les L.C.V.P. dansent déjà aux abords de la plage battue par les embruns, prêts à haler les canots M 2.

— Bon sang ! s'exclame Pihan en se retournant encore vers l'orée du village en feu, qu'est-ce qu'il peut bien fabriquer...

Inquiet, le Normand ralentit l'allure autant qu'il peut le faire, mais Cadichon ne revient pas.

Des rafales partent soudain d'un petit hameau plus éloigné vers le sud, que les commandos n'ont pas eu le temps de fouiller. Le tir des Viêt-minhs, assez nourri, passe très haut sur la tête des bérets-verts qui ne se baissent pas, se contentant d'interrompre leur progression.

— L'andouille ! se dit Pihan en imaginant son compagnon en train d'équarrir le buffle sous le tir des rebelles. Il risque d'y rester.

Quelques minutes passent encore, émiettées par les tirs imprécis de l'ennemi qui ne semble pas vouloir sortir de sa base de feu. Enfin, la silhouette sautillante de Cadichon se dessine en haut de la falaise. Le boucher brandit son morceau de viande sanguinolent au-dessus de sa tête, en trophée dérisoire.

Le tir rebelle cesse. Les commandos en profitent pour pousser leurs radeaux à la mer. Les hommes plongent jusqu'à la poitrine dans les rouleaux, tendant leurs armes à bout de bras au-dessus de leurs têtes. Ils avancent avec peine vers les petites embarcations qui dansent sur le sommet des vagues. Pihan embarque dans la sienne, en ahanant.

Les patrons des L.C.V.P. emballent leurs moteurs et

Une fois encore le Viêt-minh ne retrouvera que des cendres dans un de ses sanctuaires.

piquent vers la masse sombre du tender d'aviation qui monte et descend à l'horizon gris sale.

Les commandos trempés observent la côte qui s'éloigne, hachée par les colonnes de fumée noire qui s'élèvent dans le ciel bas. Cadichon enveloppe précautionneusement son morceau de viande de buffle dans un chiffon et l'enfourne dans son sac de combat.

— Ça aurait pu faire cher du kilo, lance-t-il, gouailleur, à ses compagnons.

Le *Paul-Goffeny* est tout proche. Le Normand se hisse à bord en soufflant comme un phoque.

Les L.C.V.P. sont amenés à leurs emplacements de bosse par les manœuvriers du bateau, les M 2 sont entassés les uns dans les autres comme des doris de terre-neuvas, les machines s'affolent, la coque du *Paul-Goffeny* vibre de plus en plus fort et sa proue éventre la houle en direction du nord.

Moins d'une demi-heure plus tard, la manœuvre inverse reprend, non loin du *Robert-Giraud* qui avait débarqué le commando « Jaubert » au petit matin. Pihan se laisse tomber dans son radeau, les L.C.V.P. foncent vers la terre dans une mer de plus en plus forte.

La plage, très pentue, est dominée par une falaise d'une trentaine de mètres et encombrée par des sections de corps de débarquement de la Marine. Le commandant Labbens regroupe ses hommes trempés et donne l'ordre à ses chefs de section de progresser vers l'intérieur des terres.

Pihan est voltigeur de pointe. Le vent souffle fort, ébouriffant la cime des hauts cocotiers qui poussent en bouquets de trois ou quatre dans un thalweg coupant deux longues collines. Des échos de lointaines rafales parviennent jusqu'à la mer. Dans le ciel gris, des avions de chasse de l'Aéronavale passent en grondant.

— Pourvu que les copains de « Jaubert » nous laissent un peu de Viêts ! espère Pihan essayant d'estimer au mieux l'importance des accrochages qui se déroulent à l'ouest.

Tout est consommé lorsque le commando débouche sur la

zone critique. « Jaubert » est sorti du piège et les Viêt-minhs, sans doute renseignés par des observateurs isolés, tapis tout le long de la côte et munis de postes émetteurs, ont décroché juste avant l'arrivée du commando. Le calme enserre le paysage terne, ouaté de brume, presque sale.

Pendant que la colonne de « Jaubert » regagne le bord de mer sous la protection des pièces de « François », Pihan et ses compagnons s'installent pour dîner. Le Normand a surmonté la déception de ne pas avoir accroché les assaillants des hommes d'Allongue. Mastiquant une bouchée de pain couronnée de pâté blanchâtre, il fait un signe de connivence à un jeune matelot embarqué au commando le mois précédent. Le garçon est grand, maigre, noir de cheveu, et ses yeux foncés, sans cesse en mouvement, expriment une vivacité d'esprit étonnante.

Pihan apprécie le nouveau venu, Caroff, un Breton que tout le monde appelle gentiment « la bonne terre ».

— C'est un bon, se dit-il. Il a du caractère !

Le grand Normand avait fait la connaissance de Caroff au cours d'une longue course dans les rizières de la plaine des Joncs.

— L'opération parfaite pour endurcir un jeune sako ! se souvient Pihan avec satisfaction.

Amusé, le Normand se reprend aussitôt :

— Oh ! Pierrot, doucement... tu n'as pas encore vingt ans. Ce n'est pas avec ton année de commando qu'il faut jouer les vieux cons !

Le commando, boueux, fatigué par une longue traque vaine dans les rizières, s'était arrêté pour se restaurer. Pihan avait trouvé un bon emplacement de repos au sommet d'un petit piton et, en dessous de lui, ses compagnons mangeaient leurs sempiternelles boîtes de rations « K » du bout des dents.

L'un d'eux, Cailleau, Aloïs de son prénom, un Alsacien à l'accent rêche qui intervertissait les sonorités des *b* et des *p*, l'avait interpellé alors qu'il buvait à longs traits au goulot de sa gourde à l'orifice large comme une pièce de cinq francs.

— Oh ! Bihan... avait hurlé Aloïs, j'ai blus rien à poire...

Attends-moi, je monte sur ton bidon, garde-moi un peu de ton piton !

Tous les compagnons de l'Alsacien avaient éclaté de rire à la tirade et Caroff, qui en était à sa deuxième opération, s'était enhardi à demander un morceau de pain au Normand.

— Tiens, lui avait répondu ce dernier, prends... et il lui avait tendu la moitié de ce qui lui restait de sa boule de pain touchée au Cap-Saint-Jacques.

Depuis ce jour, le Breton et le Normand sont devenus des amis.

— C'est tout de même chouette, se dit Pihan en chassant l'image de l'opération ancienne, chez nous on se fait des amis tout simplement... Un petit bout de pain, une cigarette au bon moment et hop ! on a gagné le gros lot...

Son maigre repas vite expédié, Pihan ramasse le reste de sa boîte de rations dans son sac de combat bourré de tout ce qui peut rendre service en opération dans le bled, bouts de ficelle soigneusement ennoués, fil de fer, chatterton, et considérablement alourdi de munitions supplémentaires.

Les derniers hommes de « Jaubert » disparaissent vers la mer. Le commandant Labbens ordonne un mouvement de repli en tiroir. Les Viêt-minhs demeurent à bonne distance et accompagnent le départ du commando de quelques rafales qui miaulent au-dessus de la progression.

— Ces gens-là ont des principes, plaisante Pihan pour lui-même, ils tiennent tout de même à nous dire au revoir...

Au bas de la falaise, la mer, toujours grise et forte, est encombrée d'une noria d'engins qui vont et viennent entre les tenders qui dansent à plus de trois kilomètres dans la houle.

Les compagnies de débarquement des bateaux quittent le site les premiers, suivis de « Jaubert » qui regagne le pont du *Robert-Giraud*. Une demi-heure plus tard, les hommes de Labbens, épuisés par leurs deux débarquements dans les rouleaux, réintègrent le *Paul-Goffeny* à l'aide de leurs canots M 2 dansant dans le sillage de leurs L.C.V.P.

Le tender d'aviation met cap au sud. Pihan s'endort vite,

déçu d'être resté, une nouvelle fois, à l'écart des véritables accrochages.

Quelque temps après cette opération, les bérets-verts apprennent qu'ils doivent embarquer sur le croiseur *Duguay-Trouin* pour monter enfin au Tonkin où les choses de la guerre ne vont pas pour le mieux.

— Ça y est ! s'enthousiasme Pihan à l'idée de faire enfin le voyage vers le nord. Les choses sérieuses vont commencer...

Le guerrier de dix-neuf ans à peine, tendu vers la perfection de son métier, a surmonté sans dommages toutes les embûches de sa première année de combat. Chaque épreuve lui semblait naturelle et facile et il portait en lui l'impression de se préparer à vivre quelque chose de plus fort encore.

Le 20 octobre 1950, les marins des trois commandos, lourdement chargés d'un gros sac tyrolien porté sur le dos et de leur sac de combat délavé pendant sur l'estomac, maladroits, engoncés, se hissent à bord du *Duguay-Trouin,* mouillé au large du Cap-Saint-Jacques et qu'ils ont rallié à bord d'engins de débarquement.

Les bérets-verts assoiffés de combat ne sont pas les seuls sur l'imposant navire, les parachutistes du 2e B.E.P. de la Légion étrangère embarquent en même temps qu'eux.

Une fois le dernier combattant monté à son bord, le *Duguay-Trouin* pique vers le nord de toute la puissance de ses machines. Les lignes régulières du Cap-Saint-Jacques s'amenuisent vite sur bâbord arrière du navire. Pihan rêve de gloire.

12

NUIT DE CHINE

Balancé de bâbord à tribord par un lent mouvement de roulis, le *Duguay-Trouin,* propulsé à près de vingt nœuds par ses puissantes hélices, laboure la mer calme de ses sept mille tonnes d'acier. Un large sillon d'écume frissonne loin derrière sa coque grise barrée de deux lignes parallèles de hublots ronds. Sur le pont du navire surpeuplé s'entassent une multitude de caisses de matériel et de munitions.

A la nuit tombée, le croiseur a laissé sur bâbord arrière le feu du cap Padaran. Les commandos se sont allongés comme ils ont pu le long des coursives, dans quelques postes d'équipage et même sur le pont tandis que les officiers bénéficient de couchettes dans des cabines étroites.

Quarante-huit heures après l'appareillage du Cap-Saint-Jacques, la baie d'Along est en vue. Pihan découvre une sorte de longue falaise brune qui s'ouvre bientôt devant la proue du bateau, s'éparpillant en un somptueux ballet d'îles, d'îlots et d'îlets.

Le *Duguay-Trouin* danse un peu plus sur la houle qu'il fait naître en s'engageant, à vitesse réduite, dans les chenaux menant à l'embouchure de la rivière Cua-Cam, voie d'accès à la ville de Haiphong.

Les légionnaires du B.E.P. débarquent les premiers, transbordés dans des engins, L.C.M. et L.C.V.P., qui tourbillonnent en grondant autour du croiseur immobile. Les bérets-verts du commando « François » fournissent le plus fort de la longue corvée de munitions qui débarrasse peu à peu le pont de toutes ses caisses. Pihan, les reins endoloris par le travail de docker, prend son mal en patience, enviant les légionnaires qui sont déjà en route vers le combat, à l'ouest, là où les choses se sont gâtées au cours du mois précédent.

Le 19 octobre, la place de Langson avait été évacuée sans que rien soit fait pour la destruction de treize canons, cent vingt-cinq mortiers de 60 et 81 mm, neuf cent quarante mitrailleuses de 7,62 et 12,7, mille deux cents fusils-mitrailleurs, quatre mille pistolets-mitrailleurs et huit mille fusils sur lesquels le Viêt-minh avait fait main basse. Cet abandon lamentable constituait le dernier acte d'une tragédie commencée à Cao-Bang, reprise à l'ennemi par les parachutistes du I/I.R.C.P. [1] au mois d'octobre 1947, et poursuivie tout au long de la R.C.4. par le massacre des colonnes Charton et Lepage. A peine cinq cents hommes avaient-ils réussi à s'échapper du piège adroit tendu par les bataillons viêtminhs bien supérieurs en nombre.

Depuis l'abandon de Langson, tout craque au long de la route maudite. En hâte, l'État-Major fait remonter des renforts du sud pour colmater les brèches.

— On ne va certainement pas tarder à entrer dans le bal, espère Pihan en suivant des yeux l'animation des rives de la Cua-Cam.

Le Normand ne se trompe pas. Le 22 octobre, le *Duguay-Trouin* appareille en direction du nord, frôlant des chapelets d'îles colorées baptisées toutes de nom bien français. Le 23 octobre, un L.C.T. charge à son bord les trois commandos des lieutenants de vaisseau Allongue, Servent et Labbens et vient mouiller devant le petit port d'Hacoi, niché en face des longues îles du Kersaint et du Château-Renaud.

Le commando « De Montfort » débarque le premier. Son pacha est accueilli aussitôt par le colonel Binoche, commandant le 5e régiment étranger d'infanterie. Pihan suit longtemps du regard ses camarades qui embarquent dans des

1. Voir *le Para,* Grasset.

camions et prennent vite la direction de Moncay, petite cité qui chevauche la frontière de Chine. Les sections de Labbens gagnent à leur tour la terre à bord d'un L.C.M. qui serpente au milieu de bancs de sable, manquant de s'échouer à plusieurs reprises.

Impatient de connaître la situation, Pihan bavarde un bon moment avec quelques légionnaires qui lui apprennent que Moncay a failli connaître le même sort que Langson.

— Ce n'est que lorsque nos chefs ont appris que vous arriviez qu'on est restés dans le coin, explique un képi-blanc. Ça ne sent pas bon par là-haut !

Les ordres du colonel Binoche ne se font pas attendre, le lieutenant de vaisseau Labbens lance son commando à travers la montagne, en direction de l'ouest.

— Il paraît qu'on part au secours d'un poste qui va être attaqué, souffle un compagnon de Pierre Pihan qui a surpris quelques bribes de conversations des officiers peu avant le départ.

La nuit tombe vite. Les sections s'étalent en défense autour d'un piton nu. Les hommes ont reçu l'ordre de veiller très serré car une importante bande d'irréguliers, mi-Viêtminhs, mi-pirates, aurait franchi la frontière quelques jours auparavant. Le lendemain, après une nuit tranquille, la marche reprend vers Chou Fa Xon dont le poste est tenu par des Nhungs. Ces supplétifs sont issus d'une tribu à la peau noire. Combattants courageux, ils ne se séparent presque jamais de sortes de parapluies de fabrication locale, ce qui leur a valu le surnom de « becs d'ombrelles ».

Un ordre radio fait accélérer le mouvement. Les commandos marchent toute la journée sans prendre le temps de faire de longues haltes. Lorsque la nuit tombe à nouveau, les hommes poursuivent leur approche du poste menacé.

Au matin, sortant de la brume épaisse, les voltigeurs de tête, découvrent au loin Chou Fa Xon, installé en haut d'un piton dégarni.

— Merde ! gronde Pihan en apercevant des colonnes de fumée qui montent dans le ciel. On arrive trop tard...

Des corps gisent dans les premiers réseaux de fil de fer

barbelé, désarmés, inidentifiables. Les baraquements de bois du poste achèvent de brûler. Tout est dévasté. Au nord, loin vers la Chine, des formes minuscules et pressées rasent les collines, hors de portée des armes des commandos.

Les voltigeurs de Pihan fouillent et refouillent les décombres dans l'espoir de retrouver des survivants.

— Il y a du monde ! hurle soudain un béret-vert en braquant son arme à l'entrée d'un trou sombre barré de poutres noircies par le feu.

Deux rescapés de l'enfer émergent de l'obscurité.

En fin d'après-midi, une colonne de véhicules débouche sur le site ravagé. Un petit homme rondouillard portant cinq galons panachés saute d'une jeep et, la mine furieuse, grimpe vers le poste. C'est le « colonel » Von a Sang, le chef de tous les Nhungs frontaliers. Les cinq galons qu'il arbore s'expliquent surtout par la grande puissance que lui procure la gestion de toutes les maisons de jeu du Nord-Tonkin. Bien qu'ayant suivi une école d'officiers en Indochine, à Dalat, Von a Sang n'a jamais été promu officiellement au grade de lieutenant-colonel.

Les deux rescapés se figent au garde-à-vous devant leur chef qui grimace de colère. Pihan, non loin du groupe, observe la scène, intrigué. Le chef de bande arrache les galons du plus grand des « becs d'ombrelles », un sergent, et les tend au plus petit, un caporal, qui retrouve soudain le sourire.

— Curieuse façon de traiter des gars qui ont vu la mort de si près, s'étonne le Normand en s'apercevant que le caporal rasséréné donne à son tour ses galons rouges au sous-officier dégradé.

Après la curieuse cérémonie, le commando ne s'attarde pas à Chou Fa Xon. Sang laisse sur la place une quarantaine de Nhungs, les marins reprennent la progression vers le nord-ouest, vers le gros poste de Tan-Mai.

Le 28 octobre, « Jaubert » et « François » font jonction avec « De Montfort » qui a suivi, d'est en ouest, la frontière de Moncay à Bac Phon Sin avant de se rabattre vers

Tan Mai, situé à vingt kilomètres au sud de la frontière.

Pihan, qui a retrouvé un de ses condisciples du centre « Siroco », se fait raconter les faits marquants de l'action des hommes de Servent.

— On a fait du bluff ! lui raconte son compagnon.

Le commando « De Montfort » avait été accueilli à Moncay avec soulagement par la garnison du 5e R.E.I. Les quatre-vingts marins de Servent avaient alors, pour faire nombre, commencé un manège incessant. Ils sortaient de la citadelle de Moncay pour se montrer du côté chinois, revenaient par l'arrière à l'abri des observations ennemies et, après avoir changé de tenue, ressortaient presque aussitôt.

— On a fait le coup une vingtaine de fois, s'esclaffe, hilare, le quartier-maître de « Montfort ». Il paraît que les Chinetoques ont mordu à l'hameçon.

Pihan rit de bon cœur.

— Et le lendemain, poursuit le narrateur, on a défilé avec les « becs d'ombrelles » et les légionnaires. Ça faisait un peu carnaval mais on a impressionné ceux d'en face.

Volubile, le marin poursuit son histoire sans reprendre son souffle, conscient de l'intérêt de son interlocuteur.

— Comme il fallait faire croire aux Chinois que des troupes de l'O.N.U. avaient débarqué par la mer, les tailleurs du bled ont travaillé une bonne partie de la nuit pour fabriquer des drapeaux bleus et étoilés. Avec nos bérets-verts, on pouvait facilement passer pour des Ricains ou des Anglais...

Pihan sourit à l'évocation du défilé.

— Il y a eu ensuite, enchaîne son compagnon, un duel de clairons...

— Quoi ? laisse échapper le Normand.

— Oui, un duel de clairons ! reprend le marin. Figure-toi que les « becs d'ombrelles » ont un biniou et que le type s'est amusé à jouer la soupe au bord d'une petite rivière... De l'autre côté, bien planqué derrière des collines, les Chinois avaient eux aussi des musiciens et ils se sont mis à répondre au Nhung. Le gars de Chine devait être un ancien de chez nous : il a joué toutes les sonneries réglementaires de l'Armée de terre. Drôle de guerre...

Ayant réussi à intimider les troupes massées au ras de la frontière, les trois commandos poursuivent leurs raids et passent, de poste en poste, la fin de l'année 1950 aux marches de la Chine.

L'enseigne de vaisseau Paris a été remplacé à la tête de sa section, un peu avant le départ de Cochinchine, par l'enseigne de vaisseau Le Gouvello de La Porte et le premier-maître Majeur a été relevé par un grand officier-marinier aux yeux bleus, très élancé, Roland Royer. Pihan, promu caporal voltigeur, a maintenant pour chef de groupe le second-maître Perron.

Après quelques jours de marche le long de la frontière, le commando est étalé par paires d'hommes séparées d'une cinquantaine de mètres aux bords d'une rivière qui fait frontière, au-dessus de Moncay. Le compagnon de veille de Pierre Pihan est un Breton costaud, Cavarec, plus facilement appelé « Yffic » par les autres commandos. Les deux hommes sont tapis au ras de l'eau, protégés par l'arête d'une diguette en pierres tassées.

Les heures s'écoulent, tranquilles. Pihan garde les yeux rivés sur la Chine, priant Dieu que quelque chose se passe.

— Et si on allait monter la garde de l'autre côté ? propose-t-il soudain à son compagnon qui sursaute.

— T'es pas fou... Qu'est-ce qui te prend ? souffle ce dernier.

— Allez, viens, insiste Pihan, on ne risque pas grand-chose de plus que de ce côté de la frontière. Au moins, enchaîne-t-il, toujours à voix chuchotée, on pourra dire plus tard qu'on aura passé une belle nuit de Chine...

— Ouais ! persifle Yffic. C'est ça. Et si on tombe sur des Chinetoques ? On aura l'air malin...

Pihan, têtu, se lève d'un bond et se lance résolument au travers du gué de la rivière. Son compagnon, un instant hésitant, lui emboîte le pas. Les deux hommes parcourent ainsi quelque trois cents mètres en terre ennemie avant de se replaquer au sol.

Pihan, après avoir repris son souffle, se met à chantonner :

— Nuit de Chine, nuit câline, nuit d'amour...

— Ferme ça ! lui intime son compagnon. C'est vraiment pas le moment de chanter !

Pihan se tait. Les deux marins veillent, les yeux rivés sur les lignes de crêtes imprécises des collines chinoises qui leur coupent l'horizon, au nord de la rivière.

Au bout de deux heures d'embuscade, Pihan se sent envahi de picotements désagréables, ses yeux se ferment tout seuls et il est obligé de s'ébrouer pour chasser la fatigue. Près de lui, Cavarec n'est guère plus frais. La rivière frontière cascade en notes claires, monotones et berçantes. Les deux marins luttent encore quelques minutes contre le sommeil puis, vaincus, sombrent l'un après l'autre dans le néant.

Quelques heures plus tard, Pihan surgit de l'assoupissement en frissonnant. Le jour est levé depuis longtemps déjà.

— Bon sang ! rugit-il, se souvenant en une fraction de seconde qu'il a passé la frontière. On est bons comme la romaine... Yffic !

Secouant vivement son compagnon toujours endormi, le Normand jette un coup d'œil vers l'Indochine mais ne distingue pas ses compagnons. En Chine, rien ne bouge non plus. Le caporal voltigeur étudie à la hâte un chemin de repli pour regagner son ancienne position sans être vu des Chinois, ni de ses camarades.

— Pourvu que les copains ne soient pas encore partis, s'exclame-t-il.

Inquiets, les deux hommes restent un long moment aplatis sur le sol détrempé de rosée. Devant eux, à quelque cinq cents mètres au nord, une patrouille chinoise apparaît soudain, forte d'une douzaine d'hommes. Les soldats marchent sans prendre de précautions dans la clarté laiteuse du matin.

— Et voilà, souffle Cavarec. On a l'air fin maintenant...

Pihan évalue la direction de l'ennemi qui semble vouloir progresser vers l'ouest, en ligne parallèle à la frontière. Il prend une décision rapide :

— Si on reste au ras des rochers, ils ne nous verront pas. Allez, en route !

Les deux marins s'élancent vers la rivière. Alors que le

Normand est certain d'être tiré d'affaire, les trois derniers Chinois de la patrouille les prennent soudain pour cibles. Les balles de leurs armes passent en couinant à quelques mètres au-dessus des deux corps courbés par la course.

— On y est ! hurle Pihan, en reconnaissant le coude de la rivière où il s'était installé la veille au soir.

Les détonations ont alerté tout le commando, Pihan et Yffic, le cœur battant, plongent dans leurs anciennes positions d'embuscade et sont bientôt rappelés, par signes de bras, vers les sections qui se regroupent. Le tir chinois avait cessé dès que les fuyards avaient franchi la frontière.

— On a une chance de passer au travers de l'engueulade, murmure Pihan en approchant de ses compagnons.

Le chef de groupe, Perron, cueille ses deux éléments avec une plaisanterie.

— Alors, les rigolos, on s'est fait tirer dessus par les Chinetoques.

Pihan est soulagé.

— S'il se doutait qu'on a roupillé en Chine, se dit-il en faisant un clin d'œil complice à Cavarec, il ne rigolerait certainement pas autant !

La colonne souple du commando se met en marche vers le piton où l'attend le pacha entouré d'un groupe de protection, abrégeant les moqueries qui visent Pihan et son compagnon.

Quelques jours après l'incident, la situation s'améliorant, les commandos réembarquent sur le *Duguay-Trouin* revenu mouiller ses ancres au large de Ha -Coï. Ils s'installent à Haiphong, dans l'île d'Ha-Ly, sur la rive droite de la rivière Cua-Cam, en face d'une vaste cimenterie.

Après avoir pris ses nouveaux cantonnements et soigné son matériel, le commando commence à sortir avec les engins des Dinassauts, tout autour de la grande ville grouillante de troupes et coupée de canaux empuantis. Le général de Lattre de Tassigny, nouveau commandant en chef en Indochine, semble avoir repris la situation en main et suturé au mieux, parfois au prix de lourds sacrifices, les brèches ouvertes trois mois auparavant par les bataillons viêt-minhs. Les bo-doîs sont maintenant bloqués au nord-ouest d'Hanoi, dans le sanctuaire abandonné du Viêt-Bac.

13

LES FAUX PIRATES

Après quelques jours tranquilles dans le camp de l'île d'Ha-Ly, le commando « François » remonte au nord du pays pour gagner Port-Wallut.

Pihan et ses compagnons s'acclimatent rapidement aux conditions de vie au Tonkin. Leurs nouveaux cantonnements se trouvent à quelque cent dix kilomètres au nord-est d'Haiphong, à l'entrée de la rade profonde de Tyen-Yen et de Pointe-Pagode, dans l'île de Ke-Bao, éventrée de mines de charbon à ciel ouvert et hérissée de hauts escarpements rocheux culminant à six cents mètres d'altitude.

Port-Wallut, appelé aussi Han-Hoa, est un poste de douane, jadis important. Si les pirates chinois ne se risquent plus que très rarement dans le dédale des nombreuses îles qui longent la côte, un considérable trafic d'armes et de ravitaillement, en provenance de la Chine communiste toute proche, fonctionne régulièrement depuis le début des hostilités.

Comme beaucoup d'officiers opérant dans le secteur côtier, Labbens n'accepte pas de vivre dans la routine à attendre les décisions du haut commandement. Deux jours après l'arrivée de ses trois sections de bérets-verts à Port-Wallut, il décide de lutter contre les trafiquants avec leurs propres armes.

— Il faut que tu me trouves, demande-t-il à Boboy, un équipage sérieux et adroit pour armer une jonque...

Le Nhiang à la peau bistrée, émergeant à peine d'une confortable cuite au choum, plisse les yeux de contentement.

— Je connais, commandant, répond-il aussitôt. Je vais voir ça tout de suite...

Le grand homme maigre s'éloigne à longues enjambées vers les cahutes sales qui côtoient, au bord de l'eau, les habitations européennes de Port-Wallut.

Remerciant une fois de plus les dieux de la guerre de lui avoir trouvé une telle ordonnance, Labbens étudie du regard une grosse jonque chinoise affalée contre les montants rongés de sel d'un ponton, sous les bâtiments de la douane. Il compte sur l'embarcation ventrue, saisie au cours d'une embuscade en haute mer, pour s'infiltrer dans une zone suspecte où devraient se trouver encore, d'après les maigres renseignements collectés jour après jour auprès des pêcheurs de la côte, un fort élément viêt-minh chargé de réceptionner et d'acheminer de grosses livraisons d'armes.

Pendant que Boboy recrute son équipage, un groupe de six commandos enthousiastes se prépare à l'action. Pihan ne cache pas sa satisfaction de faire partie de l'expédition.

— Il ne faudrait pas que les Viêts me regardent de trop près ! fait-il remarquer à ses compagnons en enfilant un vêtement usé de sampanier. Pas vrai ?

Les cinq autres commandos, eux aussi habillés à la mode locale, s'esclaffent en constatant que le pantalon de khequan du Normand dépasse à peine ses genoux.

— Toi encore, poursuit le faux pirate en s'adressant à Yng, un métis aux traits marqués, tu es tout à fait comme il faut, mais le pacha avec sa barbe rousse et moi, nous ne sommes pas très...

Le commando ne poursuit pas ses plaisanteries car Labbens, habillé en marin tonkinois, approche du groupe, suivi de son équipage de fortune. Il donne aussitôt l'ordre de descendre à l'embarcadère.

La nuit est tombée depuis une heure, une légère brise coule de la montagne, il fait bon. Les lumières de Port-Wallut s'éteignent une à une, le ciel sans nuage est tailladé par la masse montagneuse du Neti Van Hoa, éloigné de quatre kilomètres à l'est.

— Allez ! souffle le pacha après avoir vérifié l'équipement de son petit monde, on embarque.

L'équipage, recruté par Boboy selon des critères dont lui seul connaît les secrets, est composé de trois hommes dont l'un, le patron — le tai-cong —, est un Chinois.

Les commandos sautent dans la jonque qui s'enfonce à peine sous leur poids. Pihan est armé de sa mitraillette P.40., Czarnechi, un des hommes, est muni d'un fusil-mitrailleur et un troisième a emporté un fusil équipé d'un tromblon lance-grenades.

Le Chinois glisse quelques paroles rauques à l'oreille de Boboy qui traduit aussitôt à l'adresse du pacha :

— Il dit qu'il ne veut plus partir...

Chassant les objections du tai-cong d'un geste, l'officier de Marine, étrange pirate à barbe rousse, donne l'ordre du départ.

La jonque, bien manœuvrée, pousse du bord, silencieuse. Pihan se sent tout à coup merveilleusement bien dans sa peau. Il hume avec délectation les senteurs mêlées qu'exhale le petit port tranquille sous la lune. Près de lui, Yng ressemble à une figure d'estampe ancienne. Les autres faux trafiquants, Py et Massebœuf, immobiles se sentent eux aussi captivés par l'ambiance exotique qui émane de l'embarcation à haut château arrière.

Les hommes du Chinois, avec des gestes précis, hissent en ahanant sous l'effort les lourdes voiles rêches le long des deux mâts épais de l'embarcation. Leur tai-cong, cramponné à sa barre franche, écoute attentivement les dernières instructions du chef du commando.

La longue masse noire de l'île de Ke-Bao écrase la jonque qui navigue à quelques centaines de mètres seulement des rouleaux qui déferlent sur ses plages et ses criques.

Les heures passent, calmes, bercées par le vent qui bruit dans les voiles à armature de bois et par les clapotis de l'eau contre la coque noire et suintante de goudron de l'ancien bateau chinois.

— On arrive bientôt, avertit Labbens lorsque le petit matin teinte de gris pâle les lignes de la terre.

Le tai-cong dirige la jonque vers l'embouchure d'un arroyo et s'engage prudemment entre des bancs de sable et des plaques de vase. Le pacha jette un coup d'œil sur ses hommes qui, sans qu'il ait eu à donner un seul ordre, sont déjà prêts à l'action et ont empoigné leurs armes.

La terre s'entrouvre devant la proue de la jonque dans des langues de brumes qui s'effilochent. Des oiseaux arrachés à la tranquillité humide par l'intrusion des commandos filent vers la mer en larges nuages criards.

Planté dans la boue à la limite d'une digue menant à un hameau de quelques paillotes noyées dans la grisaille, un embarcadère émerge de la nuée pâle. Labbens le montre du doigt au tai-cong qui manœuvre souplement pour y amener le flanc tribord de son embarcation.

Lorsque la jonque est immobilisée, son fond touchant la vase, l'officier de Marine saute à terre.

— Ne bougez pas ! ordonne-t-il à ses hommes qui faisaient mine de le suivre, je reviens tout de suite...

Pihan suit des yeux la silhouette noire qui se dirige tranquillement vers le village cerné de hauts arbres serrés. Un buffle s'extirpe de la boue où il était affalé, s'ébroue et emboîte le pas du faux Tonkinois.

— Avec cet animal, se dit le Normand, les yeux toujours rivés sur son pacha, le commandant ressemble vraiment à un nha-qué qui part cultiver les rizières.

Labbens, maintenant à trois cents mètres du bateau dont le flanc crisse tout contre l'embarcadère, s'arrête, se retourne puis pénètre dans les cahutes.

Une minute, puis deux, passent, angoissantes, insupportables pour Boboy qui, près de Pihan, trépigne littéralement sur place. Le Nhiang ne se déride que lorsque le commandant reparaît sur la digue. La silhouette du faux nha-qué arrive bientôt à l'embarcadère.

— On repart, ordonne l'officier de Marine après avoir jeté un rapide coup d'œil sur sa carte.

Le tai-cong presse ses deux aides à la manœuvre. La jonque, portée par le courant pique facilement vers le centre de l'arroyo et pénètre lentement dans les terres.

Il fait maintenant totalement jour. La nature est belle, nimbée de couches de brume, hérissée de grands arbres penchés vers le cours d'eau. La jonque chinoise parcourt ainsi près de deux kilomètres.

— C'est par là ! annonce Labbens. Attention !

Un village, accroché tout autour d'un tertre dénudé, se découpe à quatre cents mètres à tribord. Entre l'arroyo et les premières habitations, Pihan distingue soudain une douzaine de formes humaines qui courent vers eux. Les commandos se tassent derrière les bords crasseux de la jonque qui casse son erre. Seuls, Boboy et l'équipage s'offrent à la vue des suspects.

Les Tonkinois s'arrêtent bientôt. L'ordonnance du pacha leur fait de grands signes de bras pour les rassurer et les inviter à avancer encore.

— Je n'arrive pas à voir s'ils sont armés, enrage Pihan, mais en tout cas il n'y a que des bonshommes...

Le groupe suspect avance encore d'une vingtaine de mètres, Boboy engage la discussion.

— C'est Viêt-minh ! souffle-t-il en français à l'adresse de ses compagnons, entre deux gracieusetés en tonkinois. Attention, commandant !

Les commandos, serrant leurs armes, se collent contre le bois qui les dissimule, prêts à ouvrir le feu.

Boboy lance encore quelques mots aimables. Des injures lui répondent, tout de suite suivies de rafales d'armes automatiques qui jaillissent d'une position agencée un peu au-dessus du village. Les Viêt-minhs se sont enfuis dès l'ouverture du feu.

Le tir ennemi, très nourri, s'abat sur le cours d'eau, tout autour de la jonque. En une manœuvre précipitée, le tai-cong, qui suinte la peur par tous les pores de sa peau sombre, arrache son embarcation du bord.

Le fusil-mitrailleur du petit commando donne à son tour

de la voix, et le tireur au fusil lance-grenades dirige quelques-uns de ses projectiles sur les paillotes. Pihan lâche en même temps quelques rafales de sa mitraillette vers l'endroit où les Viêt-minhs ont disparu dans les langues de brume qui courent au ras du sol. Acharnée, la pièce ennemie ajuste un peu plus son tir. Une longue rafale égratigne le bas de la vergue de grand-voile de la jonque. Les commandos cessent le tir, quelques balles rebelles trouent encore les voiles du bateau. Le danger passé, Labbens pointe sur sa carte l'endroit exact de l'accrochage qui n'a pas duré deux minutes. Pihan garde les yeux rivés sur les départs de rafales ennemies, maintenant totalement inefficaces.

— Si le pacha voulait s'assurer de la présence des Viêts pour monter un plus gros coup, son but est atteint en plein, se réjouit-il. Ils sont là, et bien là !

Quelques balles en bout de course écorchent encore le sillage de la jonque, puis les armes viêt-minhs se taisent définitivement.

Le silence s'abat sur le bateau qui sent la poudre.

Un rapide coup d'œil permet à Pihan de constater que pas un membre du commando n'a été touché. La jonque franchit tranquillement la large passe de l'embouchure de l'arroyo. Le tai-cong, défiguré par la terreur, ne reprend vraiment vie que lorsque l'eau salée de la mer a remplacé celle du fleuve sous le ventre criblé d'impacts de son bateau.

— Il va sûrement demander une petite prime, zézaye Boboy en s'adressant au pacha.

Labbens sourit à son ordonnance et toute l'amitié et tout le respect du monde passent dans ce sourire.

Port-Wallut est atteint en fin de matinée. Labbens abandonne ses faux pirates pour aller rendre compte aux autorités des renseignements sûrs qu'il ramène.

Deux jours après l'expédition, le commando tout entier débarque dans le secteur de l'arroyo et débusque les rebelles de leur position forteresse. Matraqués par les obus d'un navire mouillé à portée de canon, poursuivis par une patrouille de la chasse aérienne qui les harcèle, les Viêt-minhs s'enfoncent dans les terres, renonçant à tenir la zone clef de réception du matériel venu de Chine à bord de jonques pareilles à celle qui leur a coûté leur tranquillité.

Le Normand découvre le jeu à Port-Wallut, passion qui hante les habitants de la région et qui est soigneusement entretenue par les puissants maîtres des fermes de jeu, les ba-quan. Ces derniers, féaux du colonel Von a Sang, amassent, lentement mais sûrement, des fortunes confortables avec les dizaines de milliers de petites sommes risquées chez eux par de très pauvres gens.

Grouillantes d'indicateurs de police, d'espions à la solde du Viêt-minh et d'observateurs du deuxième bureau français, les salles de jeu minables des petites villes du Nord-Tonkin n'ont rien de comparable avec les plus modestes casinos de France.

Le ba-quan de Port-Wallut est sale, simple cahute ouverte aux quatre vents. Il sent la sueur aigre, la corde et le goudron. Ses habitués faméliques n'y risquent le plus souvent que quelques piastres, leur salaire du jour. Son tapis vert, sur lequel un prêtre du sort suintant le vice projette des petits dès, l'un rouge et l'autre noir, après les avoir longuement agités à bout de bras maigres dans un bol de bois laqué, est devenu à l'usage presque noir de crasse huileuse.

Les gestes emphatiques du croupier malin sont suivis par des yeux avides, exorbités, dont les propriétaires serrent les poings de rage sous les atteintes, nombreuses, du sort contraire. Parfois, un coolie ou un pêcheur gagne une belle somme quand un numéro fort sort dans la couleur qu'il a indiquée. Il pousse alors des cris aigus de joie et, transfiguré momentanément, oublie toute la misère de sa vie pour quelques piastres vite reperdues.

Pihan joue pour la quatrième fois sur la couleur rouge qui se refuse à sortir.

— C'est pas vrai, gronde-t-il en perdant une nouvelle fois, encore un coup et j'arrête, sinon, poursuit-il à l'intention de deux de ses camarades qui ont perdu eux aussi, on sera obligés de demander *« ke-bout »* — crédit — au marchand de soupe.

Des coolies et des pêcheurs, dominés d'une bonne tête par

le Normand malchanceux, s'acharnent à suivre son jeu. Un mouvement de dépit collectif les anime lorsque le commando pert à nouveau.

— Ça suffit ! décide le colosse, on va bouffer ce qui nous reste...

Dehors, il fait froid. Le grand commando émerge du vacarme du ba-quan les oreilles bourdonnantes de la mélopée suraiguë du croupier qui a le don d'attirer les piastres froissées sur sa table magique. Un long frisson secoue son grand corps.

— Pourvu, se dit-il, que les fièvres ne me reprennent pas, je n'aimerais pas être exempté de service en ce moment...

14

LA BAIE D'ALONG

Après la débâcle des villes et des postes abandonnés au nord-ouest du Tonkin et le massacre des colonnes Lepage et Charton au long de la R.C.4., le général de Lattre de Tassigny est nommé commandant en chef en lieu et place du général Carpentier. Aussitôt, il reprend en main les états-majors des trois armes. Les officiers supérieurs qui ne s'adaptent pas à sa façon de faire la guerre sont éloignés sans pitié des théâtres d'opération.

Le commandant Labbens a ses entrées dans les milieux les plus proches du chef prestigieux que les journalistes appellent « le Roi Jean ». Certains commandos le savent et tirent de ce fait des traites optimistes sur l'avenir.

— Le pacha et son épouse habitent la même maison que la secrétaire du général Cogny, apprend à Pihan un des bérets-verts les plus liés avec le flegmatique Boboy. Il devrait pouvoir nous trouver des missions intéressantes.

— Et le plus vite possible ! approuve le Normand.

Noël 1950 approche, ravivant des nostalgies. Pihan, débrouillard, négocie un pantagruélique repas dans un restaurant proche de la caserne de l'île d'Ha-Ly avec de l'argent collecté parmi ses compagnons. Ces derniers apprécient de plus en plus son formidable sens du marchandage qui lui permet de damer le pion aux rusés commerçants chinois et tonkinois.

— On a passé un Noël tranquille, sourire l'amphitryon au

lendemain de la fête. Espérons que nous vivrons le jour de l'An aux trousses des Viêts !

Le Normand voit juste. Le 31 décembre, le commando se retrouve dans la région de Dong-Trieu, à trente kilomètres au nord-ouest d'Haiphong à l'extrême limite de la ligne des postes bétonnés par de Lattre qui clôt le delta du fleuve Rouge au-dessus de la route nº 18.

A la descente des camions G.M.C. qui les ont acheminés là sur des routes sabotées plus de mille fois, les commandos sont pris sous le tir de quelques bo-doïs éparpillés dans les rizières asséchées, au-dessous des mines de charbon de Trang-Bach.

Vite mis en fuite par la riposte des pièces de fusils-mitrailleurs du commando, les Viêts sont poursuivis par les salves de ses deux petits mortiers de deux pouces canadiens. Au cours de la journée, les rebelles se manifestent encore à quelques reprises. Pihan, à la tête de ses voltigeurs, grenouille à leur recherche pendant des heures sur les diguettes menant à des groupes de paillotes désertées, fouillant le moindre recoin susceptible de receler des explosifs et de l'armement viêt-minh. Le commando « Jaubert » reste placé en arrière de la fouille, en réserve. Un Junker 52 gris survole le site. L'appareil allemand, croix de tôle ondulée, tourne deux ou trois fois au-dessus du P.C. de l'opération puis deux parachutes s'ouvrent, ralentissant la chute de caisses qui s'écrasent dans la rizière à une centaine de mètres du commando « Jaubert ».

— S'ils nous envoient du matériel, avance Pihan, c'est qu'on va certainement rester un bout de temps dans ce coin.

Il fait froid, le Normand et ses compagnons, vêtus de leurs vestes de camouflage anglaises, frissonnent.

— Un vrai temps de réveillon, pense le quartier-maître. Pain de guerre et rations « K » !

Un ordre radio ramène les commandos bredouilles vers le P.C.. Le Normand découvre les caisses parachutées, éventrées et vidées de leur contenu. Diaz le hèle :

— On a du champagne ! annonce-t-il.

Pihan plisse ses yeux marron, un instant incrédule.

— Ben ça, alors, lâche-t-il en apercevant les bouteilles de gros verre noir, couronnées de papier doré. Les choses changent vraiment depuis l'arrivée du général de Lattre.

Le roi Jean a tenu à ce que personne ne soit oublié dans les traditionnelles agapes du jour de l'An. C'est sur son ordre personnel que les états-majors ont fait parachuter des vivres frais et quelques gâteries symboliques à toutes les opérations en cours.

Les colis largués par l'équipage du Junker 52 contiennent également de la viande congelée.

— C'est peut-être pas du tout premier choix, commente Pihan en apprenant de Cadichon, le spécialiste, que les morceaux de viande argentine proviennent certainement de stocks de la dernière guerre, mais ce sera tout de même bien meilleur que le pâté de nos boîtes de rations ou les gros rats de la rizière...

La viande, dégelée à la va-vite, est consommée avec plaisir, grillée sur des feux de fortune. Les bouteilles de champagne passent de main en main, les hommes boivent quelques décilitres de vin pétillant, après avoir choqué rudement leurs quarts de gourdes les uns contre les autres.

— Bonne année ! crie Pihan de sa voix rauque en s'adressant à Diaz, et bons vœux...

Le colosse n'en dit pas plus, saisi par une bouffée d'émotion. Aux souhaits de bonheur qu'il forme pour son ami bordelais et sa sœur Aurore se mêlent d'irrésistibles espoirs païens, des désirs de combat et de tumultes prochains...

La nuit tombe après les agapes viriles, les sections de « François » et de « Jaubert » s'éloignent du P.C. installé dans un gros village mort pour se placer en veille tout le long de la route.

La minuit est atteinte. Des rafales partent des postes installés plus au nord-est et quelques fusées éclairantes montent dans le ciel pour saluer l'an nouveau. Pihan, éveillé par les lambeaux d'échos, retourne simplement sa carcasse épaisse couchée à même le sol froid, enveloppée dans un poncho.

— Tout ça, c'est du cirque, grommelle-t-il, ils feraient bien mieux de garder leurs munitions pour le Viêt-minh...

La nuit passe, tranquille, de plus en plus froide. Pihan, secoué énergiquement par un de ses compagnons, émerge du sommeil un peu avant quatre heures. Transi, il se dirige vers le poste de veille qu'il doit tenir jusqu'à sept heures. Diaz est du même quart, à quelques mètres de lui. Les deux hommes ne parlent pas. Les dernières heures de la nuit s'écoulent trop lentement.

— Vivement qu'on puisse faire un peu de café, se dit le Normand en épiant les premières lueurs du jour.

7 heures arrivent enfin, les commandos s'éveillent, le paysage s'anime en arrière des postes de guet de la route, des moteurs de camions et de blindés déchirent le silence froid. Débarrassé des tensions de sa veille, Pihan ébroue son grand corps pour essayer d'en réchauffer les muscles gourds. Son poncho, enroulé en énorme foulard autour de son cou puissant, n'a pas réussi à enrayer les morsures de la basse température.

— On va faire un jus, crie-t-il à l'adresse de Diaz, amène-toi...

Un officier du commando « Jaubert » approche du colosse.

— Ça va, pas trop gelé ? lui demande-t-il en souriant.

— Ça pourrait aller mieux, lieutenant, souffle le commando affairé à l'allumage d'un petit feu, mais faut pas se plaindre... On fait du café : vous en voulez ?

Le grand officier accepte de partager le contenu d'un quart de gourde qui a noirci, posé en équilibre entre quatre pierres gelées, sur le feu de branchages cassés menu.

Diaz, réchauffé par les gorgées de café brûlant, est soudain volubile.

— Vous savez, lieutenant, dit-il en montrant Pihan à son chef de section, le grand de « François » que vous voyez là, il n'est pas tout à fait comme tout le monde...

L'officier de Marine hausse les sourcils.

— Oui, poursuit le Bordelais de son léger accent ibérique, figurez-vous, lieutenant, que c'est un Sterpinassien...

L'enseigne de vaisseau sursaute.

— Il n'y a pas que lui, lâche-t-il, amusé, moi aussi !

Pihan manque de recracher la gorgée de café qu'il gardait dans sa bouche depuis une demi-minute pour se réchauffer un peu plus...

— Eh oui, enchaîne l'officier de « Jaubert », je suis d'Etrépagny, en Normandie... Je me nomme de Clarens, vous connaissez ?

Pihan acquiesce. Un flot de souvenirs d'enfance l'assaille. Les de Clarens forment une grande famille de sa région normande, un clan solide qui possède un vaste château à quelques kilomètres d'Etrépagny. L'officier retourne à sa section après avoir amicalement parlé du pays avec Pihan.

— Ça alors, s'étonne ce dernier en le suivant du regard, la guerre mélange vraiment tout le monde, nobles et fils d'ouvriers comme moi, sans aucune distinction. Du moins au commando...

La première opération de l'année 1951 reprend en fouille qui ne donne pas grand-chose et les commandos redescendent sur Haiphong, en camions.

La ville, transie de froid, n'offre plus son aspect de marché permanent. Les vendeurs de soupe se calfeutrent dans leurs cuisines et les coolies-pousse eux-mêmes ne sortent qu'à la toute dernière extrémité, leurs dernières piastres consommées.

— Heureusement, nous sommes mieux adaptés aux basses températures que les Viêts, se réjouit Pihan qui ne pensait pas avoir un jour aussi froid en Indochine. On devrait pouvoir profiter de cet atout sur le terrain...

Dans les états-majors, malgré les secousses permanentes de De Lattre,rien ne semble fait sur le plan tactique pour profiter de l'avantage climatique certain qu'offre la période de froid inhabituel. Cet attentisme heurte le Normand qui ne se rend pas compte qu'il sert dans un commando uniquement composé d'Européens et que, mises à part quelques unités de Légion étrangère et des parachutistes, toutes les unités engagées au Tonkin sont de plus en plus « jaunies » et résistent fort mal aux rigueurs de l'hiver.

Un ordre arrache bientôt Pihan et ses compagnons aux délices frelatées de la ville figée sous les atteintes du froid persistant. Le commandant Labbens débarque son commando à Campha-Mines, dans la baie des Fai-Tsi-Long, tandis que le lieutenant de vaisseau Allongue installe le sien à Campha-Port, situé à douze kilomètres plus au nord.

Le nouvel environnement de Pihan et de ses compagnons est dominé par d'énormes mines de houille à ciel ouvert qui gangrènent inexorablement la montagne.

Ces charbonnages grouillent de milliers de coolies qui travaillent sous la protection permanente de « marsouins » et de partisans autochtones. Malgré une surveillance serrée, les éléments du Viêt-minh, bien implantés sur les bords d'un bras de mer long de trente-cinq kilomètres qui débouche sur la longue rade Tyen-Yen, sont régulièrement ravitaillés en riz par les mineurs. Volontairement ou sous la menace de représailles, les coolies distraient chaque jour une bonne partie de leur ration de nourriture à l'usage des bo-doîs.

Pihan accepte sans maugréer la routine des patrouilles au bord de la mer, les veilles lassantes aux orées de Campha-Mines, les embuscades vaines autour des mines. La monotonie du séjour est égayée de quelques montées au lourd de Campha-Port où il se rend en empruntant le petit train des charbonnages qui relie les deux villages frères en serpentant au-dessus de la mer sur une voie étroite et bien gardée.

Le quartier-maître, quoique moins sensible à l'aura du roi Jean que les anciens de la France libre comme le commandant Labbens et les vétérans de la 1re Armée française, attend encore beaucoup de ce chef prestigieux qui semble agir avec la bénédiction permanente du gouvernement de Paris.

Une nouvelle court bientôt dans les sections du commando.

— On va avoir droit aux honneurs de la presse, annonce un quartier-maître de la section de Pihan. Un journaliste de *Samedi-Soir* doit venir en opération avec nous.

Pihan fait la grimace.

Le second-maître Simon et Muller avec des supplétifs.

— Pour ce qu'ils écrivent, marmonne-t-il, ils feraient mieux d'économiser l'argent du voyage...

L'envoyé spécial de l'hebdomadaire au titre marqué d'un gros point rouge rejoint le commando alors que celui-ci a déjà pris place sur un L.C.T. Le but de la mission : débarquer sur plusieurs points de la côte et dans quelques îles de la baie d'Along pour en débusquer les Viêt-minhs.

Les bérets-verts opèrent avec les commandos supplétifs du capitaine Delayen[1], un des hommes qui connaît le mieux le dédale de la mer de Chine. Pihan apprécie du regard l'officier trapu aux yeux bridés dont tout le monde parle depuis son arrivée au Tonkin. Les gardes du corps qui encadrent l'officier sans galons ressemblent à des pirates.

— Regarde le petit maigre, souffle un commando au Normand, tu le vois ?

— Oui, réplique Pihan, agacé, je le vois. Et après ?

Le béret-vert explique :

— C'est un ancien officier chinois de l'armée nationaliste qui continue à se battre contre les communistes. Et il n'est pas le seul !

Le commando de Delayen, encadré par quelques Européens, s'éloigne en direction d'une île massive à bord de trois jonques chinoises propulsées par des moteurs ajoutés par le patron de l'unité. Pihan suit longtemps le sillage de la jonque du curieux capitaine dont le pavillon frappé d'une tête de mort flotte au vent, au-dessus du château d'une embarcation prise aux trafiquants chinois.

Le commando « François » adopte, pour une fois, le style de guerre de Delayen. Pihan revêt un khe-quan et embarque lui aussi sur une jonque à moteur qui navigue à couple du L.C.T. Le commandant Labbens, barbe rousse au vent, a l'air d'un corsaire de Surcouf. Le journaliste annoncé est de l'expédition, bardé de trois appareils de prises de vue en bandoulière. L'homme est vif, pressé de tout savoir d'un seul coup. Il interroge un à un tous les membres du petit commando déguisé.

1. Voir *le Baroudeur,* Grasset.

— On dirait bien que le pacha a l'intention de l'emmener avec nous, s'étonne Pihan en voyant que l'envoyé spécial de *Samedi-Soir* reste à bord de la jonque qui s'éloigne du L.C.T. et prend un cap voisin de celui des jonques de Delayen.

La nuit tombe, la mer brille. La jonque, moteur au ralenti, approche bientôt d'une île sombre. Labbens prévient :

— On va débarquer ici... Pas de bruit...

L'embarcation frôle les hauts fonds de sa quille, la plage est toute proche, les commandos quittent le bord avec précaution et progressent vers l'inconnu avec de l'eau jusqu'au cou, les armes tendues au-dessus de leur tête. Poussée par un vent léger, la jonque approche encore un peu, le journaliste en profite pour débarquer à son tour. Pihan scrute l'obscurité et attend les ordres. Au petit jour, un mouvement suspect attire son attention dans la grisaille d'une forêt. Prêt à tirer, le Normand voit deux hommes qui sortent de la brousse en écartant les branches comme un rideau de tissu.

— Ce sont nos guides, annonce tranquillement Labbens, confiant dans la discipline de feu de ses hommes. On va les suivre...

Le petit groupe, des partisans de Delayen, achève de s'extirper du magma de végétation. Par geste, leur chef invite Labbens à mettre son commando en route. Marchant difficilement sous l'épais fouillis de la jungle qui recouvre toute l'île, écartant du bras les lianes pendant des arbres en voûte, les faux Tonkinois pénètrent bientôt dans un petit village.

— Rassemblement de la population et fouille rapide, ordonne Labbens.

Pihan et sa douzaine de compagnons retournent tout dans le hameau. Après la fouille vaine, le chef du village propose d'offrir un repas de gala aux commandos. Labbens accepte l'offre et, aussitôt, le groupe de paillotes reprend vie, les feux sont allumés, des gosses courent à la recherche des produits que leur réclament leurs mères en poussant des cris heureux. Le journaliste de *Samedi-Soir,* ravi de l'aubaine, mitraille la scène de paix. Boboy est aux anges, les commandos veillent autour du village accueillant. L'air embaume bientôt le porc, la volaille et les épices grillés par des femmes, belles, vêtues pauvrement de tissu noir et tatouées aux bras et au visage. Leurs gosses à tête ronde caressent les armes des commandos, les yeux gourmands.

Pihan s'apprête à manger un beau morceau de porcelet qui lui brûle les doigts quand soudain des rafales retentissent, pas très éloignées. Le commando laisse tomber le morceau de viande rôtie dans la poussière du sol de terre battue et empoigne sa mitraillette allemande. La guerre reprend ses droits. Le journaliste s'est aplati derrière un tronc d'arbre à deux mètres du pacha. La clairière est redevenue déserte, les villageois se sont entassés dans une grande paillote. Des éclats de mortiers passent en chuintant au-dessus des arbres, des cris percent le vacarme qui se rapproche.

Une minute passe, ponctuée d'explosions et de rafales, puis un groupe de Viêt-minhs vient donner en plein dans l'embuscade improvisée. Pihan presse nerveusement la queue de détente de sa P.40 pour arroser d'une longue rafale deux bo-doîs armés de fusils qui disparaissent dans la jungle épaisse.

L'accrochage ne dure pas longtemps. Labbens, tranquille, manœuvre judicieusement pour empêcher les rebelles de pénétrer dans le village. De l'autre côté de la petite forêt, les hommes de Delayen qui avaient levé le gibier le reprennent en compte et bientôt, le feu se meurt. Des corps sanglants agonisent sous les arbres, l'humus de la forêt est imprégné par endroits par l'odeur sure des explosions d'obus de mortiers. Les troncs d'arbres sont criblés de fer. Sur mer, un bateau canonne le centre de l'île. Delayen sort de la jungle, luisant de sueur, superbe.

— C'est au poil, Labbens, annonce-t-il, ils sont tombés dans le piège, on les a tous eus...

Les supplétifs qui ont servi de guides au groupe de Pihan ramènent les corps des rebelles en les traînant sans ménagements par les jambes et font un petit tas des armes récupérées. Le chef du village, rassuré par l'issue du combat, vient saluer les commandos. Pihan exulte.

— Voilà comment il faut travailler, s'exclame-t-il.

Labbens rompt la magie de l'après-combat.

— On repart, annonce-t-il, ce n'est pas fini...

La petite colonne victorieuse reprend la route vers la mer, en empruntant un itinéraire différent de celui qu'elle a adopté à l'aller pour éviter une surprise toujours possible. La jonque est là et danse lentement sur les flots calmes. Pihan réembarque à son bord en trempant son khe-quan noir au pantalon trop court pour lui.

La mer est sillonnée par une flottille d'engins de toutes sortes, rameutée par l'annonce radio de la réussite de la première partie de l'opération.

Labbens, suivant à la lettre le plan du coup de main, remet son groupe de faux nha-qués à terre sur une plage étroite qui court aux pieds d'une falaise touffue. Delayen débarque de sa jonque à tête de mort de l'autre côté de l'île.

Cette fois, Pihan et ses compagnons, après avoir longuement cherché un passage pour pénétrer dans l'île, tombent sur le groupe de Viêt-minhs qui l'occupe. Les rebelles fuient désespérément en direction des embuscades de Delayen, poursuivis par les tirs des commandos de Labbens. Mal armés, les bo-doîs succombent après quelques échanges. Pihan écoute les dernières rafales qui signent le succès des partisans.

La jonque reprend le commando et le mène près d'un L.C.M. qui attend entre les îles. Un homme de Delayen projette littéralement un prisonnier entravé dans la cuve profonde de l'engin de débarquement.

— Celui-là, commente l'homme avec un rictus cruel, il sait beaucoup de choses... Il va tout nous raconter en rentrant...

Des éclairs farouches dansent dans les yeux noirs du partisan. Pihan ressent une impression de malaise.

— Dans notre commando, se dit-il, ce n'est pas pareil. On fait notre travail sans haine...

Le prisonnier, maintenant assis, pieds nus, nu-tête, a un long visage maigre au nez droit. Ses cheveux coupés au bol retombent en frange régulière au-dessus de ses yeux à peine bridés. Il semble calme, conscient de la mort qui l'attend.

Pihan se détourne de lui, gêné par son regard d'oiseau de proie captif.

La jonque dépose le petit groupe de Labbens sur une troisième île. Pihan redébarque alors que la nuit menace de tomber. Cette fois, rien ne se passe, l'île, toute petite, est vite passée au crible, en vain. Delayen rameute ses jonques et cingle vers son repaire d'Haiphong. La jonque remène les commandos de Labbens vers le L.C.T.qui pique vers Campha-Mines. L'opération sur les îles refuges des trafiquants a été un franc succès, sans aucune perte.

— Je ne sais pas ce que va nous pondre le gars de *Samedi-Soir*, s'exclame Pihan en se dépouillant de ses noirs vêtements de Tonkinois après le retour à Campha, mais il ne sera pas venu pour rien !

15

COMME À STALINGRAD

Le 24 janvier 1951, Pierre Pihan et ses compagnons sont à Hai-Duong, un gros centre catholique étalé en plein milieu du delta, à mi-distance entre Hanoi et Haiphong. Ils attendent le moment d'embarquer dans des camions G.M.C. qui doivent les descendre un plus au sud, jusqu'à un poste important de l'Armée de terre. Une opération de ratissage des rizières doit être lancée le lendemain matin. Les deux autres commandos de la Marine, « Jaubert » et « De Montfort », sont aussi de la partie.

L'ambiance est au beau fixe. Huit jours auparavant, une bataille dans la région de Vinh-Yen s'est terminée par la victoire des treize bataillons français engagés au nord-ouest du delta. Soutenus par trois groupes d'artillerie et par l'aviation, ils avaient contenu pendant quatre jours les vagues d'assaut lancées par vingt-quatre bataillons de réguliers du Viêt-minh qui a perdu plus de six mille hommes dans l'affaire.

— Et, bien sûr, soupire Pihan en revoyant les titres des journaux qui avaient salué la victoire de De Lattre sur Giap, pendant ce temps-là, on courait aux fesses de quelques malheureux pirates de la baie d'Along...

L'ordre de monter dans les camions bâchés secoue le commando. Précédé par les half-track aux chenilles grinçantes, le convoi de bérets-verts s'ébranle en direction du sud en roulant sur la route nationale nº 1 qui quitte la R.C.5. reliant Hanoi à Haiphong.

Il fait froid, le ciel pleure des bruines inlassables qui écrasent sous leur grisaille les rizières inondées. Soulevant des vagues de boue sur leurs flancs, les camions aux moteurs torturés par des années de service parviennent au soir aux abords du poste tenu par des « marsouins » et des partisans. Les commandos, frigorifiés malgré leurs chandails kaki et leurs vestes camouflées de toile épaisse, sautent sur le sol détrempé.

Le colonel de Bollardière, patron de l'opération, donne une dernière fois ses directives aux commandants des trois commandos de la Marine. Les ordres de l'officier parachutiste sont répercutés aux chefs de section puis aux chefs de groupe. Pihan, caporal-voltigeur, apprend, un peu plus tard, ce qu'il doit savoir de la mission.

— Nous devons passer au crible tous les villages au sud du rach que vous voyez là, annonce son chef de groupe, le second-maître Henry.

Sur la carte que l'officier marinier tient étalée sur un capot de G.M.C., Pihan et ses compagnons de voltige découvrent la zone de rizières qu'ils vont investir au petit matin et, plus au sud, une ligne de villages dominés à l'ouest par des hauteurs. Après le court briefing, Pihan demeure un instant songeur.

— Si j'ai bien lu la carte, se dit-il, on va marcher au moins vingt kilomètres avant d'arriver au but de la manœuvre. Avec la pluie qui n'a pas l'air de cesser, ça nous promet du joli...

La nuit tombe sur le poste. Au loin, des camions percent la nuit du ronronnement de leurs moteurs.

— Pas mal joué, approuve le Normand, les Viêts vont croire que l'opération doit se dérouler par ici. Pendant ce temps, on sera en train de marcher dans la gadoue pour les surprendre au jour...

Après un maigre repas de rations « K », les commandos s'étendent pour dormir sous la protection des gardes du poste. La nuit est de plus en plus froide, la pluie poursuit son chuintement uniforme. Réveillés à 4 heures, les marins avalent du café brûlant et plongent dans le magma de boue et d'eau.

Guidés par des partisans de la région, les voltigeurs approchent bientôt du rach à franchir. Des lueurs fugitives de lampes torches lancent des signaux du bord de l'eau, la progression se fige dans la boue pour permettre à quelques soldats du Génie qui accompagnent les bérets-verts de jeter dans le courant des dinghys transportés jusque-là par des coolies maigres et mal vêtus.

Habitués depuis toujours aux gestes élémentaires de leur métier de marins, les commandos passent aisément l'obstacle grossi par la pluie qui tombe depuis deux jours déjà. Les radeaux gonflables sont hissés dans la boue et abandonnés à la garde de l'élément du Génie.

Sans prendre le temps de souffler, la colonne de « François » pénètre plus avant dans la rizière obscure. Au bout de deux heures de marche, Pihan et ses voltigeurs, gelés, aperçoivent quelques paillotes plantées au-dessus de l'eau glauque. Le petit jour lèche de faibles lueurs l'immensité désolée. Vers l'ouest, les hauteurs sombres que Pihan a reconnues sur la carte barrent l'horizon brumeux.

— Attention ! avertit d'un cri à demi étouffé un voltigeur du Normand, il y a du monde ! Ça bouge...

Les marins s'accroupissent dans l'argile glissante de la diguette qui émerge de quelques centimètres seulement du vaste lac de la rizière inondée. Une minute s'écoule sans que rien se passe, puis, trois formes humaines se découpent, floues, dans la grisaille laiteuse de la nuit qui s'estompe.

Sur un ordre sec, deux commandos jaillissent de la boue et plaquent les suspects au sol. L'escamotage n'a duré qu'une dizaine de secondes. Le hameau est rapidement fouillé pendant que les prisonniers hébétés sont interrogés sur l'arrière de la colonne par un interprète de l'Armée de terre.

Le commando « De Montfort » fouille sur la gauche des compagnons de Pihan tandis que « Jaubert » investit le site à la droite des trois sections du commandant Labbens.

Dans la demi-obscurité, Pihan découvre, au flair et au toucher, des caches qui contiennent des grenades et des documents administratifs de la rébellion.

Il fait de plus en plus jour, d'autres groupes de paillotes apparaissent dans la grisaille pluvieuse, dispersés au ras des eaux boueuses.

— Si on doit fouiller tout ça, estime le Normand transi, on en a pour toute la journée. Les Viêts vont avoir le temps de décamper... Quelle guigne !

La traque s'engage, entrecoupée de marches forcées pour gagner du temps. Chaque fois, quelques suspects apeurés se laissent prendre au piège et sont poussés, sans ménagements, vers l'arrière de la progression.

Les trois commandos atteignent le gros bourg de Dong-Binh. Les hommes de Labbens l'abordent par l'ouest, ceux d'Allongue, du commando « Jaubert », par le nord. Le lieutenant de vaisseau Servent lance les sections de « Montfort » à l'est de l'objectif très étalé.

Il est neuf heures du matin. Des coups de feu accueillent la fouille, jaillissant de toute l'étendue du village à investir. Pihan accélère l'allure de sa voltige pour rester à la hauteur des derniers éclaireurs de « Jaubert ». Les hommes de « Montfort » avancent moins rapidement et sont bientôt stoppés sous un feu très violent qui les plaque dans la boue.

Le paysage éclate, le Viêt-minh dévoile toutes ses pièces, concentrant le plus fort de son feu sur les hommes de Servent qui se remettent à avancer malgré l'enfer qui s'abat sur eux. Pihan bute contre des défenses de bambous qui empêchent ses voltigeurs de pénétrer dans le village fortifié.

— Il y a une porte, hurle le Normand en glissant au ras des défenses ennemies vers la droite du village, on va passer par là...

Un à un, les commandos s'engagent dans le portillon de bambous et, à la grenade, bousculent un groupe de bo-doïs qui s'éparpille dans le dédale de la rizière. Débarrassée de la pression des derniers Viêt-minhs en fuite, le Normand essoufflé jette un coup d'œil vers l'est de sa position conquise sans pertes.

A cent mètres à peine de son observatoire, « Jaubert » se bat furieusement et épaule de ses fusils-mitrailleurs la première section de « Montfort » qui a réussi à parvenir à son tour à distance d'assaut. Le maître Mayeur, l'adjoint de section de l'enseigne de vaisseau Julienne, est couché en avant de ses voltigeurs. Face à lui, des levées de terre derrière lesquelles les Viêt-minhs ont posté plusieurs pièces de mitrailleuses protégées par des bambous effilés.

— Ils vont y arriver ! se dit Pihan à mi-voix, les mains crispées sur sa carabine américaine au canon chauffé par les tirs de l'accrochage. Encore trente mètres et ils leur tombent dessus...

Dans le vacarme assourdissant où se mêlent les rafales ennemies, les tirs du commando « De Montfort », les déchaînements de tous les fusils-mitrailleurs de « Jaubert » et « François » et les déchirements de grenades à fusil, Pihan ressent une étrange impression de silence. Ses yeux marron sont rivés sur les formes rampantes de ses compagnons de « Montfort ». Le reste ne compte plus.

Mayeur se redresse en appui sur ses longs bras.

— Ils vont y aller, se dit Pihan en retenant machinalement son souffle, fasciné par l'imminence de l'assaut.

Le grand adjoint de Julienne amorce un mouvement de bras pour entraîner ses hommes sur le glacis aux emplacements de tir rebelles et retombe, inerte.

— Merde ! jure le Normand, il est touché...

La section de Julienne se refige sous le feu. Un ordre lance « Jaubert » et « François » en mouvement de tenaille vers la position imprenable de face. Le Viêt-minh enrage une dernière fois ses pièces et, déjouant la menace, glisse vers le sud en direction d'une ligne de villages perdus dans la rizière.

Pihan, lancé avec ses voltigeurs au travers du dispositif ennemi disloqué, reprend difficilement son souffle. Le combat a duré une demi-heure.

Après l'assaut conjugué des trois commandos, le maître Mayeur est évacué sur l'arrière de la progression. Pihan entraperçoit le visage mutilé de l'adjoint de section. Il reste quelques secondes interloqué : l'officier marinier, pleinement conscient malgré la balle qui lui a fait éclater la face, avait eu le courage insensé de réunir sa langue à sa lèvre inférieure à l'aide d'une grosse épingle de nourrice pour éviter qu'elle ne l'étouffe en se rétractant.

Dans le village redevenu la proie du silence, des cadavres en uniforme et sans armes gisent çà et là, du matériel jonche en quantité les caches bien aménagées abandonnées par les bo-doïs en fuite. Chaque habitation, criblée de balles et d'éclats, est soigneusement passée au peigne fin. La fouille ne se termine qu'un peu après la mi-journée. La pluie tombe toujours lorsqu'un ordre du P.C. de l'opération lance les sections de bérets-verts vers le sud.

Le paysage, en arrière de la progression, grouille de mouvements de troupes qui avancent vers Dong-Binh. Des compagnies du 10e bataillon vietnamien prennent la place des commandos sur les anciennes positions viêt-minhs. Une compagnie d'armes lourdes du R.I.C.M., mortiers et mitrailleuses, arrive aussi à la rescousse.

Les bérets-verts fouillent les villages jusqu'à 15 h 30.

— Regardez, souffle Pihan en indiquant du bras à ses compagnons une longue file de bo-doïs qui manœuvre tranquillement, à mille mètres environ au sud. Il y en a au moins quatre cents...

Des messages radio vont et viennent, nerveux, entre le P.C. du colonel de Bollardière et les trois commandos.

— Bon sang ! Qu'est-ce qu'on attend pour foncer ? enrage Pihan qui ne s'embarrasse pas de considérations tactiques. Ils sont en train de nous prendre en tenaille...

L'ordre d'attaquer My-Dûc, le village dans lequel le plus gros du bataillon rebelle aperçu s'est fondu, tombe enfin. Il est 16 heures et il fait déjà sombre. Les Vietnamiens du 10e bataillon ont quitté Dong-Binh pour tenter de contourner l'objectif par la gauche. Le commando d'armes lourdes du R.I.C.M. commence à pilonner My-Dûc.

Le commando « Jaubert » avance dans la boue, le plus à l'est du village, Pihan et ses camarades le flanquent tandis que les sections de « Montfort » progressent légèrement en arrière du mouvement.

— Cette fois, on tient le gros coup ! jubile Pihan lorsque les rafales de cinq fusils-mitrailleurs ouvrent le feu sur les voltigeurs, à trois cents mètres au pied de My-Dûc.

Les Viêt-minhs possèdent des mortiers. Les explosions d'obus, de plus en plus nombreuses au fil des minutes de combat, soulèvent des masses d'eau et de boue autour des commandos. Les hommes des sections de « François » sont mués en statues de boue grisâtres. Sous la violence du feu viêt-minh, ils oublient en une fraction de seconde le froid qui les mord et retrouvent toute leur souplesse.

Pris directement sous le feu, Pihan riposte de sa carabine U.S. boueuse. Il jette de temps en temps un regard vers ses compagnons de « Jaubert » tassés dans la boue. L'enseigne de vaisseau Bonzanini est à la tête de la section. A cent cinquante mètres de lui, une mitrailleuse lourde, qui n'avait pas tiré jusque-là, se dévoile soudain, prenant en enfilade les marins déjà matraqués par les mortiers. Dans l'impossibilité de se mettre à couvert, les commandos sont hachés par les rafales précises de l'arme lourde. Bonzanini s'effondre dans la boue, pantin désarticulé, la tête éclatée. Pihan reconnaît dans la tourmente la silhouette du maître Michel qui gît, inerte, à quelques mètres de l'officier de réserve. D'autres marins semblent touchés.

Féburier, un jeune tireur au fusil-mitrailleur de la section, riposte un court instant puis s'écroule à son tour près de son arme couverte de boue.

— Et on ne peut rien faire pour eux, enrage Pihan détournant ses yeux du carnage.

Les tirs de mortier du R.I.C.M. réussissent enfin à soulager les survivants qui reculent de quelques mètres pour trouver un abri derrière une diguette.

L'enseigne de vaisseau de Clarens, deuxième natif d'Etrépagny à servir aux commandos, ne se résigne pas à abandonner les morts. Profitant du pilonnage des marsouins et des premiers obus des salves de 105 demandées par l'officier D.L.O. de l'artillerie, blessé lui aussi dans l'action, deux voltigeurs réussissent à passer des cordes autour des poitrines des corps et les halent dans la boue gluante.

Quatre cent cinquante coups de 105 éventrent le village.

— Si après tout ça, les Viêts sont encore en vie, se dit Pihan assourdi en regardant les obus français transformer My-Dûc en volcan, ce serait un véritable miracle.

Le tir d'artillerie cesse. Ses échos roulent longtemps sur les rizières grouillantes de troupes de renforts. Un large écran de fumée, provoqué par une salve précise d'obus fumigènes, masque le repli du commando « Jaubert ».

Quelques minutes seulement après la dernière salve de l'artillerie française, les bo-doîs reprennent pourtant le feu avec autant de violence qu'auparavant.

— C'est un véritable château fort, ce village, gronde Pihan en se rejetant à l'abri d'une diguette.

A cinq mètres du Normand, le quartier-maître Beaube s'écroule. Pihan se jette vers lui.

— C'est rien, le rassure l'homme tombé dans la boue et qui s'ébroue déjà, j'ai eu de la chance, regarde...

Une balle a coupé la boucle de ceinturon du quartier-maître en deux et a ricoché en éventrant une de ses grenades offensives qui n'a miraculeusement pas explosé. Soulagé, Pihan regagne sa position.

La nuit va tomber. De nouvelles unités ennemies sont signalées, descendant des hauteurs de l'ouest du My-Dûc. L'ordre de repli tombe du P.C. et « François » reçoit la mission de le couvrir en arrière-garde. Le commando « De Montfort » s'éloigne pour se placer en position de recueil à quelques kilomètres dans le nord pour déjouer un mouvement d'encerclement toujours possible.

— Allez, ordonne le second-maître Henry, c'est à nous ! On y va...

La voltige de Pihan s'extirpe de la boue sous le feu de l'ennemi et entame un bond de quelques centaines de mètres sur les traces de « Jaubert » et de « Montfort ». Il fait désespérément froid. Pihan ne sent plus ses membres bouger. Ses doigts gourds semblent collés à sa carabine gelée et il n'est plus qu'un automate agissant par réflexe. Le Viêt-minh manœuvre serré tout autour du repli ; la chasse alertée, il ne peut intervenir. Les bo-doîs ont beau jeu de jaillir de leurs tanières des flancs de collines pour couper la route aux commandos.

Le groupe de Pihan laisse derrière lui des dizaines de corps gelés de soldats vietnamiens et de coolies abandonnés par leurs compagnons dans un linceul de boue. La pluie enrobe l'enfer d'un brouillard pénétrant. Les hommes sont à bout de forces.

Leresteux, le Malouin, aperçoit des formes qui retiennent son attention au moment où le groupe Henry s'apprête à décrocher d'un poste de combat retardataire sous le feu d'une mitrailleuse.

— Il y a un fusil-mitrailleur de chez nous par là-bas, annonce le quartier-maître aux yeux de chat.

Un ordre radio enjoint au second-maître Henry de tenter le tout pour le tout pour récupérer l'arme abandonnée qui se trouve maintenant à cinquante mètres de la mitrailleuse rebelle qui tire toujours.

Pihan s'affale soudain contre une diguette.

— Merde, une crampe ! éructe-t-il. Ce n'est pas le moment de flancher...

Le Normand essaye de masser sa jambe mordue par la douleur fulgurante. Déséquilibré, incapable de se rattraper, il tombe, face en avant dans la boue. Sa tête se coince sous les claies de branchages pourries qui retiennent la terre de la diguette. Sa bouche se tord au ras de l'eau.

— Je vais crever comme un rat, se dit-il en revoyant les dizaines de corps gelés éparpillés dans la boue tout au long du repli.

Un quartier-maître de « Montfort », Guy Dupont, aperçoit de sa position de recueil le grand gaillard immobile et bondit vers lui.

— Tu es touché ? hurle-t-il à ses oreilles dans le vacarme.

Pihan a du mal à répondre.

— C'est... une... crampe, annonce-t-il dans un rictus douloureux.

Dupont, rassemblant ce qui lui reste de force, cramponne la statue de boue et l'extirpe en ahanant, centimètre par centimètre, de sa gangue gelée.

Pihan retrouve peu à peu l'usage de sa jambe et essaye de débarrasser sa carabine de la boue qui l'entoure. Leresteux se jette en direction de l'ennemi, rampant sous le feu de la mitrailleuse.

— Bon sang ! souffle le Normand en le voyant partir seul, Titine est fou. Il aurait pu attendre un peu...

Leresteux, anguille souple ondulant dans la boue, a disparu. Les minutes passent, écrasantes, martelées par les rafales viêt-minhs et les appuis d'artillerie amis.

— C'est foutu, pense Pihan, la mâchoire crispée, ils ont dû l'avoir...

Le colosse ferme un instant les yeux, abattu. Un cri le rassure.

— Le voilà, il a réussi !

Le Malouin, presque arrivé à la hauteur de son groupe, se redresse et se met à courir follement. Poursuivi par les tirs des bo-doïs, il se jette à l'abri de la diguette en traînant derrière lui le fusil-mitrailleur récupéré et un fusil.

— Il y a encore des gars de « Jaubert » là-bas ! annonce-t-il, affalé dans la boue.

Le commando est immédiatement relancé en direction des Viêt-minhs dans la pénombre naissante.

La deuxième section vient s'installer au ras de la position du second-maître Henry, toujours prise sous le feu de l'arme automatique qui sanctionne le moindre mouvement des marins d'une rafale rageuse. La première section du commando relève la section de commandement du commandant Labbens, toujours aussi calme et aussi précis dans les mouvements qu'il ordonne. Le sauvetage du groupe de « Jaubert », dirigé par l'enseigne de vaisseau de Clarens qui n'avait pu se résoudre à abandonner les corps gelés de Bonzanini, Michel et Féburier, est mené à bien en quelques minutes seulement sous la protection des fusils-mitrailleurs du commando qui tirent leurs dernières boîtes chargeurs.

Les hommes du grand officier aristocrate ont atteint le fond de l'horreur. Les yeux fous, ils ne semblent pas tout à fait réaliser ce qui leur arrive et se laissent entraîner par les hommes de Labbens, silencieux.

Le repli reprend, toujours bien ordonné. Il reste encore près de dix kilomètres à parcourir dans les rizières avant d'arriver au rach traversé le matin. Les derniers coolies récupérés par les commandos se laissent tomber dans la boue et attendent la mort.

Au bout de deux kilomètres de marche, toujours poursuivis par les tirs ennemis, les commandos doivent se résoudre à laisser les morts sur le terrain. Pihan serre les dents, des larmes salées se mêlent à l'eau de pluie qui ruisselle sur son visage déformé par la fatigue. Comme ses compagnons, il n'a plus faim, plus soif, plus mal, il est devenu au fil des heures tragiques un robot qui ne sait plus qu'avancer, machinalement. De temps en temps, il se retourne pour évaluer à quelle distance se trouve encore l'ennemi dix fois plus nombreux que le commando.

Les heures passent, monotones de tension. Les rescapés, hagards, parviennent enfin au bord du rach. Les dinghys sont là, l'espoir renaît d'un seul coup. La nuit pluvieuse n'est plus trouée que par les salves de l'artillerie amie qui poursuit le pilonnage de la zone rebelle. Les camions sont rejoints à vingt-trois heures. Des légionnaires placés en recueil offrent des cigarettes aux fantômes sortis de l'enfer.

Un caporal glisse de force une troupe allumée dans la bouche crispée de Pihan.

— J'étais à Stalingrad, souffle le gradé allemand, ce que j'ai vu aujourd'hui, toute cette merde glacée, ça me rappelle ce temps-là...

Pihan se force à remercier d'un sourire le vieux soldat compatissant. Il se hisse difficilement dans le G.M.C. et ferme les yeux lorsque celui-ci démarre vers le repos de Hai-Duong.

La ville catholique vibre de toutes les unités rassemblées là après la bataille. Des ecclésiastiques espagnols offrent l'hospitalité aux commandos dans les locaux de leur vaste mission. Diaz est là, qui leur parle dans leur langue natale. La guerre s'éloigne peu à peu. Pihan s'approche du Bordelais, le prend par le bras. Les deux hommes n'ont pas la force de parler de ce qu'ils ont vécu au long de cette journée infernale.

Les missionnaires font circuler des bouteilles de rhum Saint-James dans les rangs boueux des hommes qui se déharnachent difficilement.

— Ça ne brûle même pas, constate Pihan en avalant une longue goulée de liquide ambré.

Peu à peu, les effets de l'alcool se font tout de même sentir, une sourde chaleur monte du fond des entrailles du colosse qui ferme les yeux sous la sensation de vie retrouvée.

— Merde ! hurle tout à coup Beaube, j'ai un trou dans le bras...

Pihan rend la bouteille de rhum Saint-James à un missionnaire et s'approche de son compagnon.

— Ça alors, souffle-t-il, éberlué, et tu n'as rien senti...

Le quartier-maître qui avait cru que la balle avait ricoché sur sa grenade est bien obligé de se rendre à l'incroyable évidence : le projectile est fiché dans son avant-bras.

Un infirmier passe entre les hommes et dirige ceux qui sont blessés vers l'infirmerie centrale de Hai-Duong. Beaube, les yeux ouverts tout grands de stupéfaction, le suit et sort de la mission.

Pihan s'écroule à même le sol souillé de boue après s'être un peu nettoyé la figure et s'endort. Le reste de la nuit est peuplé de râles, de cris, de gémissements. Les hommes dorment du lourd sommeil de bêtes de somme qui ont dépassé les limites de toute résistance.

Quelques jours plus tard, pour oublier l'enfer de My-Dûc, Pihan et ses compagnons se mêlent à la foule animée des permissionnaires, légionnaires rescapés des durs combats de la R.C.A., parachutistes à béret rouge et marsouins de la Coloniale parmi lesquels tranchent des marins en tenue à pompon rouge.

Les bérets-verts, après avoir fait ripaille à peu de frais de

Bouchet, gelé à My-Dûc, reprend vie peu à peu à Hai-Duong.

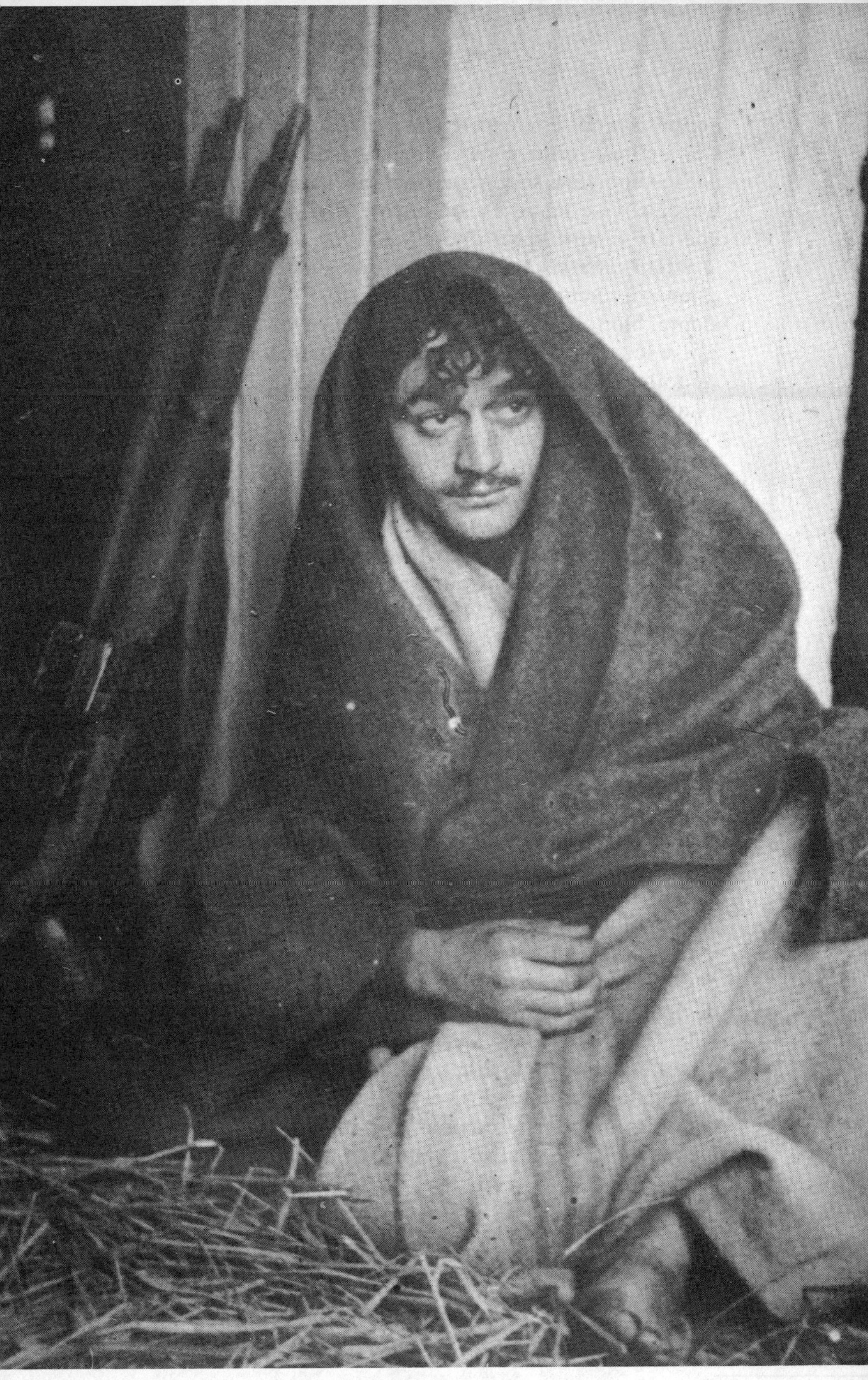

soupes chinoises dégustées debout à même le trottoir, près des petites voitures de marchands de soupe et de viande séchée, boivent sec et dansent dans une boîte surpeuplée appelée « Le Paradis » ou encore « Chez Mémé », au Marché aux Fleurs, après l'hôtel de ville.

Pihan est assis à une table étroite avec trois de ses compagnons de combat, Vichniakoff, Cosso et Garric, un mastodonte blond qui chausse du 51. Les quatre hommes ont glissé leur béret vert sous l'épaulette gauche de leur chemise de toile réséda et boivent bière sur bière dans la moiteur de la nuit déjà bien avancée.

Un brouhaha tenace couvre presque la musique d'un juke-box qui débite, pour quelques piastres, les airs qui étaient sans doute à la mode en France il y a quelques mois.

Des civils, fonctionnaires esseulés par une affectation lucrative ou anciens du corps expéditionnaire arrivés en fin de contrat et qui n'ont pu se résoudre à quitter l'Indochine, partagent avec les soldats des trois armes les faveurs de quelques Tonkinoises à robes fendues haut sur les cuisses et aux sourires figés de poupées trop fardées.

Pihan ne danse pas, il contemple le spectacle animé, épais, des corps englués qui se frôlent, se heurtent couple à couple, dans d'épaisses volutes de fumée de cigarettes et des odeurs d'alcool.

Des éclats de voix se font entendre soudain. Des danseurs roulent au sol près du haut comptoir. La bagarre a éclaté sans que personne puisse savoir exactement pourquoi. Pihan et Garric se lèvent pour prêter main-forte à trois de leurs compagnons de commando qui sont aux prises avec des marins du C.I.T. Des légionnaires prennent parti pour eux, des bérets-rouges se jettent, poings levés, dans la bataille qui devient vite générale.

Les cris stridents des danseuses apeurées vrillent le tumulte du pugilat. Pihan, hilare et sûr de lui, attend. Le mouvement houleux des corps furieux glisse vers la porte de l'établissement et le combat se poursuit au-dehors. A deux mètres de Pihan, Garric a empoigné un immense Chinois qui semble bien savoir se battre. Le grand commando, rompu à toutes les ruses du close-combat, soulève l'homme aux yeux bridés et le plaque contre une grille de jardin.

Son compagnon normand pare quelques coups maladroits qui ne lui étaient même pas destinés. A l'intérieur du dancing, un commando, plus petit, s'acharne en vain à vouloir prendre un banc pour s'en servir comme bélier et dégager quelques-uns de ses compagnons en difficulté.

— Merde ! jure le béret-vert en s'échinant en vain, c'est rivé au sol...

La tête du géant chinois, grimaçante et à demi étranglée par Garric, s'insère soudain entre les barreaux de fer rouillé. Le marin lâche sa prise. Le grand corps glisse en chute lente jusqu'au sol où, cassé en deux, il s'assied, la tête toujours coincée entre les barres de fer.

Pihan reçoit quelques coups qui l'obligent à se détourner de la scène. Il se retrouve devant un parachutiste lui aussi aux prises avec un Chinois pugnace. Une jeune Tonkinoise hurlante s'agrippe au dos large du béret-rouge et essaie de l'empêcher de se battre.

Le Chinois profite de l'aide involontaire de la femme pour lancer, alors que son antagoniste se retourne pour calmer sa conquête enragée, un formidable coup de poing qui, le parachutiste s'étant baissé au tout dernier moment, s'écrase sur la face fardée de l'entraîneuse au minois de chatte. La fille s'effondre, sanglante, aux pieds de Pihan et de Garric.

Un hurlement monte soudain dans le vacarme.

— La patrouille !

Des corps, lâchés par ceux qui les tenaient en prise serrée, s'effondrent aux pieds de leurs vainqueurs en repli. Tous les protagonistes du combat furieux se ruent aux quatre vents.

Trois patrouilles, armées de lourdes matraques, celle de la prévôté, celle de la Marine et la dangereuse police parachutiste, convergent en une véritable action de bouclage vers le dancing où ne demeurent plus que quelques civils n'ayant rien à se reprocher et les danseuses en pleurs.

Pihan et Garric se faufilent adroitement entre la ruée des bâtons levés et s'éloignent en courant de l'endroit chaud.

Des paras et des commandos passent près des deux marins, en pousse-pousse à pédales.

— On en prend un aussi ? demande Garric.

Pihan accepte et hèle deux maigres Tonkinois coiffés de casques coloniaux qui attendent, fatalistes, le client. Les deux coolies reculent en découvrant la taille de leurs passagers.

— Allez, intime sèchement Pihan de sa voix de basse, à l'île d'Ha-Ly... Et en vitesse !

Garric s'est installé sur le siège de l'autre véhicule. Le Tonkinois casqué décolle difficilement son engin du bord du trottoir.

— Plus vite, crie Pihan à son chauffeur, on va faire la course...

Les deux hommes s'arc-boutent sur leurs pédales mais ne réussissent pas à se distancer l'un de l'autre.

— Plus vite, ordonne Pihan à son chauffeur. Sinon je prends ta place...

Le coolie accélère désespérément pour éviter le pire. Le canal de la Cimenterie est rapidement atteint, les Tonkinois empochent les cinq piastres que leur donnent les commandos et s'éloignent à toute allure vers la ville qui sombre dans l'obscurité du couvre-feu.

— Ils ont la trouille, constate Pihan en éclatant de rire.

Les yeux emplis des images de la ville en fête, les oreilles bourdonnantes des échos du pugilat, le Normand s'endort rapidement sur son châlit, couvert par sa moustiquaire réglementaire.

Le lendemain, alors qu'il fait, toujours avec Garric, partie d'une corvée vers le canal de la Cimenterie, le Normand découvre trois pousse-pousse renversés dans la boue grasse, au ras de l'eau.

— Là, les copains ont dépassé les bornes, commente-t-il à l'adresse de son compagnon.

Ce dernier hoche gravement la tête.

— Bon, d'accord, poursuit Pihan, je veux bien que ce soit marrant d'installer le coolie à la place du passager et de pédaler à toutes pompes à sa place. Moi-même, hier, j'ai bien failli le faire. Mais de là à foutre leur matériel en l'air, il y a de la marge...

Déposant les sacs de boules de pain qu'ils transportent, les deux commandos sautent dans la boue collante pour essayer d'en extirper le gagne-pain de pauvres bougres qui doivent courir la ville, éperdus, à la recherche de leurs cyclo-pousse.

— Laisse, souffle Pihan, au bout de quelques minutes d'effort, on n'y arrivera jamais...

Les pieds boueux, les deux voltigeurs se dirigent vers le camp, se disant que rien n'est parfait, même pas au commando.

16

SI JEUNE POUR MOURIR !

Le commando « François », vite reposé après l'enfer de My-Dûc, retourne en opérations dans le secteur bien connu de Campha-Mines et Campha-Port. Pihan retrouve l'excitation des coups de main à partir de jonques au plus profond des sanctuaires de trafiquants. Pourtant, il ne rêve que de revivre des actions comme celles des assauts de My-Dûc où le résultat est immédiatement évaluable.

Le 5 mars 1951, le bruit de la mise en route d'une opération importante de débarquements sur la grande île de la Cac-Ba court dans les sections du commando.

— Ce sera comme d'habitude, soupire Pihan, on va débarquer, tirer quelques coups d'arquebuse sur des Viêtminhs bien trop malins pour qu'on les retrouve et hop, retour aux engins et dodo tranquille...

Le lendemain, le Normand revient sur sa mauvaise impression. Le lieutenant de vaisseau Labbens explique à ses hommes les plans de l'état-major et les faits exposés laissent prévoir une action qui n'a rien à voir avec un raid de routine lancé à l'aveuglette. Les trois commandos Marine sont engagés dans l'affaire. Ils doivent effectuer une série de débarquements simultanés tout autour de la zone suspecte de l'île. Les partisans du capitaine Delayen, qui arborent sur leurs poitrines une chauve-souris d'argent, sont aussi de la partie.

L'île qui ferme la baie d'Along est vaste, de formes asymétriques, à la côte torturée de centaines de criques. Elle peut être circonscrite dans un carré de vingt kilomètres de côté. Sa partie nord constitue une forteresse touffue, quasi inexpugnable, déjà prise plusieurs fois pour cible d'actions offensives qui n'ont rencontré, excepté quelques coups de main chanceux, que du vide.

La nuit du 6 au 7 mars se meurt. Une longue houle balance les radeaux M 2 à fond plat tirés par les doris gris bleu. Pihan découvre les falaises de la Cac-Ba qui se profilent dans la pénombre à quelques centaines de mètres. Le ronronnement régulier des moteurs de doris forme une litanie monotone qui se mêle aux clapotis de l'eau contre les coques de tôles des M 2.

— On y est... souffle le Normand à ses voltigeurs, Raymond, un Parisien, Robert et Camus. Attention !

Les doris tracteurs s'écartant de l'erre des radeaux, les commandos achèvent leur course vers la terre à la pagaie. Aux abords de la plage, ils sautent dans les franges de rouleaux et le sable humide crisse bientôt sous les semelles de leurs rangers et pataugas.

Un bond silencieux mène Pihan au ras de la falaise. Le reste de la section touche terre dans le fracas des vagues éventrées. Il fait bien moins froid que lors de l'affaire de My-Dûc, Pihan n'a passé qu'un simple tricot de peau sous sa veste camouflée anglaise. Tout est redevenu silence après le débarquement bien ordonné. Les lignes hautes des falaises forment un tout avec le ciel sans étoiles. Les doris sont dissimulés au ras des rochers, des matelots agiles halent hors de l'eau les radeaux en évitant qu'ils ne s'entrechoquent.

Les commandos, figés dans le noir, attendent l'heure de s'enfoncer dans l'île. Le commandant Labbens chuchote dans le combiné de son poste S.C.R. 300. Il fait un signe à ses chefs de section qui répercutent nerveusement son ordre de quitter la plage. Boboy se tient constamment à quelques pas du pacha, attentif à ses moindres gestes. Pihan se lève et mène la marche de sa voltige silencieuse. Le sable fait tout de suite place à la terre, des sentes courent au milieu de fourrés de plus en plus épais. Le bruit des pas des commandos, étouffés par l'humus du sol rarement piétiné, sont couverts par le coulis régulier d'un vent léger qui sifflote dans les hauteurs noires au-dessus des pistes incertaines.

Pihan marche lentement, à l'écoute du moindre bruit étranger au concert tranquille de la nature. Sa voltige est étalée sur sa droite et Garric, son compagnon de sortie d'Haïpong, déploie ses longues jambes à sa gauche.

Les bérets-verts pénètrent encore de trois cents mètres dans l'île boisée. Soudain, un feu d'enfer s'abat sur eux.

— Comme surprise, on repassera ! s'écrie le caporal-voltigeur en plongeant derrière un buisson.

Une fois à l'abri, Pihan lâche une rafale de mitraillette vers un point proche d'où il a nettement vu jaillir une flamme de départ de coup de fusil. Le jour se lève, dévoilant une végétation luxuriante tout autour de l'embuscade. De grands singes, affolés par le vacarme, fuient de branche en branche, poussant des cris perçants au-dessus des grottes étroites dans lesquelles se sont embusquées les pièces du viêt-minh.

Les 24/29 du commando ripostent à l'unisson aux tirs fichants qui bloquent inexorablement l'avance des voltigeurs. Pihan met à profit l'instant de répit qui suit les rafales des fusils-mitrailleurs amis pour se lancer d'un bond vers le bois d'où partent quelques coups de feu isolés.

Ses voltigeurs, faisant boule de feu, l'ont imité et sont maintenant bien abrités derrière un épais fourré. Essoufflé, calé derrière de grosses racines ennouées, le Normand essaye de voir ce qui se passe dans le restant du commando. Il tourne la tête vers l'arrière et distingue dans le halo grisaillant du petit jour naissant, le corps d'Augé, un tout jeune matelot, qui reste, mollement étendu, sous le feu des rebelles.

— On dirait qu'il a son compte, gronde le combattant en ajustant une forme vague qui apparaît, une seconde à peine, dans un entrelacs de végétation.

A cinq mètres du Normand, le grand Garric reste accroupi dans un trou de terre sableuse. Pihan le voit changer de chargeur et lui faire un signe de connivence pour indiquer l'endroit vers lequel il s'est décidé à bondir. Le Breton s'élance, une rafale part juste au même moment et fouette les buissons à l'endroit exact où il se trouvait accroupi.

— Ouf ! souffle Pihan en arrosant l'emplacement ennemi d'une longue rafale de sa P.40. Il a eu chaud...

Garric est déjà au sol derrière son nouvel abri et riposte au tir viêt-minh. Le feu s'enrage. Le Breton ne perd pas son flegme.

— Oh ! Grand, crie-t-il à l'adresse de Pihan tout en ajustant son tir, je suis touché au bout du pied. J'aurais pas pu chausser du 42, comme tout le monde ?

Malgré la tension intolérable de l'engagement, malgré l'annonce de la mort d'Augé, touché d'une balle en plein foie, le Normand ne peut s'empêcher de sourire en se rappelant que Garric chausse du 51.

— Bouge pas de ton trou, hurle-t-il à ce dernier, on va te tirer de là...

Le blessé fait la sourde oreille, progresse encore d'un bond furieux et continue à faire le coup de feu. Des échos de rafales, provenant des criques où les autres commandos ont débarqué, se mêlent à la fureur des tirs viêt-minhs et des armes des commandos.

— Il y en a pour tout le monde, se dit Pihan, en poursuivant de courtes rafales de trois cartouches de P.40 un bo-doî qui se replie.

Les commandos manœuvrent impeccablement sous le feu, utilisant le moindre atout du terrain. Leurs pièces atteignent quelques tireurs rebelles, pris à leur tour au piège et leurs grenades à fusil explosent un peu en arrière de l'embuscade, empêchant l'ennemi de décrocher. Le feu rebelle faiblit nettement au bout d'un quart d'heure d'engagement.

— Pas trop tôt, se dit Pihan, presque à bout de munitions et qui a encore avancé vers les bo-doîs de quelques mètres avec ses trois compagnons de voltige, laissant Garric un peu en arrière.

Les Viêt-minhs abandonnent leurs positions en faisant une dernière fois boule de feu, laissant sur les hauteurs quelques corps ensanglantés. Plusieurs singes, maintenant habitués au vacarme, contemplent la scène, assis en groupes serrés au faîte des rochers.

— On dirait des humains, commente Pihan, engageant dans son arme un de ses derniers chargeurs de 9 mm.

Les commandos, fidèles à leur traditionnelle discipline de feu qui ne les autorise pas à utiliser leurs armes sans distinguer l'ennemi, ne tirent plus. Quelques rafales viêt-minhs déchirent encore le matin, jaillissant de la masse sombre du maquis, lâchées de trop loin et trop à l'aveuglette pour causer de nouveaux dommages aux sections de fusiliers marins.

Le commandant Labbens décide de regagner le bord de mer. Le second-maître Marceau Simon, un officier marinier du gabarit de Pihan, tout en muscle, coiffé d'un petit chapeau de brousse informe qui laisse échapper sur la gauche de son front luisant de sueur un épi de cheveux blonds, dirige le transport du corps d'Augé.

Un marin, tête nue, plaque la poitrine du mort sur son dos en tirant fortement sur les bras du malheureux tandis qu'un deuxième porteur saisit le mort par ses deux chevilles. Augé, la tête appuyée contre la nuque de son compagnon très grave, semble abandonné au sommeil. Son ventre nu, débarrassé de sa veste de combat par l'infirmier du commando, laisse suinter un peu de sang malgré le pansement épais qui l'enserre.

Lentement, le triste cortège parvient à la mer. Le corps au foie éclaté est délicatement déposé en haut de la plage, sur une toile de poncho. Gilbert Bassani, un quartier-maître très brun et à la fine moustache, le recouvre en gestes respectueux d'un suaire improvisé : sa propre veste souillée de sang.

Un peu à l'écart, Garric se fait soigner par le quartier-maître Perrino, plaisantant toujours ses grands pieds.

— Pihan, ordonne le lieutenant de vaisseau Labbens, prenez un doris et menez Garric aux engins...

Le Normand aux yeux marron, qui a déjà aidé le Breton à revenir sur la plage, le hisse à demi sur une épaule pour le traîner jusqu'à l'eau. Quelques coups de feu retentissent

Bassani veille la mort d'Augé.

encore sur les hauteurs, loin dans le royaume des grands singes qui épient, furtifs, les mouvements du commando.

— On y retourne ? souffle Garric à l'oreille de Pihan.

Ce dernier dépose son compagnon sur un rocher, saute dans un doris, lance son moteur et tire sans ménagements le Breton à l'intérieur. Il met le cap vers les engins de débarquement qui attendent au large.

La Cac-Ba est magnifique, balayée par le soleil déjà bien haut dans le ciel sans nuages. Tous les tons de la nature se marient sur la somptueuse palette de ses falaises couronnées de quelques colonnes de fumée, à peine torsadées par le vent léger, qui témoignent de la destruction de villages rebelles par les pirates de Delayen.

Garric est transporté à bord d'un L.C.M. Pihan pointe la proue de son doris en direction de l'île et rallie la crique du débarquement en utilisant à l'extrême la puissance de son moteur. Le commando est maintenant tout entier étalé sur le bord de mer, sous la protection serrée de pièces de fusils-mitrailleurs. Les marins plaisantent malgré la présence du corps d'Augé, qui n'avait pas encore dix-neuf ans. L'opération est démontée une heure plus tard. Les radeaux M 2, tirés par les doris, ramènent les bérets-verts aux engins qui les dirigent vers le continent. Le corps d'Augé est directement convoyé sur Haiphong.

Le soir même, Pihan sort dans les bars de Campha avec Diaz qui lui narre les événements vécus par « Jaubert ».

— Le pacha en second nous a envoyés fouiller tout en haut d'une falaise avec Le Lorrain. Il avait vu des singes et les avait pris pour des Viêts. Ça grimpait salement dur, poursuit le Bordelais très en verve, une fois là-haut on a progressé dans un paquet de grottes et, tout d'un coup : pan, pan...

Pihan, ses yeux marron grands ouverts, attend la suite. Diaz boit une gorgée de bière et enchaîne :

— On se baisse, c'étaient les copains d'en bas qui nous tiraient dessus...

Les *s* de dessus chantent en zézaiements ibériques.

— Alors, poursuit ce dernier, les yeux pétillants, on redescend en catastrophe, « La Chignole » gueulait, il était pas content du tout...

Pihan n'a pas de mal à imaginer la colère colorée du quartier-maître bien remis de sa blessue à l'aine reçue en Cochinchine.

— Et alors ? interroge-t-il, amusé.

— Alors ? reprend Diaz, hilare, ça a été encore pire quand Le Lorrain a appris que le pacha en second l'avait pris pour un Japonais à cause de la casquette de jockey qu'il porte... Tu te rends compte... La Chignole, un Jap ?

La soirée passe en partage d'anecdotes joyeuses, les commandos ne parlent pas d'Augé. Ils ne gardent de l'opération, réussie dans son ensemble, que ce qui les amuse. Sur la mer calme, des sampans glissent, silencieux, sans doute armés par des partisans.

Pihan émerge de ses souvenirs dans l'église de Ninh-Binh.

— Après, se souvient-il encore, on est redescendus à Haiphong, on nous a fait courir aux quatre coins du delta, pour pas grand-chose. Puis on nous a engagés dans l'opération « Méduse » avec les autres commandos et les gars de Delayen...

Le colosse remue sa masse de muscles pour chasser un fourmillement désagréable de sa jambe droite.

— On a fait du bon boulot pendant plus de dix jours et, après l'opération, les deux autres commandos sont redescendus au sud. Et nous, poursuit-il, on fait comme sœur Anne : on attend... en avant-poste, comme nous l'a précisé le pacha.

Il est presque 4 heures du matin. Pihan se retourne une nouvelle fois sur sa couche. Soudain l'église semble exploser tout entière, la terre tremble. Dans un mouvement réflexe, le commando empoigne son arme allemande et bondit sur ses jambes, à mille lieues de ses souvenirs fracassés.

TROISIÈME PARTIE

LE MIRACULÉ DE NINH-BINH

17

LES VIÊTS ATTAQUENT[1]

L'église, pilonnée par des tirs concentrés de mortiers et de canons sans recul, n'est plus que bruit et fumée. Sa toiture se désagrège.

Se coulant sous le feu au ras des murs de la mission, les hommes de veille du second-maître Poullelaouen rejoignent leurs compagnons dans la nef résonnante. Calme dans la tourmente croissante, le lieutenant de vaisseau Labbens fait procéder à un appel rapide de ses hommes, groupe par groupe. Il est 4 heures et 10 minutes. Les soixante-treize fusiliers marins et les deux Vietnamiens — Boboy et Frédo —, du commando sont tous dans l'église. Piégés.

Les secondes fracassantes durent une éternité. Pihan, à gestes nerveux, s'équipe dans la pénombre, sous les gravats qui accompagnent la chute de gros parpaings arrachés à la charpente de l'église par les explosions d'obus.

— Si ça continue, se dit-il en bouclant son ceinturon kaki sur son flottant, n'ayant pas retrouvé dans le noir ni sa veste de combat ni son pantalon, on va tout prendre sur la gueule !

L'église s'est transformée en forteresse. Les tireurs aux fusils-mitrailleurs sont à leurs postes de combat et tirent vers les départs de coups ennemis par les meurtrières que le pacha a fait pratiquer dans les fenêtres aveuglées de ciment. Les voltigeurs subissent le vacarme intolérable sans pouvoir

1. Voir p. 300 le plan de la bataille.

agir, confinés dans une attente exacerbante de l'assaut des bo-doîs.

Pihan engage deux chargeurs de mitraillette supplémentaires dans son ceinturon, prenant bien soin de les coincer dans la poche de son flottant de sport. Il distingue, dans la pénombre fragmentée de lueurs d'éclatements de mortiers ennemis et par les départs de rafales de fusils-mitrailleurs, le second-maître Séveno, chef du groupe mortier du commando, qui se coule sur le parvis de l'église pour se mettre en position. Les « flops » de départ de l'arme à tir courbe qui se mêlent, dérisoires, au tintamarre général, sont presque rassurants. Le pacha va d'un poste de défense à un autre, crispé. Il appelle le second-maître Henry, chef du groupe assaut, et lui parle en faisant un geste nerveux du bras droit. Pihan ne peut entendre les ordres de l'officier barbu mais devine que ce dernier prépare une sortie générale.

Les mortiers renforcent encore leurs tirs, des mitrailleuses entrent à leur tour dans la chanson de mort, bientôt accompagnées par des tirs d'armes légères.

— Ils approchent, se dit le Normand, torse nu. Ça va être à nous...

Le mortier de Séveno cesse son tir, ses servants reviennent dans l'église empuantie. La pagaille s'installe dans les groupes. Les tireurs au fusil-mitrailleur devinent, plus qu'ils ne les voient vraiment, les équipes de bo-doîs qui déferlent des calcaires pour entourer l'église.

Pihan, la main droite crispée sur sa mitraillette, épie, lorsqu'il peut le distinguer dans la cohue, les réactions du pacha. Près de lui, ses compagnons de groupe, commandés par le quartier-maître Félix Mevel, un Breton aux cheveux presque gris qui a remplacé le second-maître Perron au départ de l'île d'Ha-Ly, tentent, à demi équipés pour la plupart, d'échapper aux blocs de pierre de plus en plus conséquents qui s'abattent sur eux.

Sachant pertinemment que la position est intenable, le pacha décide de sortir de l'édifice et de bousculer les lignes de l'assaut viêt-minh pour rejoindre les postes amis de Ninh-Binh.

Au cours d'une fouille, le second-maître Henry, un des héros morts à Ninh-Binh.

Pihan se retrouve tout près du portail de l'église qui est fermé à clef.

— On va être obligés de passer un par un par la petite porte, gronde-t-il.

Mallécot, un quartier-maître du groupe Poullelaouen, le pousse en criant dans le tumulte :

— Allez, grand ! On y va !

Les deux hommes sont tout de suite pris sous le feu d'un fusil-mitrailleur rebelle.

— Bon sang, s'écrie Pihan en replongeant en catastrophe dans l'embrasure de la porte de l'église, ils sont tout près...

Les commandos se tassent près de l'ouverture dont personne ne peut franchir le seuil sans risquer une mort certaine. Le second-maître Henry hurle :

— Il faut foutre cette saloperie de F.M. en l'air ! Et vite !

Le Normand distingue dans la pénombre humide les flammes qui accompagnent les départs de rafales de l'arme, sur la gauche et un peu en arrière du grand Christ hiératique.

— Couvrez-nous ! ordonne Henry en entraînant à sa suite le quartier-maître Czarnechi, armé d'un fusil-mitrailleur.

Les deux hommes passent miraculeusement le rideau de feu et dévalent les marches glissantes du parvis. Mallécot et Pihan larguent des rafales de 9 mm vers la pièce viêt-minh qui arrose sans interruption les abords de l'église. Le second-maître et le porteur du fusil-mitrailleur se sont coulés dans la nuit. Les coups de départ des pièces lourdes de l'ennemi embrasent les hauts calcaires d'éclairs bleutés.

Mallécot, accroupi près d'un gros tonneau de vin placé à gauche du portail de l'église et qui n'avait pu être entré dans le chœur par la petite porte, ne tire plus. Pihan alerté par le silence de son arme jette un regard vers le corps recroquevillé.

— Il est mort ! souffle-t-il.

Enragé par la mort de son compagnon, le colosse tire d'une seule rafale le reliquat de son chargeur de mitraillette pour protéger Henry et Czarnechi. Ayant vivement dégagé

Czarnechi, qui détruisit la première pièce de fusil-mitrailleur viêt-minh lors de l'assaut final de l'église de Ninh-Binh.

puis jeté le chargeur vide, le Normand tend la main gauche dans son dos pour saisir un de ses chargeurs de complément.

— Ça commence bien, grogne-t-il. J'en ai déjà perdu un...

Dans l'église cernée, les chefs de section, Le Gouvello de La Porte et Capdeville, hurlent des ordres. Ils tentent en vain de dominer le tumulte pour canaliser la sortie. Sur la gauche du Christ, Czarnechi se dresse soudain, l'arme à la hanche, et neutralise le fusil-mitrailleur rebelle d'une longue rafale rageuse. Le parvis n'est plus battu par le feu, les bérets-verts jaillissent dans la nuit, échappant au piège de pierre sur lequel s'abattent, de plus en plus précis, les obus des pièces de Giap.

Le pacha, devant la puissance du feu ennemi, renonce à franchir les lignes viêt-minhs en unité constituée. Il donne l'ordre de la dislocation, estimant que par groupes et en fonçant dans toutes les directions, ses hommes auront plus de chance d'atteindre les postes amis.

Pihan voit soudain l'officier barbu qui se baisse pour tâter le bas de sa jambe droite.

— Il doit être blessé, se dit-il en décidant de rejoindre le bord du rach, là où se trouvent amarrés les doris du commando.

Le feu de l'attaque s'intensifie encore pendant quelques minutes. Le Normand s'éloigne de l'église en compagnie des matelots Seven, Muller et Briot, le radio du commandant ainsi que du quartier-maître Cosso. Les cinq hommes profitent au mieux d'une courte accalmie du combat pour avancer en direction d'un pagodon qui se dessine parfois dans les lueurs du feu, bien au-delà du Christ.

— Si on arrive jusque là-bas, espère Pihan, marchant en tête du petit groupe, on aura une bonne chance d'atteindre le rach ensuite...

Le Normand se retourne un instant vers l'église et voit le pacha qui en sort.

— Il a dû aller rechercher des documents, suppose le colosse en quittant des yeux l'édifice embrasé.

Les Viêt-minhs intensifient encore leurs tirs d'armes lourdes, sans doute persuadés que le commando est encore tout entier dans la nasse. Pihan et ses quatre compagnons, épargnés par les tireurs de Giap, débouchent sans encombre près des pans de murs ruinés du pagodon. Prudent, le Normand s'accroupit et attend quelques instants avant de pénétrer à l'abri du temple abandonné. Les cinq hommes sont entourés d'explosions mais comme ils ne sont pas directement pris pour cibles, Pihan décide de poursuivre la route vers les doris.

Un autre mur en ruine est visible dans la pénombre, à une trentaine de mètres du pagodon.

— On y va, crie le Normand en s'élançant hors de son abri.

Seven, Muller, Cosso puis Briot emboîtent la foulée puissante du colosse. Ils atteignent sans dommages le pan de mur visé.

L'église violée par le bombardement viêt-minh.

— On continue, leur ordonne Pihan en leur indiquant du bras gauche un long remblai de terre.

Le groupe se remet en course. Le talus n'est plus qu'à cinq mètres. Soudain la terre semble se soulever sous les pas des bérets-verts. Une salve drue d'obus de mortiers la ravage. Des grenades jaillissent de l'obscurité et explosent presque toutes en même temps.

— Les Viêts sont derrière le talus, gronde Pihan en plongeant dans un trou providentiel, juste en dessous de la position ennemie.

Le colosse s'aplatit et reçoit sur lui les corps de Seven et Cosso qui ont visé le même abri. Les Viêt-minhs hurlent derrière le remblai, à trois mètres des commandos. Ils ne se risquent pourtant pas dans la nuit, croyant sans doute avoir affaire à un gros élément du commando. Leurs mortiers pilonnent un peu plus en arrière du trio.

Pihan et ses deux compagnons s'incrustent dans la terre humide sous les éclats ennemis qui rasent leur abri inconfortable. Les trois hommes, le souffle court, ne parlent pas. La terre tremble contre le ventre nu du Normand. Cosso se fait tout à coup très mou, détendu, et glisse tout doucement contre le flanc droit de Pihan. Ce dernier devine la mort et se tourne légèrement vers Seven, touché lui aussi.

— Michel ? Ça va ? interroge le colosse dans le vacarme épouvantable.

Seven tord sa bouche en un rictus douloureux. Ses yeux expriment toute l'horreur du monde.

— Maïtemic... Maïtemic... souffle-t-il difficilement à l'oreille du Normand puis il se tait, et meurt.

La terre torturée semble se soulever. Pihan ressent un dur pincement dans la colonne vertébrale, une morsure horrible à la tête et comme une brûlure sous son omoplate droite.

— Ils m'ont sauvé la vie, murmure-t-il, prenant soudain conscience que les corps de ses compagnons lui ont offert un rempart de chair.

Tout doucement, respectueusement, comme s'il craignait

de les faire encore souffrir, le Normand se dégage de la gangue sanglante qui l'a sauvé d'une mort certaine. Seven roule dans le trou, mollement, mais Cosso s'agrippe à lui et Pihan est obligé de lutter avec le mort pour se dégager de la prise macabre.

Enfin extirpé du trou mortel, le colosse distingue, dans les geysers lumineux provoqués par les mortiers qui explosent un peu plus vers l'église, le corps de Briot, le radio, brisé, broyé par les éclats.

— Bon sang que j'ai mal, se dit-il en portant la main gauche sur sa nuque et la retirant chaude de sang poisseux. Je vais crever aussi...

Agenouillé derrière le remblai, le Normand ne sent pas le froid qui fouette son large torse nu.

— Il faut que j'arrive aux doris, se répète-t-il en serrant les dents de rage. Il faut à tout prix que je m'en sorte. Que les copains ne soient pas morts pour rien...

Des hurlements montent dans la nuit, poussés par une section de bo-doîs fanatisés qui, les yeux fous braqués en direction de l'église déserte, dévalent la pente douce du remblai et écrasent Pihan sur la terre humide. Leurs pieds, chaussés de sandales à larges semelles, meurtrissent encore un peu plus le grand corps qui perd son sang.

— Faut pas que je bouge, se dit Pihan en retenant les cris de douleur qui naissent dans sa gorge brûlante. Les salauds...

La cavalcade hurlante des démons s'éloigne vers l'église. Le Normand saigne de plus en plus et reste un long moment plaqué au sol, sa main droite serrant toujours très fort son arme allemande.

Le grand béret-vert est dans un état second, hors du temps, loin de la vie, presque mort. Les bruits de la bataille résonnent douloureusement dans son crâne mais il n'a même plus la sensation de souffrir véritablement. Il se retourne, difficilement, sur le dos en laissant échapper un horrible borborygme engendré par l'effort surhumain qu'il produit et regarde, fantômes sautillants et toujours hurlants, les derniers bo-doîs qui l'ont piétiné se perdre dans la fumée des tirs de mortiers, vers le pagodon.

— C'est le moment de continuer, trouve-t-il encore la force de se dire, vers les doris...

Bandant ses dernières forces, le Normand se met à ramper, limace sanglante et tenace, sur toute la longueur du terre-plein. Certain que la section de Viêt-minhs ne rebroussera plus chemin, il se lève doucement, geint, chancelle, se rétablit et se met à courir.

Vers le rach, vers les doris, vers la liberté, vers le repos...

18

LE CALVAIRE

Des cris, mêlés aux déchaînements des armes de tous calibres, peuplent la nuit terrifiante. Pierre Pihan, luttant contre l'affaiblissement qui le gagne, poursuit sa route incertaine dans les boues du village détruit.

— Le rach n'est plus très loin, se dit-il après s'être éloigné d'une trentaine de mètres du remblai. Il faut que je tienne...

Soudain, le quartier-maître bute contre une forme humaine. Il se rejette en arrière, prêt à vendre chèrement sa peau.

— Muller ! s'exclame-t-il en voyant l'inconnu se relever et avancer vers lui, tu es vivant...

Les deux hommes ne perdent pas de temps en congratulations.

— On continue, décide Pihan. Il faut qu'on sorte de cette merde...

Muller et son compagnon ensanglanté se remettent en marche vers le rach. Le duo avance ainsi, prudemment, pendant une vingtaine de mètres.

Deux coups de feu partent d'une grosse touffe d'arbustes coincée entre des pans de murs en ruine. Les balles claquent tout près du Normand qui, oubliant ses blessures, replonge au sol. Une nouvelle morsure de feu le taraude. Cette fois, il se sent touché au flanc droit.

Muller, allongé, tout proche, ne bronche pas lorsque le blessé le hèle. Il est mort sur le coup. Pihan rampe vers lui, se colle contre son cadavre et frissonne. Rendu furieux par la malchance qui s'acharne sur ses compagnons, il tire trois courtes rafales de son arme en direction du maquis d'où sont partis les coups de feu.

Changeant de chargeur, avec des gestes douloureux, ses doits crispés ayant du mal à extraire le nouveau magasin de cartouches de son étui de toile poissé de sang, le Normand pèse froidement la situation :

— Il ne te reste plus que trois chargeurs, se dit-il, attention, il faut économiser dur... C'est pas fini.

Deux minutes angoissantes passent.

Un groupe rebelle sort de l'ombre en hurlant, comme l'ont fait les précédents éléments de l'assaut. Pihan fait le mort.

— Tout à l'heure, pense-t-il, très lucide, je ne l'avais pas fait exprès. Maintenant, je ne veux pas bouger. Il ne faut pas que je bouge...

Les bo-doîs courent sur les deux corps. Leurs pieds s'enfoncent dans les chairs flasques de Muller et celles, plus résistantes, du Normand. Pihan ferme les yeux sous les atteintes de la douleur, étouffant un cri.

La section viêt-minh s'éloigne. Les hurlements baissent de ton et cèdent la place à des ordres donnés en français, nasillards :

— Rendez-vous, bons soldats. Rendez-vous, nous ne vous ferons pas de mal ! hurle un officier dans un porte-voix.

Pihan serre encore plus fort sa main sur l'acier froid de son arme.

— C'est ça, enrage-t-il, bons soldats quand on est mort ! Moi, ils ne m'auront pas...

Au milieu du vacarme des exhortations viêt-minhs, la voix de Czarnechi résonne soudain, claire, aux oreilles du colosse.

— Merde ! Je n'ai jamais vu ça... rugit le tireur au fusil-mitrailleur qui avait annihilé la première pièce de l'attaque, devant le grand Christ de l'église.

Le Normand, couché sur le flanc gauche, se redresse un peu et découvre un étonnant spectacle. Son compagnon se dresse au milieu des roseaux, levant son arme inutile au-dessus de la tête. Avec effort, il la jette le plus loin possible dans un arroyo. Des Viêt-minhs, pas très grands, agrippent l'homme désarmé, le poussent, le tirent, et le groupe vainqueur disparaît, emmenant deux autres bérets-verts que Pihan n'a pas réussi à reconnaître.

Le Normand reste longtemps immobile. Sa dernière blessure saigne en abondance.

— Il est 5 h 30, se rend-il compte en collant son bracelet-montre tout contre son visage. Il n'y a qu'une heure et demie qu'ils ont attaqué, mais j'ai vieilli de vingt ans...

Des éclats de voix montent des bords du rach maintenant proche. Pihan se redresse à nouveau et tend l'oreille pour essayer de comprendre les phrases qui lui parviennent. Les hommes parlent allemand.

— C'est la Légion, se dit-il, soudain saisi d'un espoir fou. Je suis sauvé !

Le blessé distingue les silhouettes allemandes qui mettent une pièce de mortier en batterie, à vingt mètres de lui.

Il s'apprête à se lever pour courir vers eux en hurlant sa joie. La pièce se met à cracher des obus à une cadence incroyable. Deux hommes la servent, l'un agenouillé à droite du mortier et l'autre à sa gauche, enfournant chacun son tour méthodiquement, avec des gestes précis d'automates insensibles au bruit, les obus de 60 mm dès que l'arme a propulsé le projectile sifflant de son vis-à-vis.

Rassemblant ses forces déclinantes, le commando, fou d'espoir, commence à se relever. Soudain, il stoppe tout net son élan douloureux : les obus à ailettes partent en direction de l'église.

— Les salauds ! Ce sont des déserteurs ! rage-t-il, replaqué dans la boue froide.

La pièce viêt-minh tire ainsi pendant dix bonnes minutes. Pihan ne bronche plus. Des sangsues, énormes, attirées par le sang chaud qui s'échappe de ses plaies, attaquent le grand corps en bataillons serrés et visqueux. Le commando tente de les arracher mais, vaincu par le nombre, il renonce à les empêcher de refermer leurs horribles petites gueules garnies de crocs microscopiques sur ses chairs meurtries.

Une sonnerie de clairon, aigre, incongrue, perce le raffut des tirs de mortiers. Les déserteurs interrompent leur manège bien réglé. Des coups de sifflets stridents résonnent, les Viêt-minhs sortent de partout, en sections bien ordonnées. Casqués, ils se dirigent vers l'église en colonnes convergentes. Le tir des armes lourdes embusquées sur les hauteurs cesse.

— Ils ont tout de même compris qu'il n'y avait plus personne dans l'église, marmonne le Normand en se retenant de plus en plus difficilement de bouger, torturé à l'extrême par les attaques des sangsues qui le vident de ses dernières forces.

Le calme angoissant, seulement troublé par quelques maigres rafales isolées et des éclatements très espacés de grenades, gaine le paysage morne qui peu à peu s'éclaircit.

— Les copains, se demande douloureusement Pihan, où sont-ils ? Est-ce qu'il y en a encore beaucoup en vie ?

Les traîtres allemands rallient à leur tour les abords de l'église à demi détruite. Le colosse, ne s'estimant plus directement menacé, se décide à se remettre en route vers le rach, cramponné à son idée de rejoindre les doris.

Il reprend tout doucement sa reptation dans la boue. Des balles sifflent, très haut.

— C'est certainement pas après moi qu'ils en ont, se dit le blessé en évaluant les chances qu'il a d'être pris pour cible par les Viêt-minhs. Encore un effort...

Le commando, rampant sur son côté gauche pour soulager les blessures de son flanc droit, quitte la piste de boue luisante qu'il suivait pour s'enfoncer dans un maquis de buissons griffus. Au contact des épineux, d'atroces traits de feu naissent dans tout son corps. Tout à coup, les tirs viêt-minhs reprennent, accompagnés de hurlements de fureur.

Le Normand se fige une nouvelle fois au sol, tenant son arme prête à ouvrir le feu.

— C'est pas Dieu possible, constate-t-il très vite, presque joyeusement, ces cons de Viêts sont en train de se tirer les uns sur les autres...

Des froissements de broussailles, tout près de son inconfortable position, stoppent net ses pensées narquoises. Des bo-doîs, en uniformes nets, émergent de la clarté sourde du petit jour.

— Je suis fait ! souffle le commando.

Les Viêt-minhs fouillent la végétation dense qui enchâsse les ruines de Ninh-Binh en échangeant des plaisanteries de soldats vainqueurs. Ils jettent des grenades offensives dans tout ce qui pourrait offrir un abri à un rescapé de « François ». Pihan, crispé sur son arme, retient son souffle. Trois rebelles s'arrêtent à deux mètres de lui. Le blessé avance tout doucement le canon de sa mitraillette au-dessus de la boue, millimètre par millimètre pour la placer en bonne position de tir.

Un des Viêts avance encore d'un pas, ses jambes, vêtues d'un pantalon à l'européenne, ne sont plus qu'à un mètre du visage torturé du Normand.

— Y en a marre ! se dit ce dernier, j'en bouzille deux ou trois d'une seule rafale et tout sera fini !

L'arme du commando remonte encore de quelques centimètres vers les bo-doîs bavards. Le soldat de Giap reste longtemps immobile; sa voix chante lorsqu'il parle à ses compagnons un peu plus éloignés.

Pihan repose son arme dans la boue. Il veut vivre le plus longtemps possible. Le bo-doî s'éloigne un peu, une grenade explose à deux mètres de la gangue d'argile qui enserre le commando, léchant son grand corps nu de son souffle chaud. Un éclat taille vif dans sa hanche droite, tout son être tressaille.

— Cette fois, mon compte est bon, se dit le blessé en fermant les yeux.

Un sursaut nerveux le pousse pourtant à refuser l'inéluctable.

— Bon Dieu de bon Dieu, souffle-t-il, les doris... Il faut que j'y arrive !

La section ennemie s'éloigne, les tirs désordonnés s'espacent. Après avoir guetté quelques minutes, le commando se met à ramper à nouveau.

Le blessé parcourt une vingtaine de mètres en laissant des

traînées de sang dans la boue. Sa main gauche rencontre soudain de l'acier froid.

— Merde ! Une P.40, se dit-il en reconnaissant une mitraillette allemande identique à la sienne et couverte de boue. Je ne peux pas la laisser là...

Dans un effort surhumain, le Normand fait passer son arme personnelle sur son dos nu. Le choc de la P.40 lui arrache un hurlement de fauve touché à mort. Ses yeux se ferment et il sombre quelques instants dans une inconscience que traversent de fulgurants élancements.

Ayant réussi une nouvelle fois à dominer les réflexes d'abandon de son corps, le colosse, maintenant armé de deux mitraillettes, reprend son chemin vers le rach dont le cours chantonne à quelques mètres seulement.

— Cette fois, espère le commando, j'y suis presque... Il n'y a plus qu'à le traverser...

Des Viêt-minhs reviennent, battant les buissons à grands coups de coupe-coupe tranchants. Les bo-doïs, furieux, ne rient plus.

— C'est bon signe, estime Pierre Pihan, ça veut certainement dire que des copains ont pu leur échapper...

Les Vietnamiens armés de sabres s'éloignent au bout de quelques longues minutes, rappelés par les coups de sifflets de leurs chefs de section.

Le Normand se remet à ramper sur le flanc gauche en grimaçant. Le rach n'est plus qu'à deux mètres de lui. Le commando rassemble tout ce qui lui reste de forces et se laisse glisser dans l'eau glauque. Il ressent tout de suite une incroyable sensation de fraîcheur qui atténue un peu la douleur taraudante de ses trois blessures couronnées de sang-sues.

Le grand corps à la résistance entamée par deux heures d'horreur coule à pic.

— Bon Dieu, s'entend dire le blessé, il faut que je nage ! Il faut nager !

Alourdi par les deux mitraillettes dont il ne veut pas se séparer, le commando ne réussit à remonter à la surface qu'à la toute dernière extrémité. Les poumons en feu, il avale une goulée d'air, suffoque en hoquetant et recoule inexorablement. Ses pieds touchent le fond et pénètrent dans la boue.

A bout de souffle, Pihan réussit à s'extirper de la gangue mortelle. Il remonte encore à la surface, bat l'eau encombrée de nénuphars de ses grands bras, une mitraillette sur le ventre et l'autre dans le dos. Il réussit à nager sur trois mètres avant de couler à nouveau.

Cette fois, l'eau est plus profonde, des mouvements réflexes permettent au nageur de revenir plus vite à l'air libre. Irrésistiblement attiré vers la rive opposée qu'il aperçoit entre deux plongeons, Pihan, le souffle de plus en plus court, empêtré dans les bretelles de cuir de ses deux armes, progresse lentement. Après trois longues dernières brasses, il réussit à prendre pied sur la berge glissante du rach.

Ahanant, soufflant, crachotant et jurant, le rescapé de l'enfer s'agrippe à des touffes d'herbes et se hisse sur le sol gorgé d'eau en traçant un large sillon dans la boue.

Affalé face contre terre, le béret-vert a l'impression d'être arrivé au Paradis. Les bruits de la bataille ne lui parviennent plus qu'étouffés car ses oreilles sont pleines de boue. Il reste ainsi deux minutes, incapable de faire un geste.

Ayant totalement repris ses esprits, le blessé fait machinalement l'inventaire de ce qui lui reste.

— Deux chargeurs pleins, se dit-il, plus celui de la P.40 que j'ai trouvée et les grenades... Je ne vais pas aller bien loin avec ça...

Subissant le contrecoup de l'excitation née de la traversée du rach, le colosse se laisse gagner par le découragement.

— Je n'y arriverai jamais, se désespère-t-il en fixant les rochers de Ninh-Binh couronnés des postes amis. Il doit y avoir des Viêts par ici aussi. Je suis foutu...

Quelques minutes passent. Pihan trouve enfin la force de réagir. Le grand corps s'ébroue, se redresse à demi puis réussit à se mettre debout sur ses jambes flageolantes.

— Je vais suivre ce petit chemin, se propose le commando en apercevant une piste étroite, il doit sûrement mener à l'embranchement du rach et du Day...

Sa main droite crispée sur l'arme récupérée, avançant à

courtes enjambées titubantes, la statue de boue et de sang se remet en marche. Les tempes en feu, les yeux troubles, la gorge sèche, Pihan chancelle, laissant échapper des gémissements sourds.

De l'autre côté du rach, l'église de Ninh-Binh dresse son clocher dans la brume. Le commando cherche vainement à distinguer des formes amies. Épuisé, il se dirige vers un petit mur près de s'effondrer.

— Je vais me reposer un peu là-bas, se propose-t-il, on verra bien après...

19

SAUVÉ !

Le petit jour dévoile parcimonieusement le paysage détrempé. Des rafales résonnent encore, de plus en plus rares, vers l'église.

Pierre Pihan atteint sans encombre le muret qu'il avait visé et se laisse glisser tout d'un bloc, essoufflé par l'effort, contre l'abri illusoire de ses pierres croulantes. Il reste ainsi un long moment prostré, le flanc gauche appuyé contre la pierre moussue, cherchant à mettre un peu d'ordre dans le tumulte insensé de ses idées. Les doris tant espérés ont disparu. Leur absence dissipe les derniers lambeaux d'espoir du colosse trois fois blessé.

Un léger bruit naît derrière la murette. Retrouvant en une fraction de seconde le désir de vivre, le commando, prêt à ouvrir le feu, glisse silencieusement de deux mètres sur le côté. Il découvre trois fantômes hâves, rescapés comme lui de la tourmente : le second-maître Mahé, le matelot Cazeau et le quartier-maître Massebœuf.

Les marins écarquillent des yeux incrédules lorsqu'ils voient surgir le revenant ruisselant de sang. Sans mot dire, Massebœuf commence à arracher une à une les sangsues qui pullulent aux lèvres horribles des plaies de son compagnon.

Des tirs viêt-minhs rasent la position des quatre hommes. Pihan repousse Massebœuf d'un geste qu'il veut vif.

— Faut pas rester là, ordonne-t-il, péremptoire. Partez, les gars ! Laissez-moi...

Les trois hommes indemnes échangent des regards incertains. Mahé, le plus gradé, se décide à obéir à son conseil. En se promettant de revenir chercher le blessé apparemment intransportable, il se dirige vers les rochers rassurants de Ninh-Binh, entraînant ses deux camarades couverts de boue.

Pihan s'affaisse un peu plus contre le mur froid, sa mitraillette récupérée posée sur le ventre. Il ferme les yeux pour ne pas voir ses compagnons s'éloigner. Son cœur affolé martèle à grands coups douloureux sa large poitrine. Soudain, mû par un sursaut insensé, il rouvre les yeux et se relève.

— Je veux vivre, se dit-il en se remettant péniblement sur ses jambes.

Sous les assauts de la douleur, sa vue se trouble. Les trois silhouettes de ses compagnons dansent à près de cent mètres de lui, le long du rach. Pihan, têtu, se met à marcher vers elles, titubant, comme dans un rêve. Il allonge peu à peu le pas pour se mettre enfin à trotter en zigzag, à la limite de l'équilibre.

— Je cours encore, s'étonne le fantôme hagard. Je vais les rattraper...

Massebœuf se retourne soudain et aperçoit le colosse lancé à la poursuite du trio. Il pousse un cri et les trois hommes se laissent rejoindre par le blessé. Le quatuor reformé approche du rocher des partisans catholiques qui se dresse de l'autre côté du rach Song-Van. Des coups de feu claquent, les rescapés plongent dans la boue.

Une voix amie monte dans le vacarme, que Pihan reconnaît aussitôt :

— C'est Caroff ! souffle-t-il douloureusement, c'est Caroff. On est sauvés !

Le blessé a entendu juste :

— Ne tirez plus, hurle en effet le Breton. Ce sont des commandos !

Les partisans du poste obéissent aux injonctions du fusilier marin. Les bérets-verts se redressent, sauf Pihan qui reste le nez dans la boue. Massebœuf l'aide à se relever à demi.

— Ça va ? lui demande-t-il sans se rendre compte de l'incongruité de sa question.

Le Normand ensanglanté esquisse une grimace qui se voudrait sourire.

— Oui, ça va, éructe-t-il, ça va même pas mal...

Caroff, impatient de recueillir ses amis, trépigne de l'autre côté du rach. Un doris fend l'eau boueuse. Pihan reconnaît Ellelouet, le mécanicien du commando qui barre l'engin. Massebœuf et ses compagnons soutiennent le blessé et le déposent dans l'embarcation basse sur l'eau.

— T'en fais pas, morpion, plaisante Ellelouet en effleurant le visage souillé du Normand de la main droite. Tu vois, les doris ne sont pas morts !

Pihan coule dans un rêve et se laisse, vaguement conscient, transporter comme une masse au poste principal de Ninh-Binh. Un infirmier de l'Armée de terre enlève de son corps nu le plus gros du magma de boue et de sang qui colmate ses blessures.

Une voix inconnue résonne dans son inconscient :

— Il faut tout de suite l'évacuer sur Nam-Dinh...

Hissé dans une ambulance Dodge, toujours à demi-nu, couvert de pansements mal ajustés, le blessé se rend à peine compte qu'il est allongé sur une des deux bannettes étroites du véhicule. Cinq blessés du commando l'accompagnent, l'un est allongé comme lui et les quatre autres assis, prostrés, l'œil perdu dans le vague.

La Dodge blindée, frappée de trois croix rouges, cahote sur la mauvaise route de Nam-Dinh, poursuivie par les échos de la bataille qui reprend.

Pihan, saoulé de bruits infernaux depuis le début de l'attaque des bataillons viêt-minhs, ne prête aucune attention au tumulte. Toute souffrance chassée par les piqûres du médecin de Ninh-Binh, il somnole, ses mains caressant machinalement la fiche d'évacuation sanitaire épinglée sur sa mauvaise couverture de coton. Il ne reprend conscience qu'au terme du voyage. Une forme blanche et trouble se penche sur lui, l'examine, et décide, relâchant sa fiche d'évacuation :

— On ne pourra pas l'opérer ici, il faut le diriger sur Hanoi... et en vitesse !

Le blessé serre les poings sous sa couverture de coton.

— Je n'ai pas échappé aux Viêts pour crever maintenant, se promet-il, tandis qu'on empoigne sa civière pour la charger dans l'ambulance, en même temps que le second-maître Marceau Simon, évacué lui aussi.

La Dodge conduite nerveusement file bon train vers le petit terrain d'aviation de Nam-Dinh. Un avion de reconnaissance est là, son moteur tourne déjà. Son pilote fait la grimace en découvrant le grand corps inerte que les ambulanciers étendent dans l'étroite carlingue entoilée, vers la queue. Simon est assis juste devant les pieds du Normand.

Le pilote inspecte rapidement son chargement, sourit à Simon et annonce en saisissant les commandes de son criquet :

— On va essayer de décoller... Hue, cocotte !

L'avion lourdement chargé roule en tressautant sur la piste criblée de nids de poules, s'arrache laborieusement du sol et prend peu à peu de la hauteur. Le ronronnement de son moteur torture le crâne douloureux de Pihan. L'effet des piqûres de Ninh-Binh commence à s'estomper.

Hanoi est atteint en moins d'une heure de vol. Le Normand et son compagnon de voyage sont transbordés dans une ambulance qui prend la direction de l'hôpital Lannessan, sur la rive droite du fleuve Rouge, au sud-est de la capitale tonkinoise.

Le commando sent qu'on lui administre par injection une nouvelle dose de calmants, un goût amer monte de ses entrailles, sa bouche s'assèche et il sombre dans l'inconscient le plus profond, ne revenant à lui que pour constater qu'on l'a bordé serré sur une couche aux draps bien blancs dans une chambre à six lits.

La silhouette amie du second-maître Marceau Simon s'impose tout de suite au regard encore trouble du Normand qui s'entend demander :

— Quand est-ce qu'on va m'opérer ?

— C'est fait, grand, lui apprend le second-maître aux cheveux blonds qui a été, lui aussi, blessé à trois reprises au cours de la nuit précédente. Tu vas guérir vite...

Pihan soupire et se rendort pour n'émerger de l'inconscience qu'au matin suivant.

L'hôpital Lannessan, gorgé de blessés et de malades, bourdonne comme une ruche. Des infirmières en blanc, dévouées, aux cheveux strictement ramassés sous une coiffe blanche impeccable, semblent glisser sur les sols propres des couloirs.

— Joe Le Corre n'est pas loin, dans une autre chambre, annonce Marceau Simon à son compagnon de chambrée, on n'est pas tout seuls...

Le temps passe vite. Pihan repasse plusieurs fois sur le billard, chaque fois un peu plus affaibli. Le lieutenant de vaisseau Labbens vient rendre visite à ses blessés. Le pacha ne s'étend pas en confidences inutiles.

— Nous sommes vingt-quatre rescapés, explique-t-il, ému, tous les autres sont morts ou disparus. Certains sont prisonniers des Viêts...

Pihan et Simon crispent leurs mâchoires lorsque l'officier

L'enterrement de quelques-uns de « François » dont Cosso et Seven qui sont morts tout contre Pihan.

s'éloigne dans le couloir. Fermant les yeux, le Normand se récite l'horrible litanie de tous ceux qui sont restés là-bas, dans la rizière inondée et les ruines de Ninh-Binh : Garric aux grands pieds, Gagliero, Boulic, Muller et, surtout Seven et Cosso qui sont morts tout contre lui, lui permettant de vivre encore.

Les mots incompréhensibles qu'a murmurés Cosso avant de s'éteindre lui reviennent en mémoire :

— Maïtemic...

Pihan se souvient maintenant que l'épouse du mort s'appelle Marie-Thérèse et que son tout jeune fils se prénomme Michael. Fermant les yeux, le colosse cherche un refuge dans le sommeil pour fuir la fatalité de la guerre.

Marceau Simon est bientôt autorisé à quitter l'hôpital.

— Au revoir, grand, dit-il simplement à son compagnon après avoir touché son bon de sortie, laisse-toi soigner. Patience et à bientôt, au commando...

Malgré le conseil de son ancien, Pihan décide de brusquer le sort lorsqu'il apprend que son ami Joe Le Corre doit être lui aussi renvoyé d'Hanoi.

— Je ne veux pas moisir ici, se promet-il, il faut que je rejoigne les copains...

Un caporal légionnaire qui a sympathisé avec le Normand lui propose, après lui avoir demandé s'il possédait des vêtements de sortie, de faciliter son départ illégal de l'hôpital.

— Je dois partir demain avec ton copain Le Corre, précise le képi-blanc. Si tu tiens vraiment à foutre le camp d'ici, je peux te procurer un bulletin de sortie en blanc. Ça te va ?

La réponse du Normand jaillit :

— Tu parles !

Le soir même, le légionnaire lui remet un imprimé revêtu de l'indispensable signature du médecin-chef de l'établissement. Pihan émet un sifflement de contentement et range le précieux document dans une poche de sa chemise de sortie kaki après l'avoir consciencieusement rempli de son écriture droite.

La dernière nuit à l'hôpital passe vite. Au matin, le caporal de la Légion annonce à Le Corre qu'il connaît un commerçant chinois prêt à les conduire en camion à Haiphong.

La perspective de l'escapade sourit aux bérets-verts qui acceptent la proposition.

— Mais je n'ai pas d'argent, regrette Pihan, je paierai à l'arrivée, si le Chinois accepte...

— C'est gratuit, précise le caporal en souriant. C'est un ami !

Joe Le Corre sort le premier de Lannessan, bientôt rejoint par le légionnaire. Pihan, fébrile, se dirige à son tour vers le poste de garde où un Sénégalais de service fait les yeux ronds en détaillent les pansements qui gonflent sa chemise de sortie.

— Tu veux partir avec tout ça ? demande le soldat noir, soupçonneux. Tu es en règle ?

Le commando tend le document falsifié à la sentinelle. Dubitatif, l'homme regarde attentivement le papier et le visage émacié du grand béret-vert.

— C'est bon, se résout-il à admettre au bout d'une interminable minute d'examen. Puisque c'est signé, je veux bien que tu passes...

Les deux compagnons du commando ne sont pas loin du poste de garde et l'accueillent avec des éclats de rire. La guerre est loin. Le trio, réjoui du tour joué aux sentinelles, se dirige à grands pas vers le lieu de rendez-vous.

Le Chinois, petit homme sans âge vêtu d'une veste européenne noire, charge dans son véhicule vétuste un autre marin et un légionnaire ami du caporal. Il met son moteur en route, à la manivelle, et prend la direction de l'est en empruntant la route coloniale n° 5.

Le camion n'a plus d'amortisseurs. Tassé contre la bâche du véhicule, Pihan souffre et pâlit au fil des kilomètres.

— Qu'est-ce que tu as ? remarque bientôt le caporal légionnaire. Tu vas tomber dans les pommes...

Pihan, mal en point, hoche la tête sans répondre. Le légionnaire cogne du poing contre la cloison qui sépare la cabine de l'arrière du camion. Le Chinois tourne sa tête ridée pour voir ce qui se passe à travers un hublot ovale.

Stoppant en catastrophe, il descend de sa cabine et invite le malade à monter près de lui.

Pihan se sent vite mieux et observe, amusé, le chauffeur du véhicule qui passe ses vitesses grinçantes avec une dextérité étonnante.

— Et voilà, annonce le Chinois souriant lorsque le vieux camion traverse les premiers faubourgs d'Haiphong, nous arrivons, vous êtes content ?

Pihan, repris par ses douleurs, opine sans répondre.

Le camion, se mêlant à la circulation dense des cyclopousse, de Peugeot au long nez plongeant et aux phares rapprochés, de Citroën traction avant, de quelques grosses Renault datant d'avant-guerre et de véhicules militaires de toutes sortes, traverse une bonne partie de la ville, dépasse l'île d'Ha-Ly et stoppe dans une rue parallèle à la rivière Cua-Cam, non loin de la place de l'Hôtel-de-Ville.

Les cinq passagers descendent du camion. Le Chinois poursuit sa route vers l'est de la ville, visiblement ravi d'avoir rendu service aux soldats français.

— On va fêter ça, propose le légionnaire. Une sortie d'hôpital, ça s'arrose toujours !

Pihan, mal en point, n'ose refuser la bière offerte par le caporal. Dès qu'il le peut, il prend un cyclopousse pour gagner l'île d'Ha-Ly avec Joe Le Corre qui règle les coolies. Pihan grimace en approchant de la caserne familière.

— Je fonce à l'infirmerie, souffle-t-il, très pâle, à son compagnon inquiet.

Les infirmiers accueillent le fugitif comme s'ils recevaient un zombie sorti de l'enfer.

— Est-ce que le pacha du commando est là ? demande le quartier-maître, bien décidé à avouer sa sortie illégale de l'hôpital Lannessan.

Personne ne lui répond. Un médecin s'approche, défait rapidement une partie de ses pansements et lâche, l'air grave :

— Ce n'est pas très malin ce que tu as fait là, annonce-t-il en découvrant les plaies à peine bridées qui offrent une odeur peu engageante. On a reçu un message d'Hanoi te concernant, ils rouspètent dur là-bas...

Le çolosse pris en faute baisse la tête.

— Tu penses bien, poursuit le médecin qu'avec les éclats qu'ils n'ont pu retirer et qui se baladent autour de ton cœur, tu risques de tomber en syncope à tout moment, alors...

Le médecin à deux galons s'éloigne après lui avoir fait administrer des calmants. Pihan, fataliste, hausse les épaules tandis qu'on lui donne un lit dans l'infirmerie.

— Je serai en tout cas beaucoup mieux ici, près des copains, qu'à Lannessan où je ne connais personne, se dit-il.

Le lieutenant de vaisseau Labbens arrange les choses avec les autorités d'Hanoi, Pihan est rassuré.

— Mais je vais t'envoyer en avion au sud, vient lui annoncer peu après l'ancien officier des Forces navales françaises libres, une fois là-bas, on verra ce qu'on doit faire de toi...

L'avion, un Dakota, fait une courte escale à Tourane et se pose en fin de voyage à Tan-Son-Nut où Pihan, bien surveillé, embarque dans un engin à fond plat qui descend la rivière de Saigon vers la mer. Au Cap-Saint-Jacques, la caserne de Ben-Dinh est devenue bien vaste pour ce qui reste du commando « François ». Pihan y erre entre les arbres comme une âme en peine, s'attendant parfois à voir surgir dans sa grande cour les ombres de ses amis morts à Ninh-Binh.

Le commandant Labbens, revenu lui aussi au Cap, lutte de toutes ses forces pour reconstituer son commando. Il propose au Normand d'aller se refaire une santé dans un sanatorium de Dalat, sur les hauts plateaux au climat très sain.

— Commandant, plaide le quartier-maître, j'aimerais mieux aller me retaper en France...

L'officier de Marine, se doutant bien que les autorités médicales ne sont pas prêtes à accorder au blessé l'autorisation de repartir au combat, donne rapidement des ordres pour que son quartier-maître prenne place sur l'*Athos II*. Pihan débarque au quai de la Joliette, à Marseille, vingt-trois jours plus tard. Le voyage, malgré quelques crises de mal de mer, semble avoir hâté son rétablissement. Les médecins qui lui font subir des visites de contrôle avant de l'autoriser à partir en permission de convalescence ne cachent pas leur étonnement devant sa résistance.

— C'est naturel, leur répond Pihan, agacé, on est tous comme ça au commando « François » !

Ils bombardent leur patient de questions sur Ninh-Binh auxquelles il ne répond que très vaguement. A l'issue des examens lassants, ne trouvant rien à tenter pour délester le blessé des éclats qui gravitent tout près de son cœur, les médecins libèrent Pihan, se promettant de se repencher sur son cas exceptionnel à l'issue de sa permission.

Le Normand part pour Bordeaux où Diaz qui a quitté les commandos l'accueille sur le quai de la gare.

L'ancien quartier-maître de « Jaubert », redevenu civil, a lu deux lettres de son camarade miraculé et sait à quoi s'en tenir sur les événements de Ninh-Binh. Pudique, il ne l'accable pas de questions. C'est un initié : le colosse parlera quand il le voudra, et seulement s'il en éprouve le besoin.

20

L'ÉMEUTE

Rayé du rôle de combat du commando « François », le convalescent passe toute sa permission à Bordeaux. Il quitte Benito Diaz aux lendemains du mariage de son ami.

— Je veux retourner « là-bas », promet-il au nouveau marié qui l'accompagne avec sa sœur Aurore sur le quai de la gare Saint-Jean. Je vais tout faire pour ça...

Diaz fixe longtemps son compagnon dans les yeux, silencieux. Son regard grave semble interroger le miraculé de Ninh-Binh.

— Tu ne crois pas que tu en as assez fait comme cela ?

Aurore, encore plus émue que son frère, se tait elle aussi. Le train entre en gare, les adieux sont écourtés.

Pihan, bien rétabli, rejoint le dépôt de Toulon où il erre comme un perdu entre les hauts bâtiments de l'immense caserne de la Marine tirés au cordeau autour de vastes cours goudronnées, inlassablement balayées par des hommes qu'il faut occuper à tout prix.

L'année 1951 se meurt. Les nouvelles de la guerre d'Indochine, les vraies, celles qui sont rapportées par les hommes qui reviennent de « là-bas » et qui infirment le plus souvent celles complaisamment distillées par la presse de toutes tendances politiques, ne sont pas mauvaises. Le commando « François » a repris vie et a recommencé, dès septembre 1951, à participer aux opérations avec les deux autres commandos. Ninh-Binh n'a été qu'une triste péripétie. Le second-maître Marceau Simon a été un des animateurs de la résurrection de l'unité décimée.

Pihan est promu quartier-maître de première classe et occupe le plus clair de son temps à surveiller dans l'arsenal de Toulon des corvées composées le plus souvent de « j' m'en foutistes » qui attendent la « quille » ou qui sortent de prison.

— Il ne faut pas que je moisisse ici, se répète le commando. Je vais passer l'examen d'entrée au C.S...

Le « C.S. » — cadre spécial —, consiste à suivre un stage de gradé de six mois au centre Siroco, en Algérie et représente une étape capitale pour un commando voulant faire carrière. Pihan passe les épreuves d'admission à l'école d'Afrique du Nord et patiente dans l'attente du résultat.

Quelques jours après l'examen, un peu après la cérémonie du lever des couleurs saluée par les dizaines de coups de fusils rituellement tirés des plages arrière de tous les bâtiments ancrés dans la rade et amarrés aux quais de l'arsenal, la grande silhouette maigre d'un lieutenant de vaisseau pénètre dans une des cours du triste dépôt. Pihan reconnaît tout de suite un ancien officier des commandos en Indochine, Frain de La Gaulayrie, et court vers lui. Planté dans un garde-à-vous très raide, il le salue et se présente. L'officier le remet et sourit franchement en lui tendant la main.

— Qu'est-ce que tu fais là, Pihan ? Ce n'est pas une place pour toi...

Le colosse en tenue bleu marine et col bleu ciel, la poitrine de sa vareuse ornée des médailles d'Indochine, esquisse une grimace fataliste en haussant les épaules.

— Moi, je commande le commando « Trepel », poursuit le grand officier au regard franc. Il se passe des choses en Tunisie. La moitié de mes gens s'y trouvent déjà et je dois les rejoindre demain avec le reste du commando...

Pihan sent son cœur s'affoler.

— Vous ne pouvez pas m'emmener, commandant ? lâche-t-il, tout à trac. J'en ai assez de vivre au dépôt...

Le lieutenant de vaisseau connaît le passé glorieux du quartier-maître-chef. Il n'hésite pas une seconde.

— Prends ton sac et débrouille-toi pour rejoindre la base d'Hyères, lance-t-il, visiblement ravi de faire une telle recrue. L'avion décolle demain matin de bonne heure... On régularisera ta situation là-bas...

Le Normand ne se fait pas répéter l'invite une seconde fois. Fou de joie, il monte dans la longue chambrée qu'il partage avec une vingtaine de quartier-maîtres de première classe de toutes spécialités de la Marine, pour boucler son sac commando. Puis, toujours au pas de charge, il avertit le bureau des mouvements du dépôt et le capitaine d'armes et rallie, en camion-stop, la base aéronavale d'Hyères, à l'est de Toulon.

Le béret-vert a tout simplement oublié, dans la fébrilité du départ, qu'il est en attente de passer devant une commission de réforme qui menace de le déclasser de la spécialité de fusilier marin commando, à cause des éclats rebelles qui frôlent toujours son cœur. Lorsqu'il se souvient de la menace, l'avion est déjà au-dessus de la Méditerranée et file vers la Tunisie.

— Bof ! se dit-il, c'est toujours la pagaille dans leurs trucs de commissions, ils m'ont bien laissé passer mon examen de C.S. et d'ailleurs, ajoute-t-il pour se convaincre définitivement, je me sens tout à fait en état de faire la guerre...

L'ancien chef de corvées du 5e dépôt de Toulon ne sait pas vraiment ce qui l'attend en Afrique du Nord. Le pacha du commando a seulement parlé de « maintien de l'ordre », une expression assez vague qui n'éveille aucune précision dans son esprit.

Le bi-moteur à la carlingue en forme d'œuf gigantesque se pose, après un vol tranquille d'un peu plus d'une heure et demie, sur la piste de la base aéronavale de Bizerte. L'élément précurseur du commando est là, attendant les munitions apportées par l'appareil. Pihan aide à distribuer les unités de feu aux équipes de voltigeurs et aux servants des pièces de fusils-mitrailleurs.

— Le Quintal ! s'étonnent quelques anciens d'Indochine, le croyant toujours aux mains des médecins tatillons. Qu'est-ce que tu viens faire par ici ?

Leresteux, le courageux Titine de My-Dûc, est à lui aussi. Les deux amis se retrouvent comme s'ils s'étaient quittés la veille au soir.

Pihan, tout de suite retrempé dans l'ambiance commando, a les yeux qui brillent. Il s'affaire à la distribution de cartouches et de grenades pour masquer son émotion.

— Je n'espérais plus retourner dans un commando, s'avoue-t-il, soudain très lucide. C'est bon. Je me sens bien...

La corvée de munitions se termine vite, des camions chargent les sections de bérets-verts qui ont reçu pour première mission de protéger des fermes isolées dans le bled.

Le Quintal se retrouve avec une section aux abords de Mateur, à quarante kilomètres au sud de Bizerte, de l'autre côté du grand lac salé qui borde la ville au sud et de celui d'Ackel, en dessous d'un djebel de cinq cents mètres d'altitude.

Rien, autour de la grande exploitation européenne bien gardée par les commandos, ne peut laisser deviner que des troubles graves se préparent. Pihan passe sa première nuit dans le bled, goûtant intensément le retour à la nature.

Le Normand, soudain ému, repense à sa dernière nuit, là-bas, dans l'église de Ninh-Binh, il y a déjà sept mois. Chassant les images obsédantes dont il n'a jamais réussi à se débarrasser, il va prendre son tour de guet près d'une pièce de fusil-mitrailleur à un angle de mur de la ferme silencieuse.

— Ce qu'on va faire ici n'est peut-être pas un vrai travail de commando, se dit-il en humant l'air frais de la nuit de janvier, mais si on nous a envoyés là, c'est qu'il va se passer quelque chose...

Comme rien ne bouge dans le secteur de Mateur, le commando « Trepel » est relevé par des troupes d'infanterie classique. Il est dirigé, en camions, vers Sousse, grande ville étalée au bord de la Méditerranée, à cent vingt kilomètres au sud-est de Tunis.

Le commando « Trepel » participe,
sous les ordres du lieutenant de vaisseau Frain de La Gaulayrie,
à la rémission de la rébellion tunisienne du Néo-Destour.

Le convoi roule un peu plus d'une demi-journée en traversant des forêts de chênes-lièges, des champs de blé labourés, bordés de longues bandes de figuiers de barbarie, des villages blancs, aux mechtas à toits plats plaqués aux flancs de collines piquetées de broussailles, des bourgs aux ruelles encombrées d'ânes bâtés de larges couffins. Les Arabes en djellabas et gandouras détournent à peine la tête au passage des quatre G.M.C. précédés par un half-track et la jeep du commandant Frain de La Gaulayrie.

Le commando dépasse bientôt Zaghouan, à mi-chemin de Sousse et file au travers d'interminables forêts de bas oliviers qui poussent à l'orient du djebel Zaghouan, haut de plus de mille deux cents mètres et dont les flancs sont inlassablement broutés par des troupeaux de moutons gris, beiges et noirs, menés au caillou par des gamins en loques. Pihan, silencieux, bercé par le bruit régulier du moteur de son camion, dévore des yeux tout ce qu'il découvre. Rien ne lui rappelle l'Indochine. Le convoi parvient aux faubourgs de Sousse en fin de matinée.

— On dirait qu'il y a du mouvement par ici, constate le Normand devant une longue colonne de camions chargés de troupes qui roule vers la ville portuaire du golfe d'Hammamet en soulevant un long nuage de poussière.

Les G.M.C. des commandos, guidés par des policiers militaires casqués, pénètrent dans la ville et filent droit vers la Médina, centre nerveux de la cité de plus de soixante mille habitants, quadrillée de soldats en armes.

Le convoi stoppe, bloqué par des camions et quelques blindés légers de la Gendarmerie. Des hurlements montent de la vaste place blanche bordée de vieilles maisons mauresques. Pihan et Leresteux sautent à bas de leur camion pour se dégourdir les jambes, en retrait des gendarmes.

Les cris de la foule redoublent soudain.

— Qu'est-ce qui se passe ? Je ne vois rien ! s'exclame Pihan en se hissant sur le marchepied d'un G.M.C. pour essayer de connaître l'origine des cris hystériques.

Un grand colonel, calme sous les injures, quitte un groupe d'officiers tendus et se dirige tout droit vers la foule colorée d'où giclent des « youyous » stridents psalmodiés par des femmes voilées. Des bâtons ferrés se lèvent au-dessus de la marée humaine, mal contenue par ses meneurs.

Pihan, qui n'a reçu aucune fonction précise au rôle de combat du commando, a tout loisir d'observer l'événement. Le colonel, en grande tenue, képi impeccablement vissé sur sa tête à la nuque rase, avance, seul, vers les manifestants. Sa voix claire monte dans le brouhaha, imposant un instant le respect aux Arabes qui se taisent pour l'écouter.

— Il est rudement gonflé, admire le commando en regardant l'officier supérieur levant un bras qui se veut apaisant face à la foule hésitante.

Derrière le colonel, tout le monde retient son souffle. Les gendarmes ne quittent pas la populace des yeux, prêts à foncer à la moindre réaction dangereuse.

Le colonel avance encore de quelques pas assurés, un demi-cercle houleux s'ouvre devant lui. Un coup de feu part, isolé. Touché à mort, l'officier s'écroule. Les « youyous » des fatmas scandent la ruée de la horde haineuse. Les gendarmes arment les mitrailleuses de leurs blindés légers et ouvrent le feu, en longues rafales, au-dessus de la foule vociférante.

La nuée se fige, puis se débande. Pihan serre son arme, une mitraillette Mat 49 au maniement de laquelle il n'est pas encore habitué et attend les ordres.

Frain de La Gaulayrie, très calme, rassemble son commando tandis que les gendarmes, toujours mitraillant en l'air, chargent les émeutiers qui se dispersent dans toutes les directions de la Médina.

Le calme revient, des corps piétinés gisent sur la place vide. On emporte le cadavre du colonel Durand. Sousse se fige dans la crainte de représailles.

— Si les gendarmes avaient perdu leur sang-froid, admire le Normand, il y aurait eu un sacré carnage. En tout cas, si c'est ça le maintien de l'ordre, très peu pour moi. Ce n'est pas une affaire de commando !

Les bérets-verts, qui n'ont pas eu à intervenir, sont dirigés vers un cantonnement aux abords de Sousse pour y passer la nuit, des équipes d'alerte sont désignées et, lorsque le jour naît, les camions reprennent la route au sud, en direction de Mahdia, un petit port situé à soixante kilomètres de Sousse encore sous le choc de l'assassinat du colonel Durand.

Le commando se fractionne en sections pour occuper un maximum de points sensibles tout autour de la petite ville bâtie en dessous du cap d'Afrique. Les jours passent en patrouilles dans les plantations d'oliviers sous un soleil pâle qui entretient une température d'un peu plus de dix degrés. Dès le début des fouilles dans le bled qui effarouchent une population indigène apparemment neutre, Frain de La Gaulayrie convoque Pihan à son P.C.

— Tout est réglé pour toi, lui annonce-t-il. Tu es officiellement embarqué au commando. Content ?

Le Quintal jubile. Il claque les talons de ses rangers, se rue pour annoncer la nouvelle à Leresteux et, comme un bonheur ne vient jamais seul, le colosse reçoit les fonctions de caporal adjoint d'un groupe de combat.

Quelques jours après que la situation du Normand eut été enfin régularisée, sa section quitte Mahdia pour s'enfoncer dans le bled, en direction du douar de Teboulba. Pour impressionner les groupes rebelles armés par le parti du Néo-Destour d'Habib Bourguiba qui hantent les environs, les commandos de la section se sont partagés par groupes de six au plus dans quatre G.M.C. Le camion de Pihan roule le dernier de la colonne bien étirée. Son second-maître, chef de groupe, est assis près du chauffeur et trois de ses compagnons, Blanc, Charpenet et Leresteux ont pris place contre les ridelles du véhicule.

Le convoi parcourt une trentaine de kilomètres, les commandos sautent à terre. Il est onze heures du matin, la fouille des mechtas commence. Retrouvant les réflexes d'Indochine, Pihan manœuvre prudemment entre les murs blancs des maisons basses.

— Je sais bien qu'on ne risque en principe pas grand-chose, dit-il à ses compagnons de traque, pour justifier sa rigueur dans l'action, mais on ne sait jamais...

La fouille traîne pendant plus de trois heures, vaine. Un ordre radio rameute les petits groupes au convoi. Les camions reprennent la route de Mahdia. Le G.M.C. de Pihan et Leresteux roule à nouveau en serre-file. Il fait bon, le Normand rêve à d'autres courses en camion, « là-bas », sur les routes digues qui éventrent les rizières grasses de son obsédante Indochine.

Les trois premiers camions kaki traversent le douar de Teboulba, agencé rectiligne de chaque côté de la route poudreuse.

— Il n'y a vraiment pas grand monde dans ce foutu bled, se dit le Normand lorsque son G.M.C. s'engage à son tour entre les maisons blanches et ocre pâle.

Un pain de plastic lancé d'une toiture en terrasse explose soudain dans la cuve du véhicule. Des coups de feu claquent aux oreilles des commandos. Blanc et Charpenet sont projetés violemment contre l'arrière de la cabine du G.M.C., Leresteux est soufflé vers le fond du véhicule, soulevé comme un fétu de paille.

Le chauffeur accélère brutalement. Le Malouin se retrouve un dixième de seconde dans le vide. Pihan a le réflexe de le cramponner, au-dessus de la route, et le plaque au fond de la cuve.

— Mon fusil, hurle Leresteux, j'ai lâché mon fusil ! Arrêtez !

Le second-maître assis près du chauffeur fait stopper le véhicule à un peu plus de cent mètres de l'embuscade et vient évaluer les dégâts dans le G.M.C.

Charpenet et Blanc se plaignent, les cuisses déchirées. Pihan et Leresteux, indemnes, courent déjà en direction du village pour essayer de récupérer l'arme tombée sur la route. Les deux commandos contournent les mechtas pour couper la retraite aux rebelles de l'embuscade. Leresteux a pris l'arme d'un des blessés. Il râle ferme en constatant que la sienne ne se trouve plus sur la route. Pihan, rageur, fouille plusieurs habitations qui sentent le rance, bousculant leurs habitants apeurés.

Le reste de la section, alerté par les coups de feu et

l'explosion, est revenu en arrière. Un ratissage s'improvise pendant que Blanc et Charpenet reçoivent les premiers soins. La nuit tombe, les rebelles se sont évanouis dans des caches, la fouille devient inutile, la section regagne Mahdia.

Le lendemain, le lieutenant de vaisseau Frain de La Gaulayrie lance dès l'aube une opération de tout le commando dans le secteur de l'embuscade. Les habitants de Teboulba, hochant la tête tristement, ne répondent pas aux questions précises des gendarmes qui accompagnent les bérets-verts.

Le pacha décide d'aller fouiller d'autres villages alentour. La matinée est déjà bien entamée lorsque le groupe de Pihan et Leresteux, qui a touché une nouvelle arme, pénètre sous les oliviers à feuillage gris-noir.

— Cette fois, on dirait bien la guerre, se dit Pihan en essuyant des coups de feu parmi lesquels il reconnaît le chant sinistre d'une mitraillette Sten.

Les bérets-verts manœuvrent sous les arbres bas, bouclant un groupe de trois mechtas. Les rebelles sont piégés. Les rafales de la Sten bloquent un court moment la voltige de Pihan mais se taisent bientôt sous la riposte des commandos.

Toujours avares de leurs munitions, les voltigeurs cessent leur tir et progressent, bondissant deux à deux entre les troncs d'arbres vers les mechtas silencieuses.

— Attention ! hurle Pihan. Ils bougent...

Accroupi derrière le tronc tors d'un olivier, le Normand, prêt à rouvrir le feu, voit sortir trois hommes de leur abri, mains en l'air. Ils ne portent pas d'uniformes et ont abandonné leurs armes à l'intérieur de l'habitation cernée.

Les commandos les fouillent rapidement, sans brutalité. Pihan pénètre avec un de ses compagnons dans l'antre sombre qui sent la poudre. Les deux hommes ressortent bientôt à l'air libre, brandissant un fusil canadien, un pistolet automatique et la Sten au canon chaud.

Un quartier-maître de la section, « Gégène » Soubrat, ancien d'Indochine, parle un peu l'arabe et commence à interroger les prisonniers mal rasés qui se sont assis, à croupetons, autour de la base d'un olivier. Les rebelles lâchent quelques réponses imprécises en haussant les épaules à chaque question du fusilier marin. Il ressort tout de même de leur charabia confus que le propriétaire du pistolet automatique, mieux habillé que ses compagnons d'infortune, est un responsable important du Néo-Destour.

Un ordre radio rameute la section vers les camions. Les gendarmes reconnaissent tout de suite l'homme du parti révolutionnaire.

— C'est celui qu'on appelle, par ici, l' « intellectuel de Bourguiba », précise un brigadier en brandissant la photo du quidam, tirée d'un fichier portatif qui gonfle une grosse serviette de cuir brun à fermoir argenté.

Pihan vit ainsi quelques semaines dans le bled après la capture des trois rebelles, chacune passant sans grandes émotions.

Bourguiba et tous les cadres dirigeants du Néo-Destour sont bientôt arrêtés, la rébellion semble matée, le commando « Trepel » est rappelé en métropole.

Avant de prendre l'avion pour la France, Pihan sort une dernière fois à Bizerte pour acheter quelques souvenirs de pacotille et marche dans une rue animée, vers la place de France, avec Gégène Soubrat qui lui sert d'interprète pour marchander.

Les deux hommes se figent devant la devanture bien garnie d'une pâtisserie et échangent un regard gourmand.

— On entre ? propose Pihan en salivant.

Son compagnon, tout aussi amateur de gâteaux, pénètre sans répondre dans l'établissement propret. Les deux commandos se plantent devant les pâtisseries.

— Qu'est-ce que ce sera ? leur demande en minaudant une femme entre deux âges.

Pihan montre du doigt des éclairs et des religieuses au chocolat. La dame en prend délicatement deux de chaque sorte et les pose sur un plateau. Soubrat tend vivement la main, se saisit des quatre gâteaux fourrés et les avale, en trois secondes, sans mâcher.

— On fait un pari, propose-t-il en se léchant les doigts pour ne rien perdre. Celui qui en mangera le moins paiera le tout. D'accord ?

Pihan se sent en appétit et accepte le défi. Le duel commence sous le regard incrédule de la pâtissière. Soubrat choisit le premier des gâteaux que le Normand doit manger et, lorsque ce dernier s'est exécuté, attend à son tour de déguster le choix de son compagnon. La commerçante note les dégâts sur un calepin.

— On en est à combien, demande Le Quintal au bout d'un moment, le menton saupoudré de sucre fin.

— J'en sais trop rien, lui répond Soubrat, on va demander à la dame.

La pâtissière, aimable, devance la question et annonce :

— Vous avez mangé chacun seize gâteaux, vous me devez donc...

Soubrat coupe net la phrase intéressée de la marchande et relance le combat gourmand.

— A moi de choisir, annonce-t-il en désignant une pile de gâteaux à la noix de coco.

Pihan avale les amalgames de sucre fondu et de pulpe de noix de coco râpée en un clin d'œil. Il choisit pour son ami des pâtisseries dégoulinantes de sucre doré.

— Ça colle un peu, se plaint Gégène, mais c'est rudement bon...

Les deux bérets-verts se gavent pendant plus d'un quart d'heure encore, mâchant à peine, avalant sans donner le moindre signe avant-coureur de lassitude.

— On est toujours à égalité, constate Gégène, insatiable, on continue...

— Mais, plaide la pâtissière dépassée, il n'y a plus rien ! Rien du tout... vous avez tout mangé, tout !

Le silence s'installe dans la boutique.

— Bon sang, se rend compte Pihan, mais c'est vrai, elle a raison, on a bouffé toute la pâtisserie !

Sous le regard accablé de la marchande, Soubrat se frotte le ventre et interroge, papelard :

— Regardez un peu pour voir s'il ne vous reste pas quelques croissants ou une ou deux vieilles brioches. Il faut bien savoir qui va payer la note ! ajoute-t-il pour décider la femme à chercher encore.

La dame s'exécute, fouille derrière son comptoir désert et se relève enfin, triomphante, un croissant sec à la main. Soubrat s'en empare, l'embouche et l'avale en deux mouvements de mâchoires.

— J'ai compris, souffle Pihan, beau joueur, je paie... Ça fait combien, madame ?

La pâtissière, émue, refait deux fois ses comptes. Pihan s'exécute.

— Allez, viens, propose Soubrat, je vais te payer un bon coup pour faire passer les amuse-gueules...

Les deux hommes pénètrent dans un bar et commandent des bières.

— On fait un concours ? propose à nouveau Soubrat, hilare.

— Ah, non ! refuse le Normand, on a déjà bouffé une pâtisserie entière, tu ne voudrais tout de même pas boire tout le bistrot ?

Le commando « Trepel » quitte la Tunisie le lendemain et s'installe sur la base aéronavale d'Hyères. C'est le printemps, il fait très bon sur la Côte d'Azur.

Le pacha du commando convoque Pihan, quelques jours après le rapatriement de son unité.

— Tu es reçu à ton examen d'entrée au cours de gradés du cadre spécial, lui annonce-t-il, maintenant il faut que tu y ailles...

Le Normand, qui avait presque oublié son examen, tout à son bonheur de se voir affecté dans un commando, part pour l'Algérie, en bateau, et retrouve le centre Siroco, « La Mecque du fusil », encore embelli.

Quelques-uns de ses meilleurs compagnons de combat d'Indochine suivent le même stage que lui : Guy Dupont, celui qui l'avait sorti de la boue de My-Dûc, Collo, un costaud râblé et, surtout, Masseboeuf, son compagnon d'enfer de Ninh-Binh.

— Six mois de cours, envisage ce dernier, c'est pas long...

— Oui, enchaîne Pihan, c'est pas long, et moi, dès que j'aurai ma casquette : hop ! en Indochine...

21

LE FEU PURIFICATEUR

Les jeunes engagés volontaires des cours de brevet élémentaire de fusilier marin, les officiers élèves de la même spécialité, les cadres de l'école et ses affectés permanents savent ce qui s'est passé à Ninh-Binh, le Camerone des commandos de la Marine. Pihan et Massebœuf sont accueillis comme des bêtes curieuses et ne peuvent faire un seul geste sans se sentir épiés.

Le rythme alerte des cours ne déplaît pas à Pihan qui se tient au courant de tout ce qui se passe en Indochine. Malgré une surveillance médicale qui le maintient sous contrôle sévère, le futur gradé du cadre spécial passe brillamment les épreuves de son examen de contrôle de mi-cours et fait l'admiration de tous les habitants de la grande école en participant, juste un an après le calvaire du Tonkin, aux épreuves dites du « challenge des dix-sept » qui se déroulent traditionnellement chaque année au centre Siroco comme dans toutes les écoles et unités de la Marine nationale.

Son ami Collo gagne facilement le cross tandis que le Normand fait merveille au parcours spécial du combattant. Hissant et coulant sa carcasse couturée au-dessus et en dessous des nombreux obstacles diaboliquement agencés, le colosse termine l'épreuve en troisième position.

— J'aurais dû faire beaucoup mieux, explique Pihan à ceux, instructeurs et élèves, qui l'entourent pour le féliciter. Mais ça fait plaisir de voir que les jeunes en veulent...

Boepsflug, un tout jeune Alsacien aux yeux noirs et aux traits fins, a terminé juste sur les talons du grand commando.

— Celui-là, apprécie Pihan en observant le jeune fusilier marin de dix-sept ans à peine qui a devancé de nombreux anciens bien aguerris, c'est un tout bon...

Les cours s'achèvent à la fin octobre 1952, Pihan a beaucoup plus apprécié l'Algérie qu'à son premier passage au centre Siroco car les élèves du cadre spécial ont plus de liberté pour s'évader de l'école que les apprentis fusiliers marins. Le samedi et le dimanche, les plages qui s'étalent, paresseuses, vers Alger, sentent bon les merguez épicées et les brochettes de foie et de cœur qui se vendent par poignées de douze pour quelques francs. Un joyeux tintamarre de cha-cha-chas et des paso doble s'évadent des salles des cafés ouverts aux quatre vents où coulent l'anisette et le rosé bien frais.

Les gradés du cadre spécial n'ont pas de place au rôle de combat des commandos en Indochine. Le Normand, sorti en bon rang de l'école, choisit comme affectation le porte-avions *Dixmude* car il sait que ce dernier bâtiment doit partir aux États-Unis prendre livraison d'avions de chasse américains.

— Je patienterai mieux en voyageant, se promet le nouveau gradé tout fier de sa casquette neuve. Aussitôt passé second-maître, je demanderai à retourner là-bas...

Le *Dixmude* réceptionne les Hellcats cédés par les Américains à Norfolk et les débarque à Bizerte. Là, dès l'arrivée du porte-avions, Pihan est convoqué pour passer devant une commission de réforme.

— Ils ne me laisseront donc jamais en paix, marmonne le C.S. en se préparant à subir à nouveau les questions indiscrètes des membres bien intentionnés de la commission.

Tout se passe bien, malgré ses craintes.

— Vous êtes toujours apte pour servir dans un commando, s'entend-il annoncer par le président de la réunion.

Et, bientôt promu second-maître, Pihan débarque du *Dixmude* revenu à Toulon. Retrouvant la tristesse du 5e dépôt, le jeune officier marinier de vingt et un ans court au bureau militaire pour préciser sa position de volontaire pour campagne, ce qui se traduit automatiquement dans son esprit par : Indochine.

Les détachements de marins partent à un rythme soutenu pour l'Extrême-Orient et comprennent à peu près tous le même contingent d'officiers mariniers, de quartiers-maîtres et de matelots. Pihan ne réussit pas à s'immiscer dans le plus prochain départ mais un second-maître qui vient de se marier n'est plus très chaud pour le grand voyage.

— Tu sais, lui propose le Normand, je veux bien prendre ta place sur la liste de partance. Tu quitteras le dépôt dans un mois et cela te fera toujours trente jours de gagnés près de ta femme...

Le nouveau marié accepte l'offre et le colosse impatient de retrouver le combat embarque pour la seconde fois sur la *Jamaïque*. Le navire touche Saigon vingt-sept jours plus tard.

— Est-ce que je peux aller au Cap-Saint-Jacques ? s'informe le commando au bureau militaire de « Flo 7 », unité administrative, toujours aussi vague, à laquelle il est affecté.

— Pas question ! refuse un officier de la Force amphibie de l'Indochine du Sud. On a trop besoin de gens comme vous pour encadrer les commandos de patrouille maritime formés de supplétifs. Vous restez ici...

Bon gré mal gré, le Normand déçu rejoint un commando « Patmar » de quatre-vingts Cambodgiens commandés par cinq Européens parmi lesquels il retrouve le second-maître Ollivier, un de ses compagnons de combat de son premier séjour en Indochine.

— J'ai tout de même une compensation, reconnaît-il le jour de son premier départ en opération, pas très loin de Saigon et sur la rive gauche de la rivière, ici je sers comme adjoint de section. Au commando classique, je ne serais que chef de groupe, et encore...

La mousson du sud-est inverse le cycle immuable des vents, le paysage morne des plaines saigonnaises s'assombrit.

Le commando a débarqué d'un L.C.V.P. et de deux engins d'assaut blindés, au petit jour, et a fouillé les rives touffues d'un arroyo se jetant dans la rivière de Saigon et dans lequel une mine flottante a endommagé un engin quelques jours auparavant.

La fouille de la matinée n'a rien donné. Les Cambodgiens progressent en plaisantant vers une petite forêt de palétuviers. La plaine est figée, pas un souffle de vent n'ébouriffe les hauts cocotiers qui barrent l'horizon, bien au-delà des arbres touffus. Le ciel, gris, laisse filtrer les rayons timides d'un soleil presque couchant.

Les voltiges de souples Cambodgiens se faufilent le long de l'arroyo bordé de roseaux enchevêtrés, bien espacés.

Des rafales partent du bois de palétuviers sombres, les premiers hommes du commando se plaquent au sol. L'un d'eux, blessé, tourne désespérément son visage douloureux vers ses compagnons.

— Ce sont des malins, souffle Pihan en constatant que l'élément rebelle interrompt ses tirs.

Quelques minutes passent, le terrain n'offre pas beaucoup de possibilités de manœuvres d'approche. Une partie d'échecs mortelle commence.

Les Cambodgiens ont récupéré leur blessé et l'ont abrité vers l'arroyo. Certains d'entre eux, suivant l'exemple de Pihan, rampent vers l'objectif silencieux, en profitant de la plus minime levée de terrain.

Les moteurs des engins de débarquement grondent sur le cours d'eau, rassurants. Ollivier se trouve à une trentaine de mètres du Normand. Des buffles tranquilles passent à pas lourds sur une route digue, à trois cents mètres du bois occupé par les Viêt-minhs. Des grues effarouchées par les premiers coups de feu se reposent en criaillant dans le maquis de roseaux.

La nuit approche, Pihan et Ollivier lancent leurs hommes à l'assaut. Ces derniers, courant courbés à courtes foulées rageuses, avancent d'une vingtaine de mètres pendant que les pièces de fusils-mitrailleurs du commando ouvrent un feu nourri.

Ce qui compte, au-delà de la fatigue,
c'est que les armes restent toujours utilisables.

La riposte du Viêt-minh est violente. Un Cambodgien s'affaisse, sans lâcher son arme. Un autre, à quelques mètres de Pihan en béret vert, meurt en hurlant. Le combat aveugle s'intensifie et les rebelles donnent peu à peu du mou sous le pilonnage des grenades à fusil qui les matraquent.

La place est enlevée après un dernier bond hurlant. Le plus gros de l'unité viêt-minh se perd à l'horizon, vers la ligne de cocotiers de plus en plus floue. Pihan, ayant traversé le bois de palétuviers empuanti par la poudre, suit la course rapide des bo-doîs à la jumelle tandis que ses hommes fouillent les morts désarmés qui gisent dans le fouillis des troncs d'arbres.

— Il est bien trop tard pour les poursuivre ! se dit le béret-vert. Les salopards manœuvrent de mieux en mieux !

Le commando vainqueur revient vers l'arroyo étroit. Le corps du Cambodgien mort est transporté par deux de ses compagnons aux visages fermés. Les blessés sont rapidement soignés ; un tir d'artillerie, commandé par radio, martèle la fuite rebelle sans trop de conviction. Le soleil disparaît vers Saigon et la nuit tombe lorsque les supplétifs silencieux débarquent de leurs engins au camp de Fu-Mi, tout proche de l'arsenal.

Le commando rend les honneurs militaires au mort le lendemain de l'accrochage. Les Cambodgiens, statues cuivrées aux yeux douloureusement fixes, présentent les armes. Pihan ne participe pas à la cérémonie et se tient un peu à l'écart, pudique, derrière les familles cambodgiennes.

Aussitôt après le « reposez-armes » et la dislocation du piquet d'honneur, le paysage bascule dans un autre monde. Une délégation de bonzes drapés de jaune et orange s'empare du mort, remplace le drapeau tricolore qui le recouvrait par un suaire tout blanc et prend la direction de la rivière.

— Qu'est-ce qu'ils vont en faire ? se demande le Normand en suivant la procession.

Des femmes cambodgiennes se mettent à pousser des cris déchirants, des grands masques de dragons grimaçants, violemment colorés de rouge, de vert et de dorures laquées dansent une sarabande à la droite et à la gauche du corps en agitant des crécelles agaçantes. Un orchestre de tambourins et de clochettes cuivrées rythme la procession.

La rivière est proche, les cris cessent, la musique aigre se tait. Les bonzes déposent tout doucement le corps sur un bûcher de bois sec d'un mètre cinquante de hauteur. Le plus âgé des religieux au crâne rasé psalmodie une mélopée monocorde pendant que les Cambodgiens du commando et leurs familles font un grand cercle autour de la dépouille moulée dans son linceul immaculé.

Un officiant, armé d'une torche fumeuse, enflamme les branchages entrecroisés du bûcher. Les cris reprennent, la musique obsédante des tambourins scande la scène d'un autre âge, les dragons aux couleurs chatoyantes accélèrent leur danse folle autour de la couche mortuaire qui crépite.

Pihan fouille du regard le tourbillon des flammes qui forcissent, hypnotisé par le suaire du mort qui danse sous les attaques du feu. Une odeur insupportable de chair brûlée envahit le bord de la rivière, accompagné par un horrible grésillement de graisse. Un groupe de pleureuses hurle la peine générale, les yeux étonnamment secs.

— On a dû les payer pour crier, se dit Pihan.

Le corps se recroqueville, dévoré par le feu. Au bout d'une demi-heure, les bonzes s'éloignent à pas lents, leurs toges traînant dans la poussière du sol inégal. Les dragons ricanants se figent, perdant de leur magie, presque grotesques dans l'immobilité. Les pleureuses se taisent aussi, les visages reprennent vite la calme apparence de leur race. Quelques marins de la base de Fu-Mi, attirés par les éclats de musique, incrédules, se sentent tout d'un coup transportés dans un monde dont ils ne devinaient même pas l'existence.

Les opérations se succèdent à bon rythme, toutes pareilles, qui fouillent et refouillent les bords de la rivière pour empêcher les équipes de saboteurs du Viêt-minh d'approcher des installations cruciales de Saigon et d'immerger des mines flottantes dans les arroyos et le large cours du fleuve ocre. Pihan espère toujours rejoindre les commandos classiques.

Son ordre de mise en route arrive enfin à Fu-Mi. Le Normand quitte Ollivier et ses compagnons pour embarquer sur un engin de débarquement chargé de ravitaillement qui le mène à l'embarcadère du Cap-Saint-Jacques.

Le paysage inoublié éclate au regard du second-maître. Les commandos ne sont plus cantonnés à la caserne de Ben-Dinh, mais un peu plus au sud du Cap, dans un endroit appelé « Le Refoulement ».

Pihan reçoit son affectation à la base arrière. Son commando, « Jaubert », est en opération en Annam. Impatient, ne voulant pas écouter les gens qui lui conseillent d'attendre tranquillement le retour de sa nouvelle unité, il s'embarque sur un L.C.T. après avoir touché son équipement. La barge doit rejoindre les tenders d'aviation *Robert-Giraud* et *Paul-Goffeny* d'où les commandos « Jaubert » et « De Montfort » lancent leurs raids.

Le gros bateau gris rejoint le *Goffeny*, Pihan prend place dans un L.C.M. qui aborde le tender et tombe, sur la plage arrière du navire, en plein briefing de son nouveau commandant, le lieutenant de vaisseau Biart.

L'officier de Marine aperçoit la silhouette massive de son nouvel officier marinier et le hèle :

— Quant à vous, second-maître Pihan, claironne-t-il, vous connaissez bien la musique, pas de problèmes. Vous n'aurez qu'à suivre le mouvement...

Il est dix-huit heures, la journée du 7 juin 1953 va mourir, il pleuvine tristement, il n'y a pas de vent. Seule, une longue houle montée du fond de la mer balance mollement le *Paul-Goffeny*, tous feux éteints.

Le commando retrouve le site inoublié du Cap-Saint-Jacques.

22

L'ASSAUT

La nuit du 7 au 8 juin 1953 n'est pas encore morte lorsque les commandos, éveillés à grandes lampées de café amer, descendent dans les engins de débarquement accotés au *Paul-Goffeny*.

La côte n'est qu'une ligne incertaine, à l'ouest, dans l'opacité criblée de bruine. Pihan, en surnombre et armé d'une carabine U.S. de 7,62, laisse ses compagnons des sections embarquer dans les engins avant d'y prendre place à son tour.

Il est 4 h 30. Les barges, moteurs tournant au ralenti, beatchent sur la pente douce d'une plage bordée de cocotiers. Pihan goûte les prémices de l'action dans le commando classique qu'il rêvait de retrouver, là où il se sent vraiment à sa place, chez lui.

— Je trouverai bien le moyen de me rendre utile si les Viêts sont au rendez-vous, se promet-il, même si je ne suis encore qu'un bouche-trou...

Le commando « De Montfort », commandé par le lieutenant de vaisseau Collet, participe également au débarquement ainsi que les supplétifs du commando « Ouragan » encadrés par quelques marins. Parmi eux, le Normand retrouve sur la plage le second-maître Yves Fouillet, magnifique athlète aux muscles ciselés par la pratique de tous les sports, et le quartier-maître Sébille, aux yeux très bleus.

Les sections de « Jaubert » quittent une à une la plage, le

mouvement d'ensemble est lancé. Le sable mouillé de la côte d'Annam commence à luire sous les premiers halos du jour. Le paysage se dévoile bientôt tout à fait, écrasé de nuées de pluies, barré à l'ouest par des hauteurs menaçantes.

Pihan observe ses nouveaux compagnons de combat et ne trouve aucune différence quant au rituel de la progression. Au rappel fugitif de son ancienne unité, maintenant dissoute depuis moins d'un mois, le Normand sent s'émousser un peu son plaisir de se retrouver en opération.

Des ordres radio, nets, règlent l'avance des trois commandos et d' « Ouragan », stoppant l'une ou l'autre des unités en position d'attente et de protection lorsqu'elle prend un peu de champ. Pihan, qui n'a pas eu droit au briefing précis du commandant Biart, marche en aveugle.

— De toute façon, se dit-il en glissant sur la piste de terre mouillée et en se rattrapant de la main gauche aux branches coupantes d'un palmier nain, pour moi, tout ce qui compte, c'est qu'on trouve du Viêt-minh !

Concentrant leur attention sur le sol inégal, derrière leurs voltigeurs de tête, les hommes des pièces ne parlent pas en marchant. Les chapeaux de brousse des commandos dégoulinent d'eau. La pluie rafraîchit la sueur aigre qui suinte de leurs visages tendus sous l'effort. Enfin, le paysage s'offre à eux dans les lumières du jour. Des paillotes apparaissent à quelques centaines de mètres vers l'ouest, dans les bois touffus aux arbres assez bas d'où émergent, de place en place, les toupets orgueilleux de grands cocotiers.

Des coups de feu partent d'un glacis de pierrailles embroussaillées, un peu à l'écart du village aperçu. Les commandos se baissent sans tirer, attendant de mieux distinguer les positions ennemies pour ouvrir le feu.

— Ils ne sont pas bien loin, estime le Normand en essuyant une nouvelle volée de balles sifflantes.

Les groupes du commandant Biart manœuvrent avec un synchronisme parfait. Les tirs rebelles s'exaspèrent pour tenter de briser l'ordonnance infaillible du mouvement et retarder l'assaut inéluctable. Une forme s'écroule à quelques mètres de Pierre Pihan. Le commando bondit vers elle.

— Il est mort, souffle-t-il en ne pouvant pas mettre un nom sur le visage juvénile, ruisselant de pluie et figé dans une grimace éternelle.

Le second-maître serre ses mâchoires puissantes, confie l'arme du mort à un quartier-maître, son sac de combat à un autre. Il tire le corps à l'abri d'une levée de terre et rejoint la progression relancée vers les rebelles.

« De Montfort » et « Ouragan » glissent habilement sur les flancs de « Jaubert ». Les Viêt-minhs, pris en tenaille, abandonnent soudain leur inconfortable position après un dernier tir de barrage furieusement nourri.

Deux « centaines » de supplétifs des G.C.M.A.[1] ont débarqué à leur tour et se lancent sur les traces de l'ennemi. Des avions de chasse pilonnent la masse montagneuse qui se dresse à l'ouest du champ de bataille. Les bérets-verts se ruent dans le village, bousculent tout ce qui leur résiste encore parmi les Viêts sacrifiés pour protéger la fuite de leurs chefs. Des paillotes brûlent, des corps, criblés de balles et d'éclats de grenades offensives, gisent, tordus, entourés par quelques blessés amorphes.

La fureur se calme peu à peu. Les commandos fouillent le terrain conquis. Des jonques et des sampans, encalminés dans un large bras d'arroyo, achèvent de couler, éventrés par des grenades et des charges de plastic.

Les bérets-verts reçoivent l'ordre de retourner vers la plage d'où parviennent les bruits de moteurs du sous-groupement d'engins qui a débarqué les supplétifs. La pluie poursuit son manège dégoulinant.

Les autorités, sachant que les commandos ne sont pas quittes de leurs missions dans le secteur, décident d'enterrer provisoirement le mort du matin sur les lieux mêmes de l'accrochage.

Pihan, naturellement libre de ses faits et gestes, commence à creuser un trou dans la terre assez molle, à l'entrée d'une

1. Groupements de commandos mixtes aéroportés qui deviendront groupements mixtes d'intervention à partir de décembre 1953.

clairière proche de la plage, à l'aide d'une pelle américaine à la lame en écu et au manche de bois kaki.

La sépulture de fortune est bientôt suffisamment vaste pour recevoir le corps. Pihan et un de ses compagnons déposent, tout doucement, religieusement, la dépouille frappée d'une balle.

Le second-maître normand, la mine glacée, ne laisse transparaître aucune émotion tandis qu'il se met à recouvrir, à pelletées de terre meuble, la forme humaine allongée sur le dos. Peu à peu, il accélère rageusement le rythme. Personne ne parle autour du colosse en sueur. Pihan achève son travail en soufflant et rend la pelle souillée de terre au commando qui la lui a prêtée.

L'ordre de reprendre la route met fin à la cérémonie improvisée. Les hommes, graves, s'éloignent du tumulus anonyme.

Les Viêt-minhs sont encore accrochés dans la fin de l'après-midi et s'enfuient à nouveau. Les commandos, ne tombant pas dans le piège grossier de la poursuite, regagnent

Les doris regagnent le tender d'aviation.

les plages au sable défoncé par des centaines de traces de piétinement.

Les tenders, bas sur l'eau, dansent légèrement au large. Les avions de la chasse disparaissent vers le nord et le sud du site enfumé. Les marins en chapeau de brousse reprennent place dans les radeaux M2 et les L.C.V.P. qui les traînent vers le large. La coque luisante du *Paul-Goffeny* grossit devant le regard fixe de Pihan qui pense au cadavre confié à la terre d'Annam.

— C'est un des plus jeunes gars que j'ai vus mourir, constate-t-il sombrement.

L'armada des tenders et des engins de débarquement, véritable base mobile pour les commandos, croise pendant quelques jours encore au large de la zone d'opérations.

Les bérets-verts et les supplétifs d' « Ouragan » débarquent en plusieurs points de la côte. Les résultats de l'opération du 8 juin ont été divulgués. Ils sont considérables, puisque le Viêt-minh a perdu au cours des accrochages sous la pluie, cent cinquante-deux hommes. Près d'une centaine de prisonniers ont été amenés par les engins de débarquement jusqu'aux flancs larges d'un L.S.T. qui les a remontés sur Haiphong.

Pihan apprécie le bilan sans pavoiser.

— On ne parle pas beaucoup d'armes récupérées dans le compte rendu de victoire, se dit-il, très lucide. Il n'y a que des mines, les Viêt-minhs semblent bien plus tenir à leurs fusils et leurs armes automatiques qu'à leurs bodoîs...

Le commandant Biart décide un matin d'aller récupérer le mort du 8 juin. Le Normand, connaissant mieux que tout le monde l'endroit exact de la sépulture, est tout naturellement désigné pour cette mission.

Suder, René Prudhomme, dit « la Chouette », et Thiébaut sont de la course tragique. Pihan les guide droit sur le tumulus tassé par la pluie et, ne voulant laisser à personne le soin de le faire, commence à creuser la terre.

La lame coupante de sa pelle rencontre vite le corps. Une insupportable odeur saisit le fossoyeur.

— Le pauvre gars, se dit-il en luttant difficilement contre un puissant hoquet de dégoût.

Ses compagnons l'aident à dégager la dépouille souillée et à l'étendre sur une toile de tente, bien protégés par un groupe du commando installé en veille serrée tout autour du site macabre.

Le corps, ramené à la plage à pas lents, est allongé dans un L.C.M. que le *Paul-Goffeny* prend en remorque.

Pihan rôde, à la nuit tombée, sur la plage arrière du tender encombré de son hydravion bleu-noir, pour veiller le mort.

— On t'ensevelira à Tourane avec tous les honneurs de la guerre, s'entend-il promettre à la dépouille du matelot dans un souffle intérieur avant d'aller rejoindre ses compagnons officiers-mariniers au repos.

Le *Paul-Goffeny* se présente bientôt devant la rade au goulet étroit de Tourane. Le L.C.M. transportant le corps se dirige vers le port. Dans le cimetière de la place, un piquet d'honneur présente les armes. Une sonnerie aux morts, impeccablement interprétée par un clairon du tender, résonne douloureusement aux oreilles de tous les témoins des obsèques.

— Un de plus ! gronde Pihan en regagnant, ému, l'engin qui ramène le piquet d'honneur au *Paul-Goffeny.*

Les commandos débarquent encore les 15 et 16 juin 1953, entre Cua Viet et Cua Tung, et le 21 sur la rive droite de la rivière de Fai Foo, à moins de cinquante kilomètres au sud de Tourane. Ils détruisent des dizaines de sampans et contribuent, pour une bonne part, au bilan de ces opérations qui se traduit par plus de cinq cents prisonniers et une cinquantaine de bo-doîs abattus.

Le mois de juillet amène un net ralentissement du rythme des débarquements. Pihan et ses compagnons sont basés provisoirement à Tourane où ils défilent à l'occasion de la fête nationale.

Des unités du Viêt-minh sont signalées dans le secteur du cap Mia. Dès le lendemain de la parade, les bérets-verts embarquent, cette fois sur le *Robert-Giraud.*

Au matin du 16 juillet 1953, le commando « De Montfort » débarque le premier sur la côte rebelle, accroche tout aussitôt l'ennemi et perd un homme, le quartier-maître Marin. Les bérets-verts du lieutenant de vaisseau Biart sont avertis de l'incident et se tiennent sur leurs gardes en débarquant à leur tour sous la pluie.

Pihan, chef du groupe de choc du commando, saute de son engin M2 et avance en direction d'un gros piton qui domine le site grisaillant sur sa droite. Tout le commando s'est déployé, bien espacé, vers la ligne de crête. Ses sections parcourent ainsi un peu plus de trois cents mètres.

L'enfer s'abat soudain sur le groupe qui progresse sous la pluie fine. Pihan se précipite à l'abri d'une arête de rocher friable et jette un coup d'œil autour de lui pour voir si aucun de ses hommes n'a été touché. Sur sa gauche, le maître Salle, son chef de section et son adjoint, le second-maître « Pépé » Lohier, solide gaillard au cheveu rare, braquent leurs jumelles sur la ligne de feu, cherchant à deviner une faille dans le dispositif de la longue embuscade.

Les minutes passent, endiablées, sans que le feu rebelle baisse d'intensité. Le moindre mouvement d'un commando est sanctionné par une rafale précise.

— On ne va tout de même pas attendre Noël prochain ici ! enrage Pihan, tassé sous le feu. Il faut les déloger...

Le pacha du commando appelle la chasse à la rescousse tandis qu'une unité des G.C.M.A. débarque sur la plage. Elle installe rapidement des pièces de mortiers qui commencent à pilonner les positions rebelles. Les Viêt-minhs ne diminuent pas pour autant la puissance de leurs tirs et la position des commandos, d'inconfortable, devient vite insupportable.

— Il y a plus d'une compagnie devant nous, apprécie Pihan en dénombrant au mieux les points de feu rebelles. Ça va être dur !

La chasse se présente dans le ciel gris. Le maître Salle, très calme, fait un geste de connivence à son chef de groupe choc, en souriant.

— Après ça, prévoit Pihan en suivant du regard les premiers plongeons des appareils effilés, on va pouvoir foncer...

Les avions piquent et mitraillent à une trentaine de mètres des premiers voltigeurs du commando. Le vacarme est terrifiant. Pihan rentre inconsciemment la tête dans ses larges épaules à chaque ruée tonitruante. Les commandos profitent de la pression des mitrailleuses et des canons légers des appareils pour se placer en position d'assaut pendant que les mortiers du G.C.M.A. pilonnent toujours les rebelles.

Pihan essaie de situer ses compagnons aplatis sur la pente humide et battue par le feu. Il découvre Fiévée à quelques mètres de lui, puis Studer, Prudhomme la Chouette, Farrel et, légèrement en retrait, Andrèse, le quartier-maître infirmier du commando, calme lui aussi dans la tourmente.

— C'est bon, il n'y a plus qu'à attendre, se dit le colosse en changeant le chargeur de sa carabine U.S. et se plaçant en bonne position pour jaillir de son maigre abri quand le moment sera venu.

La voix du maître Salle monte dans le vacarme, claire et nerveuse.

— A l'assaut ! hurle-t-elle dans les derniers échos des rafales des avions de chasse.

Les commandos se redressent sous le feu affaibli et s'engagent résolument sur la pente. Les Viêt-minhs, se rendant compte que la chasse ne donnera plus de la voix puisque les bérets-verts montent vers eux, reprennent leurs tirs fichants.

Pihan avance de quelques mètres à la tête de son groupe bien étalé. Les mortiers du G.C.M.A. ralentissent la cadence de tir de leurs pièces, pilonnant plus à l'ouest pour éviter de prendre les commandos sous leurs salves.

Salle achève d'escalader un raidillon glissant. Son visage résolu, très mat de teint, émerge de la grisaille, face à l'ennemi. Pihan, à trois mètres en retrait, voit soudain son chef de section disparaître dans un trou.

— Le chef est touché, hurle le Normand en se plaquant au sol sous le déchaînement des rafales ennemies.

Pépé Lohier, atteint lui aussi par une balle viêt-minh, laisse pendre son bras droit, inerte.

— Replie-toi, Pépé ! lui hurle Pihan. Je vais te couvrir. Dépêche-toi...

Le commando aux cheveux clairsemés grimace de douleur mais refuse de reculer pour se faire soigner. D'autres commandos mordus par le fer se tassent derrière le moindre accident de terrain à quelques mètres seulement de l'ennemi.

Pihan essaie à plusieurs reprises de se porter à la hauteur du maître Salle. A chaque fois il est rejeté au sol par le tir précis des bo-doîs qui le prennent pour cible.

Le vacarme s'intensifie encore. Des groupes rebelles, poussés en renfort, entrent dans la bataille. Le tireur au fusil-mitrailleur de Pihan vide chargeur sur chargeur sur la ligne de crête pour essayer de faire taire les armes qui prennent directement le groupe de choc en enfilade.

— Glisse sur ta droite, lui hurle le Normand en indiquant du bras une position de tir mieux protégée des vues de l'ennemi que celle qu'occupe le matelot.

Le tireur vide un nouveau chargeur, enclenche un boîtier plein sur son arme noire et se lève d'un bond, laissant tout de suite échapper un cri de douleur.

— Encore ! s'exclame Pihan en voyant son matelot plonger sur l'emplacement qu'il lui a désigné. Si ça continue comme cela, ils nous auront tous à la longue...

Le tir du fusil-mitrailleur reprend, soulageant le chef de groupe.

— Je me suis brûlé la main, chef, lui hurle peu après le servant de l'arme en changeant une nouvelle fois de boîte chargeur, mon canon est chauffé à blanc... C'est pour ça que j'ai gueulé...

Pihan, définitivement rassuré, sourit dans le tumulte et bondit de son abri précaire vers un nouvel emplacement de tir, bien couvert dans son mouvement par les rafales de son 24/29. Lohier, le bras sanglant, avance en même temps que lui mais, touché une seconde fois d'une balle en pleine tête, meurt en deux secondes.

— Bon Dieu ! rugit Pihan, prenant la mort de son compagnon comme une insulte des dieux de la guerre, il aurait mieux fait de m'écouter et de se replier...

Un autre second-maître, blessé lui aussi au bras, se laisse glisser au bas de la pente, à l'abri du feu, pour se faire panser. Pihan le regarde s'éloigner du danger.

— Lui au moins, il a compris, souffle-t-il, et pourtant il me semble bien moins touché que Lohier : chacun son style...

Un cri perce le tumulte.

— C'est l'infirmier, se rend compte le Normand en distinguant dans la fumée des éclatements de grenades rebelles le corps du quartier-maître Andrèse.

Une forme jaillit vers l'avant, devançant le mouvement amorcé par le chef de groupe. L'homme qui a bondi, Fiévée, s'allonge contre le cadavre du maître Salle. Pihan fait un signe à son tireur au fusil-mitrailleur. Celui-ci saisit tout de suite ce qui se passe et arrose copieusement la position rebelle, juste au-dessus de Fiévée. Le tireur au V.B. du groupe, tirant presque à la verticale, fait exploser ses grenades à fusil sur la contre-pente occupée par l'ennemi.

Fiévée glisse son arme en bandoulière dans son dos, empoigne le mort, le soulève et, courant courbé, revient d'un seul bond vers Pihan et ses compagnons.

Le pacha donne l'ordre d'interrompre le mouvement d'assaut. Les commandos de la troisième section se tassent sous le feu, attendant l'appui de la première section qui manœuvre sur sa droite pour prendre l'ennemi par son flanc gauche.

— N'arrête pas de tirer, hurle Pihan à son servant de fusil-mitrailleur, il faut les fixer dans leurs trous...

Le groupe de choc est diminué de moitié. Les blessés et les morts sont allongés côte à côte à l'abri des plus gros rochers. Pihan, en sueur, enragé, ne pense qu'à bousculer les Viêt-minhs pour en finir au plus vite. Il aperçoit la silhouette de Menard, Pierre de son prénom mais baptisé Léon depuis la sortie du film de Bourvil, qui bondit de rocher en rocher avec Mallégol en tête de la première section.

Les Viêt-minhs, pris de flanc, sont obligés de partager

leurs tirs, Pihan sent tout de suite le flottement et lance ce qui reste de son groupe à l'assaut final.

Les rescapés de la troisième section tombent sur les bo-doîs pris en tenaille et qui rompent le combat. Le choc ne dure que deux minutes, la place est enlevée. A bout de forces, Pihan se laisse couler derrière un rocher dans les nuages de fumées piquantes des explosions d'obus de mortiers et de grenades à fusil.

— Bon sang, se rend-il compte en jetant pour la première fois depuis le début de l'accrochage un coup d'œil à son bracelet-montre, il est déjà 11 h 30. Ça fait deux heures et demie que nous sommes au feu...

Les dernières rafales des commandos lancés en poursuite des deux bataillons placés là par les chefs du Viêt-minh se font de plus en plus rares. Le silence, lourd, se pose sur le site dévasté. Pihan laisse traîner un regard sans haine sur les morts ennemis.

— Ils ne sont pas tous en uniforme, constate-t-il, mais pour une fois leurs copains n'ont pas eu le temps de prendre toutes leurs armes...

La chasse, revenue sur le paysage, mitraille les itinéraires de repli du Viêt-minh vers les montagnes de la cordillère annamite. Les rebelles abattus sont rapidement dénombrés, les commandos retrouvent soixante-quinze cadavres et vingt et un prisonniers attendent, assis en rond, la mine défaite et les mains croisées sur la nuque, qu'on les emmène à bord du L.S.T. *Golo* qui danse au large au milieu de la flottille de l'opération, composée du *Paul-Goffeny*, du *Chamois* et de l'escorteur côtier *Trident*.

Le terrain conquis à prix de sang est fouillé une dernière fois, la nuit menace de tomber, les commandos reçoivent l'ordre de redescendre vers la plage.

Pihan et les survivants de son groupe aident au transport des cinq morts et des huit blessés du commando.

— Ça fait tout de même rudement cher, le Viêt, se dit-il en supportant aisément sur ses épaules larges les soixante-cinq kilos d'Andrèse, l'infirmier.

— Saleté de mort ! gronde tout à coup le Normand en se

Les réguliers du Viêt-minh ont sacrifié une fois encore leurs supplétifs.

rendant compte que le cadavre du quartier-maître se vide tout à coup sur lui, elle ne respecte rien...

Dominant son dégoût, le colosse accélère l'allure et dépose bientôt son douloureux fardeau tout près des vagues de la mer dans lesquelles il se purifie de ses souillures. Le jour se meurt, les cinq rescapés du groupe de choc regagnent le *Robert-Giraud*, sans parler.

23

LE PIÈGE INFERNAL

Les bérets-verts repartent au combat le 19 juillet 1953 après avoir enterré leurs morts. La veille au soir, sur la plage arrière du *Paul-Goffeny*, le pacha a été catégorique au cours de son dernier briefing.

— Des renseignements très sérieux nous permettent d'espérer retrouver les restes des deux bataillons dispersés au cours des accrochages du 16, vers Son Tra Bong, dans la baie de Kikuik, a-t-il annoncé. A nous de les trouver.

La troisième section du commando, à demi détruite le 16 juillet, est maigre. Le groupe de choc de Pihan ne comprend plus, quant à lui, que cinq hommes.

Il est 4 heures du matin lorsque les bérets-verts de Biart débarquent sur une plage de la baie obscure. Les hommes du commando « De Montfort » touchent la terre un peu plus au sud.

La progression aveugle s'ébranle. Pihan et ses quatre voltigeurs marchent tout près du commandant qui dirige ses hommes directement sur un village suspect.

— Attention ! souffle le pacha en approchant de la masse sombre du groupe de paillotes endormies. S'ils ont placé des guetteurs en sonnette, ce ne peut être que par ici. Pihan, étalez vos gars...

Les voltigeurs du Normand, silencieux, s'écartent de quelques mètres et se figent en embuscade.

Le jour pointe, timide. Un mouvement furtif inquiète soudain le Quintal. Des rebelles désarmés, à demi nus, sortent dans l'ombre pour satisfaire des besoins naturels. Pihan bondit, écrase le premier corps au sol, face contre terre et l'assomme d'une manchette sur la nuque, assenée de toutes ses forces. Le corps évanoui est tiré en arrière et ficelé en un tour de main.

— Ça me plaît, s'avoue le Normand, après avoir pêché un nouveau Viêt-minh avec la même facilité que le premier. Voilà du vrai travail de commando...

Le village de paillotes, blotti sous la brume, semble fumer dans le petit jour. Trois rebelles sont encore cueillis de la même façon que les premiers par Pihan et ses compagnons.

Le pacha donne l'ordre de pénétrer dans le village. Les commandos furtifs s'y glissent et font rapidement, toujours sans se servir de leurs armes, d'autres prisonniers, découvrant quelques fusils.

Un autre village sort de la brume, à quelque trois cents mètres de là. Le commandant Biart balaie de ses jumelles les paillotes entourées d'un mur d'enceinte. Des coups de feu trouent la nuit moribonde, répercutés jusqu'à la mer par des langues d'écho au ras du paysage humide. Des ombres fuient dans la grisaille, poursuivies par quelques rafales de fusils-mitrailleurs.

— C'est pas la peine de gaspiller les munitions, grommelle Pihan. On ne les aura certainement plus maintenant, la surprise est passée...

Le pacha du commando approche du grand second-maître.

— Pihan, ordonne-t-il, allez avec votre petite équipe reconnaître ces paillotes. Et soyez prudent...

Le Normand marche vers son objectif. Moujingues et Baron lui emboîtent le pas. Baron, râblé comme un lutteur turc, est un ancien petit chanteur à la Croix-de-bois, fils de pâtissier. Malgré son sobriquet de « la Vanille », il n'a pas suivi l'exemple paternel car, comme il le dit souvent :

— Je n'ai jamais été capable de monter correctement une religieuse...

Le petit groupe approche du village suspect en empruntant une piste étroite. Le reste du commando s'est figé derrière l'équipe, prêt à l'épauler au moindre coup de feu rebelle. Le jour est maintenant complètement levé, la montagne fume au lointain.

— Le village a l'air fortifié, se dit Pihan en débouchant devant un remblai tout frais. Il faut faire attention où on met les pieds...

Le second-maître se retourne vers ses hommes.

— Augmentez encore les distances, lance-t-il à l'adresse de Moujingues qui le suit toujours, au moins vingt mètres. Compris ?

Le voltigeur hoche la tête pour montrer qu'il a bien saisi. Pihan bute contre une porte de bambous, seule ouverture pratiquée dans la muraille de branchages qui cerne les paillotes.

— Tout ça ne me paraît pas très clair, se dit le second-maître en poussant, tout doucement, le battant de la porte sur ses gonds de bois dur.

Le commando, craignant le piège, calcule sa pression et se glisse tout doucement et de travers lorsque le portillon bée suffisamment pour laisser passer sa carcasse puissante. Une fois de l'autre côté de la défense, le Normand se fige, tous ses sens en éveil. Les paillotes sont à une trentaine de mètres de lui et paraissent désertes. La piste qui les rejoint est piquetée de traces de pas, nettes dans le sable.

— Je vais suivre ces traces pas à pas, se propose le commando, comme ça, je suis au moins certain de ne pas sauter sur une de leurs foutues mines... On a pris la pâtée il y a trois jours, ça suffit comme ça !

Plaçant son large pied sur une empreinte ennemie, puis l'autre, le béret-vert avance ainsi d'une quinzaine de mètres. Moujingues pénètre à son tour dans l'enceinte silencieuse du village mort et se poste au ras du mur en attendant que son chef de groupe s'éloigne encore de la porte.

— On y arrive presque, se dit ce dernier en fouillant du regard les abords immédiats des paillotes et prenant bien soin de toujours poser les pieds sur les traces rassurantes des pas viêt-minhs.

La terre s'entrouvre soudain sous son corps. Pihan a juste le réflexe d'écarter les coudes et pousse un hurlement sauvage en se sentant éventré par des piques de bambous acérées. Moujingues et Baron bondissent vers le piège diabolique dans lequel le colosse vient de tomber. Aux douleurs qui le transpercent, Pihan comprend qu'il s'est empalé sur quatre bambous au moins. L'un a pénétré dans sa cuisse gauche, l'autre dans le mollet droit, un autre sous la rotule de sa jambe gauche et le dernier dans l'anus.

Le sable de la piste, tout blanc, crisse en coulant en maigres filets vers le fond de la trappe. Les yeux du supplicié se posent soudain sur une masse d'acier qui apparaît petit à petit, à quelques centimètres seulement de son visage grimaçant et perlé de gouttes de sueur.

— Une mine ananas ! se dit le Normand en réalisant soudain que Moujingues et Baron approchent pour le secourir.

Rassemblant ses dernières forces, l'empalé hurle :

— Éloignez-vous, je vais sortir de là tout seul, il y a une mine... Foutez le camp !

Les deux hommes se figent à l'invite désespérée de leur chef. Le sable dégouline à un rythme régulier vers le fond étroit du piège sanglant, dévoilant chaque seconde un peu plus la grosse grenade à quadrillage extérieur.

— Qu'est-ce qu'il attend, le salaud, pour tout faire péter, rage le blessé en imaginant le bo-doï tapi tout près des paillotes et qui attend l'approche des secours pour actionner le dispositif de mise à feu de la mine.

S'arc-boutant furieusement sur ses coudes, le colosse se hisse en ahanant de quelques centimètres au-dessus des bambous qui le torturent. Un hurlement déchirant vrille le petit matin, le grand corps vaincu par la douleur retombe lourdement sur les pals.

— Bon Dieu ! souffle le Normand au bord de l'évanouissement, j'ai dû y laisser un morceau de ma jambe...

Baron et Moujingues font mine d'avancer à nouveau.

— N'approchez pas, je vous dis, leur hurle le colosse. Foutez le camp ! Il y a une mine... tout va sauter !

Les deux hommes s'arrêtent aussitôt.

— Cette fois, je sors de cette saloperie, gronde le blessé en bandant toute son énergie pour essayer de se hisser à nouveau hors de l'enfer.

La grenade ananas, maintenant aux trois quarts sortie de sa gangue de sable tassé, semble le narguer, énorme devant son regard trouble.

Le corps, à nouveau brisé par l'effort surhumain, s'enfonce encore plus profondément sur les bambous. Un nouveau cri de dément échappe au supplicié, taraudant les tympans de ses compagnons impuissants. Toujours conscient malgré l'horrible douleur qui vrille la moindre de ses cellules nerveuses, l'empalé, au prix d'un formidable sursaut de tous ses muscles, se hisse sur ses bras.

— Cette fois, c'est sûr, grommelle-t-il en serrant les dents de rage, je sors de cette merde... j'en sors...

Les épaules du blessé émergent du piège, semblent hésiter. Puisant dans l'extrême limite de sa volonté déchirée par la douleur, le Normand réussit à coller son abdomen fouaillé contre le sable de la piste. Perdant son sang en abondance sur le bord du trou, il roule sur le côté.

— Le Viêt a dû foutre le camp, espère le second-maître en dominant sa douleur et voyant les formes floues de ses compagnons approcher de lui malgré ses avertissements.

Le harpon de la plus grosse pique de bambou est resté fiché dans ses entrailles en feu et des flots de sang s'échappent des plaies béantes de ses jambes, laissant une sinistre traînée sur la piste lorsque Pihan se met à ramper douloureusement vers la porte du village.

— La radio, vite ! s'entend demander le blessé en arrivant près de ses voltigeurs. Prévenez le pacha...

Le commandant Biart boucle les abords du village pendant que, désespérément accroché aux cous de la Vanille et Moujingues, le colosse éventré revient vers la plage.

— Je n'en peux plus, bon sang que ça tourne, constate le

Normand avec des mots qui résonnent en coups de canon dans son crâne vrillé par le mal.

Le grand corps se fait mou et tout à coup plus lourd pour ses compagnons. La plage est vite atteinte, le colosse sans connaissance est étendu sur un poncho.

Les commandos ont accroché le gros de la bande rebelle. Des échos de rafales roulent jusqu'à la mer. Le combat dure plus d'une heure. Enfin un médecin de la flottille est débarqué et commence à nettoyer les plaies du second-maître qui délire, prononçant des paroles décousues parmi lesquelles reviennent, en leitmotiv, les mots qu'il criait sur les lieux de son calvaire :

— La mine... Attention !

Ayant tout à fait perdu la notion du temps, le blessé émerge de l'inconscience. Le feu est mort, des gens l'entourent, silencieux, graves, six autres blessés sont allongés près de lui sur le sable. Un béret-noir du commando « Ouragan » raconte, à deux mètres de lui :

— Un Viêt qu'on a fait prisonnier nous a dit qu'il attendait qu'on vienne chercher Pihan pour actionner la mine.

Le Normand ferme les yeux, revivant la scène tragique, éclatée comme dans un kaléidoscope.

— Heureusement que Moujingues et la Vanille n'ont pas bronché, souffle-t-il.

Et, sombrant à nouveau hors du temps, le grand commando se sent empoigné une nouvelle fois. On le transporte sur un L.C.V.P. qu'il reconnaît aux grondements de son moteur et on le mène à bord du *Chamois* agencé en antenne chirurgicale.

Un chirurgien est penché sur lui, grimaçant devant l'étendue des dégâts causés par les bambous durcis au feu.

— J'ai soif, j'ai soif... balbutie le blessé.

Un matelot du *Chamois* obéit à sa demande implorante, s'éloigne et revient vite sur la plage arrière, porteur d'un quart d'eau fraîche.

— Ne lui donnez rien ! intervient le chirurgien. Vous allez l'achever, malheureux...

Le matelot, penaud, vide son quart dans la mer. Pihan

sent sa langue gonfler encore dans sa bouche sèche. Le médecin se penche à nouveau sur le corps flasque. Secoué par des hoquets incoercibles, le Normand n'a que juste le temps de glisser sur le côté pour vomir en gémissant.

— Pauvre vieux, souffle le chirurgien, on ne peut rien faire ici... Il faut l'évacuer sur Tourane.

Le blessé, lesté de sa fiche d'évacuation comportant le descriptif de ses blessures, la nature des soins qu'on lui a déjà administrés et l'indication de son groupe sanguin, est transbordé sur le *Trident* qui se dirige vers la rade de Tourane.

Pihan ne sent pas les mouvements du bateau effilé qui fend la mer calme, lancé de toute la puissance de ses machines dans une folle course contre la montre. A nouveau transbordé dans la cuve d'un L.C.M., le blessé est chargé ensuite dans une ambulance et se retrouve, quelques heures seulement après sa blessure, sur une table d'opération de l'hôpital Gadot à Tourane.

— Cette fois, s'avoue le miraculé de Ninh-Binh en revoyant en un éclair danser devant ses yeux fiévreux les visages de ses meilleurs compagnons de combat et le tendre sourire d'Aurore, la sœur de Diaz qui l'attend au pays bordelais, je crois bien que je suis en train de mourir...

24

L'HÔPITAL

Le commando blessé sort un très court instant du coma, la bouche pâteuse, les yeux douloureux et brûlants. Des paroles résonnent à ses oreilles, caverneuses.

— Vite ! ordonne un registre autoritaire, il faut lui faire une transfusion directe. Groupe O + ...

Puis le Normand bascule à nouveau dans un silence de velours qu'il croit être la mort. Il ne se réveille que le lendemain, à l'heure de la visite, dans une chambrée lumineuse occupée par trois autres blessés comme lui fraîchement opérés.

Tournant difficilement la tête vers sa gauche, Pihan reconnaît, dans un halo assez flou, le visage du second-maître qui a été blessé au bras après la mort de Pépé Lohier et se force à esquisser un sourire qui se traduit par une pâle grimace inexpressive.

Des fantômes blancs approchent de son lit, l'entourent, se penchent sur ses plaies. Le colosse, immobilisé par des mètres de bandes velpeau, se sent minuscule au milieu du cercle curieux.

— Celui-là, explique un chirurgien, il a eu son compte mais je crois bien qu'on l'a tiré d'affaire. Il reste le problème de sa jambe. Ce n'est pas joli joli, commente encore le médecin en apprenant à ses collègues qu'il a retiré un bambou de trente-neuf centimètres de la cuisse gauche de l'opéré.

Les fantômes s'éloignent à pas feutrés. Pihan a la pénible

sensation d'avoir vécu le jugement dernier et se laisse emporter par un sommeil lourd. Les infirmières se relaient au fil des heures auprès du grand corps torturé, le perçant de dizaines de piqûres et le gavant de cachets et de gélules sans goût.

— J'ai faim, madame, demande le patient à l'une d'entre elles, quatre jours après ses opérations délicates. Donnez-moi quelque chose à manger... Même un tout petit bout de pain...

L'infirmière fait une grimace et apprend au fusilier marin qu'il est absolument impensable qu'il puisse digérer quoi que ce soit avant bien longtemps.

— Vous pensez, ajoute la femme compatissante, avec tous les trous que vous avez dans le ventre, ce ne serait vraiment pas prudent...

Le colosse ferme les yeux et supporte sa faim. Le commandant Hallitre, le chirurgien habile qui a fouillé son grand corps de ses scalpels, vient lui expliquer :

— J'ai fait analyser les morceaux de bambous que tu avais dans le corps. Eh bien, ils n'y ont pas été de main morte tes petits copains du Viêt-minh...

Pihan, intéressé, se force à sourire au solide chirurgien d'à peine quarante ans qui lui a certainement sauvé la vie.

— Oui, mon vieux, on a découvert que ces salopards avaient d'abord brûlé les bambous, mais ça, c'est de bonn guerre, précise l'officier. Mais pour faire bon poids bonne mesure, ils ont aussi uriné sur les pals, coincé des cheveux dans leurs fibres et arrosé le tout de saloperies diverses. Si avec tout ça tu résistes à la gangrène, c'est que tu es fabriqué en ciment armé...

Le Normand, écœuré, déglutit avec dégoût.

— C'est pour ça, reprend le chirurgien, qu'il faut que tu sois très patient si tu veux qu'on sauve ta jambe. Fais exactement ce qu'on te dit de faire et rien que cela. D'accord ?

Pihan est prêt à tous les sacrifices pour garder l'usage de son membre déchiqueté. Il acquiesce en offrant un pauvre sourire au médecin qui s'éloigne, massif.

On apporte un jour de petites boulettes de pâte brun clair au Normand, qui en goûte une.

— Je n'arrive pas à avaler cette saloperie, c'est trop amer...

Et comme il recrache la boulette dans sa main, il trouve une raison valable pour ne pas prendre le remède :

— Ce ne doit pas être un médicament très important, il ne paie pas de mine...

Un Chinois, homme à tout faire dans l'hôpital, passe de chambrée en chambrée pour collecter le contenu des seaux hygiéniques et des pistolets d'urine. Pihan remarque que les yeux creux de l'homme brillent d'un éclat soudain en se posant sur les petites boules de pâte molle délaissées et qui traînent sur la tablette encombrée de sa table de nuit.

Le Chinois fait mine de ramasser des détritus auprès de la tête du lit du marin et lui sourit de toutes ses dents inégales.

— Vous allez bien mieux, maintenant ? demande l'homme de peine d'une voix zézayante.

Pihan, à qui le bonhomme n'a jamais adressé la parole, est surpris de l'intérêt soudain qu'il fait naître.

— Vous ne prenez pas ce médicament ? poursuit le Chinois en indiquant d'un doigt maigre les boulettes abandonnées.

— Non, répond le marin, pourquoi ?

— Parce que, avance l'homme aux yeux bridés, moi j'aime bien ça et, si vous voulez, je vous les échange...

Pihan, amusé, accepte l'offre.

— Prends-les, conseille-t-il à l'aide soignant, tu m'apporteras de la bière quand j'irai mieux... d'accord ?

Les yeux brillants de fièvre, le Chinois empoche les boulettes inconnues d'un geste vif et s'éloigne, tout joyeux. L'infirmière qui remettait les boules brunes au grand commando est tout heureuse de constater qu'elles ont disparu.

— C'est très bien, mon grand, félicite-t-elle, tu t'es enfin décidé à prendre ton opium, cela va te faire beaucoup de bien...

Comme la jeune femme en blanc s'éloigne, le Normand

comprend soudain l'intérêt du Chinois, grand consommateur de drogues de toutes sortes comme nombre de ses compatriotes.

— Le salopard, s'avoue-t-il en souriant, il va falloir qu'il m'amène pas mal de bière...

Pihan salive à l'évocation des bières promises mais son état ne lui permet pas d'espérer en boire avant longtemps.

Un caporal légionnaire en tenue de sortie nette se présente un matin près du lit du commando.

— Bonjour, lance le soldat étranger du 2e R.E.I., tu vas mieux ?

Pihan serre la main de l'inconnu qui enchaîne :

— La transfusion... c'était moi...

Le Normand se redresse de son mieux sur sa couche, le cœur gonflé de reconnaissance.

— Merci ! lâche-t-il simplement en reprenant la main du gradé du deuxième étranger. Tu m'as sauvé la vie.

Le caporal éclate d'un rire franc.

— Je suis du même groupe sanguin que toi, et puis, explique-t-il comme pour s'excuser d'avoir fait une bonne action, j'étais déjà en convalescence, alors...

Le marin, ému, ne trouve pas les mots qu'il voudrait pour remercier encore le légionnaire qui reprend :

— Je quitte l'hôpital aujourd'hui, je retourne au régiment, c'est pour cela que j'ai voulu te dire au revoir. Pour le sang, tu sais, c'est vraiment pas grand-chose, je suis sûr que tu en aurais donné aussi pour moi si tu en avais eu l'occasion. Tu me paieras une bonne bière si on se revoit un jour... Au revoir et bonne chance...

Le légionnaire très digne s'éloigne à pas lents, vers la guerre. Pihan, le cœur gros, suit de ses yeux embués le dos à la chemise impeccablement marquée au fer selon la tradition de l'arme à la grenade à sept flammes.

Le lendemain, le Chinois amateur d'opium lui apporte une bouteille de bière, brassée au sud et travaillée au fiel de bœuf.

— Je vais en boire un peu tout de suite, se propose le Normand.

La première goulée, bue à même la bouteille fraîche, a un goût délicatement amer.

— Bon sang, que c'est bon quand on n'en a pas bu depuis longtemps, se dit le commando en dégustant l'instant.

Puis, soudain, le grand corps se cabre, se convulse et vomit. Alertée, Mme Bauer, infirmière en chef et épouse d'un capitaine des G.C.M.A., approche du lit. Sa mine inquiète se transforme en masque furieux lorsqu'elle découvre la bouteille de bière entamée.

— Ça, c'est malin ! Espèce de tête de mule, tu tiens à crever ? lâche-t-elle d'une voix de commandement, mais sans hausser le ton.

Le Chinois vient nettoyer le lit souillé, silencieux. Le marin pris en faute s'endort, vaincu par la douleur.

La faim devient de plus en plus difficile à endurer.

— Je ne dois plus peser très lourd, suppute l'opéré en tentant d'évaluer les atteintes du jeûne forcé sur son organisme délabré, je serais curieux de me peser, pour voir...

Infatigables, les infirmières du service chirurgie passent toutes les heures, jour et nuit, près du lit du marin pour humecter ses lèvres d'un tampon frais.

— Vous auriez pu vraiment vous tuer avec votre saleté de bière, lui apprend la femme du capitaine commando, il faut être plus patient, mon grand, très patient même...

Malgré les sérieuses réserves émises par le commandant Hallitre, la jambe du second-maître semble résister à la gangrène. Chaque jour, à l'heure des pansements, le commando se redresse de son mieux sur son lit pour essayer de voir les horribles plaies serrées dans une gouttière et ne cesse ses efforts douloureux que lorsqu'on lui annonce qu'on ne l'amputera pas.

Une semaine et demie passe ainsi en soins toujours renouvelés, triste routine, jours morts au cours desquels des faits insignifiants prennent des allures de catastrophes ou de formidables bouffées de joie.

— Vous avez de la visite, annonce au colosse affamé une infirmière vietnamienne, petite, jolie et toujours souriante.

Ses trois compagnons de combat, Prudhomme — la Chouette — Thiébaut, toujours aussi enveloppé et Studer, sec comme une lame de dague, sont là, souriants, presque timides autour de son lit.

— Alors, grand, lâche Prudhomme pour briser le silence, on se paie de bonnes vacances ? C'est pas bien de nous laisser faire la guerre tout seuls...

La guerre oubliée est là, soudain palpable. Le blessé, avide de nouvelles, se la fait raconter par le menu. Les commandos rentrent d'une énorme opération, baptisée « Camargue » et qui s'est déroulée pendant plus d'une semaine dans la région de Quang-Tri. Les trois compagnons de Pihan en disent ce qu'ils ont vécu, avec des mots sobres.

— Tiens, tranche Prudhomme, on t'a apporté du Quinquina, il paraît que c'est un bon remontant...

Le blessé glisse la bouteille discrètement dans sa table de nuit. Mme Bauer, qui surveillait le trio de bérets-verts depuis son arrivée, bondit vers le lit.

— Donnez-moi ça, tout de suite ! ordonne-t-elle, la mine sévère.

Pihan, penaud, tend la bouteille et l'infirmière s'en empare.

— C'est du Quinquina, madame, plaide Studer, on nous a dit que c'était très bon pour les malades...

La femme du capitaine s'emporte.

— Mais vous voulez le tuer votre ami. Votre Quinquina, c'est surtout du Saint-Raphaël, et pour moi ce n'est rien d'autre que de l'apéritif, et du fort encore...

L'infirmière à qui rien n'échappe s'éloigne après avoir promis de rendre la bouteille confisquée au Normand à sa sortie de l'hôpital. Les trois commandos repartent, laissant leur compagnon mariner dans l'impatience de les rejoindre au combat.

— Vous allez bientôt nous quitter, annonce le commandant Hallitre à son patient, vous êtes maintenant tout à fait sorti d'affaire. C'est un vrai miracle, vous savez...

Pihan se lève en titubant, fou d'espoir, et demande qu'on le pèse.

— Pas possible, rugit-il, soixante et un kilos, j'en ai perdu plus de trente en dix-neuf jours. C'est bien fini le quintal...

Accablé par la révélation, le Normand regagne son lit en attendant le moment de quitter l'hôpital. A l'heure du départ, Mme Bauer est là, souriante, et lui rend la bouteille de Saint-Raphaël.

— Vous pourrez la boire bientôt, plaisante-t-elle, mais tout doucement.

— Gardez-la, madame, lui répond le convalescent allongé sur un brancard, je ne sais comment vous remercier pour tout ce...

L'infirmière, émue elle aussi, arrête net les remerciements maladroits du second-maître et l'accompagne jusqu'à une ambulance qui gagne l'aérodrome de Tourane sur lequel attend un avion d'évacuation sanitaire.

L'appareil, encombré de civières, se pose au bout de deux bonnes heures de vol sur la piste de Tan Son Nut, à l'ouest de Saigon. Le marin est remis dans une ambulance et se retrouve à nouveau sur un lit de malade à l'hôpital 415 de la capitale cochinchinoise.

Les semaines de convalescence s'écoulent, monotones, insupportables pour le commando qui se tient au courant des actions de combat de ses compagnons du commando « Jaubert ».

— Mais, bon sang, se lamente le commando qui a repris une douzaine de kilos, quand est-ce qu'on me débarrassera de ces foutus pansements... Je ressemble à une momie, c'est plus une vie...

Suivant à la lettre les conseils des médecins de l'hôpital, le second-maître est bientôt en état de quitter Saigon et de retourner au Cap-Saint-Jacques.

— Je vais vous envoyer en repos à Dalat, lui propose le médecin des commandos, un officier breton du nom de Penaneac'h, vous y serez très bien...

Pihan sursaute et lâche :

— Je ne veux pas aller à Dalat, je voudrais...

— Je vois, coupe le médecin, vous voulez être rapatrié, c'est bon...

Pihan accuse le coup et balbutie :

— Ce n'est pas juste, je veux rester en Indochine, ça fait assez longtemps que je me soigne, plaide-t-il, dans deux mois au plus, je serais en pleine forme... Vous verrez.

Le médecin, connaissant la constitution exceptionnelle de son patient, accepte de le garder en repos au Cap. Le second-maître couvert de pansements s'installe au cantonnement des officiers mariniers, au Refoulement.

— Je ne vais tout de même pas jouer éternellement les touristes, regrette le blessé en se rendant utile autant qu'il le peut, surveillant surtout les doris du commando « Jaubert ».

Les jours passent, rythmés par les désagréables corvées de pansements. Le jour vient enfin où le commando peut s'en passer, ne conservant que de minces plaquettes de gaze fine sur ses plaies, collées par des bandes de sparadrap.

— Je pèse maintenant quatre-vingt-dix kilos, c'est le bon poids, jubile le Normand au bout de deux mois de repos, je vais pouvoir retourner en opérations...

« Le Quintal » ne peut rester inactif et veille sur l’entretien des doris de « Jaubert ».

25

LA MINE

Une armada grise, formée du tender d'aviation *Paul-Goffeny,* du *Robert-Giraud* son sister-ship, du L.S.T. *Foudre,* du *Chamois* et de l'*Ardent,* met en panne dans la nuit du 8 au 9 octobre 1953 au large de la lagune de Tuyet-Diem, en Annam, un pays de salines situé à quatre cents kilomètres à vol d'oiseau au nord du Cap-Saint-Jacques, à trois cents kilomètres au sud de Tourane et vingt kilomètres au nord-est de Song-Cau.

Massés à bord des tenders et de la *Foudre,* les commandos « Jaubert », « De Montfort », « Ouragan » et les groupes mobiles de supplétifs de Tourane et Cu-Lao-Re sont prêts à débarquer à l'aube pour détruire la batellerie rebelle de la région et saboter les installations des salines, capitales pour le Viêt-minh, le sel étant en Indochine une formidable monnaie d'échange.

Pihan, marchant avec une canne, est à bord du *Paul-Goffeny.*

— Commandant, demande-t-il au lieutenant de vaisseau Biart, est-ce que je peux débarquer avec vous ? Je me sens bien, vous savez...

L'officier de marine toise son colossal second-maître, véritable défi à toute logique médicale, lui sourit, mais refuse de le laisser repartir au combat.

— Tu débarqueras un peu plus tard, accorde-t-il tout de

Remorqués jusqu'aux approches des plages de débarquement les doris des commandos tracent leur route d'écume dans la mer de Chine.

même. Comme ça, tu pourras un peu te dégourdir les jambes.

Le Normand, déçu, regarde les engins chargés de ses compagnons qui filent vers la côte d'Annam perdue dans les brumes matinales. Il est six heures. La flottille basse sur l'eau n'offre plus au regard du convalescent qu'une mince ligne, puis disparaît tout à fait.

— Ils ont débarqué dans la rade, suppose le commando en voyant la lame acérée de l'*Ardent* se perdre elle aussi dans le goulet de la profonde lagune.

Le corps de débarquement du *Paul-Goffeny* reçoit l'ordre de gagner la terre à son tour. Pihan, sans arme, coiffé de son béret vert, se mêle au mouvement.

L'élément du tender beatche sur les traces des commandos. Quatre jonques coulent, éventrées, à leur embarcadère, des nuages de fumée montent dans le ciel, vers l'ouest et des avions Bearcats de l'Aéronavale piquent, mitraillent, remontent en chandelle et se remettent en vol d'attente, haut au-dessus du site investi.

Les marins du *Paul-Goffeny* reçoivent l'ordre de progresser rapidement pour épauler le mouvement des commandos et se placer en bouclage. Pihan ne peut suivre la grosse section et se retrouve seul sur le bord de la lagune.

Appuyé sur sa canne de bambou plantée dans le sable bouleversé, le Normand essaye de deviner où se trouvent exactement les hommes de son commando. Il découvre bientôt quelques silhouettes familières en chapeau de brousse, aux approches d'un village de paillotes basses et se dirige vers elles.

— Ce doit être le P.C. du pacha, se dit-il en reconnaissant de loin le quartier-maître Sédit, le radio du lieutenant de vaisseau Biart, affairé près de son poste S.C.R. 300 à la grande antenne déployée.

Le Normand claudique encore sur trois cents mètres.

— Qu'est-ce que vous faites là, chef ? lui demande Sédit, éberlué.

— Je viens en touriste, lui répond Pihan, goguenard. Où sont les autres ?

Le radio indique d'un geste vague le fond de la lagune. Quelques échos de rafales courent au ras du sable salé.

— Viens, on va voir ce qui se passe, décide soudain Pihan.

Énervé comme un chien de chasse longtemps privé de traque, le béret-vert se met en route, sans arme, vers le feu. Il rattrape bientôt un élément du commando « De Montfort. »

— Où sont les gars de « Jaubert » ? demande-t-il à un voltigeur en sueur.

L'homme, armé d'une mitraillette Mat 49, hausse les épaules en montrant de la main gauche un village perdu dans les alignements des salines brillantes, droit devant lui.

— J'en sais rien, lâche-t-il, mais comme on va par là, ils y sont peut-être...

Pihan arrête de marcher et hésite un instant sur la route à suivre. Les avions de l'Aéronavale, rameutés par les pachas des commandos, repiquent vers l'intérieur des terres en emballant leurs moteurs.

— Le pacha m'appelle par là-bas, indique Sédit en montrant de la main gauche un groupe de cagnas plantées sous des cocotiers, à trois cents mètres de là.

— Je vais avec toi, décide le second-maître en emboîtant le pas du jeune quartier-maître chargé de son poste.

Les deux hommes, progressant avec quelques isolés de « Montfort », approchent d'un petit village à toits bruns. Des rafales crépitent bien au-delà, des formes courent, courbées entre les cocotiers penchés dans le sens des vents dominants.

— Ça chauffe, constate tout simplement le Normand, en accélérant l'allure pour suivre le rythme du petit groupe et se maintenir, difficilement, derrière Sédit.

Les commandos de « Montfort » bifurquent sur la droite, Pihan et le radio sont à nouveau seuls.

— Le pacha doit être par là, suppose Sédit en indiquant d'un bras les dernières cagnas du village tout proche.

Les deux hommes parcourent encore une dizaine de

mètres. Soudain, une explosion déchirante couvre les rafales lointaines. Pihan est projeté à deux mètres en l'air dans un éblouissement de lumière et retombe, étourdi, dans le sable ravagé.

— Sale coup, se dit-il en distinguant la forme tassée de Sédit à quelques mètres de lui, c'est une saloperie de mine...

Les marins de « Montfort », alertés par le vacarme, reviennent vers les deux hommes assis.

— Je n'ai rien, jubile le Normand en s'ébrouant pour débarrasser sa veste camouflée du sable qui la recouvre, j'ai une sacrée chance !

Sédit est sonné. Hébété, il ne semble pas très bien réaliser ce qui vient de lui arriver. Pihan veut se remettre sur pied mais sa jambe droite se dérobe sous lui.

— C'est pas vrai, rugit l'officier marinier, j'en ai encore pris un coup...

Pestant contre la malchance qui s'acharne sur lui, le Normand tâte tout doucement sa ranger droite, éventrée, d'où suinte du sang chaud. Un quartier-maître de « Montfort » l'empoigne et l'aide à se tenir assis pendant que son chef, le maître Laffont, une petite boule de muscles nerveux, passe un message radio au commandant Biart.

— Deux blessés par mine à « Jaubert », annonce-t-il d'une voix neutre, quartier-maître Sédit et second-maître Pihan.

Le Normand reconnaît la voix du pacha de « Jaubert » dans les grésillements de la mauvaise réception du poste.

— Quoi, Pihan ? éructe-t-elle, encore lui...

Le malchanceux évalue au mieux les dégâts causés par l'engin viêt-minh.

— Je dois avoir le pied éclaté, conclut-il en attendant qu'on le ramène vers la lagune.

Sédit, les jambes criblées lui aussi, ne bouge pas, choqué. Les deux hommes sont vite pris en charge par un L.C.V.P. et bientôt hissés sur le L.S.T. *Foudre*. Le médecin de première classe Le Sam examine les criblages de petits éclats qui montent jusqu'aux cuisses de Pihan.

— Ce ne sera pas trop grave, annonce-t-il à ce dernier en

souriant, tu as le pied salement ouvert mais si tu avais porté des pataugas au lieu de tes rangers de cuir, tu n'aurais sans doute plus de pied du tout. Tu as eu de la chance...

Le second-maître accuse le choc :

— C'est ça, se dit-il, j'ai eu de la chance ! Et juste au moment où je commençais à retrouver la forme !

Le L.S.T. *Foudre* est équipé d'une infirmerie modèle qui permet de soigner les blessés à son bord.

— Je vais te garder ici, annonce Le Sam au commando malchanceux. Mais gare à l'infection, avec tout ce que tu as subi jusqu'ici, il vaut mieux se méfier...

Pihan se sent envahi par la fièvre quelques heures après l'explosion de la mine. Son cœur bat la chamade sur un rythme fou. Le médecin du bord, alerté par un infirmier, se penche sur lui, visiblement très inquiet. Il réfléchit un instant, se relève et prend un nécessaire à piqûres.

Le blessé sent l'aiguille fine, habilement dirigée par la main du praticien, qui pénètre dans le pli de son aine gauche. Tout de suite après la brûlure du produit administré, il retrouve son tonus d'avant la blessure.

— Tu me sers de cobaye, lui avoue alors le médecin, c'est la toute première fois que je fais une injection de novocaïne dans l'artère fémorale...

Le Normand esquisse une grimace.

— Au point où j'en suis, se dit-il tandis que le docteur s'éloigne, je ne risque plus grand-chose...

Les plaies de son pied se cicatrisent vite et, confortablement installé dans l'infirmerie du navire, le commando reprend goût à la vie.

La *Foudre* et les autres bâtiments de la force de débarquement croisent toujours au large des côtes d'Annam sur lesquelles les commandos lancent un nouveau coup de main, le 15 octobre 1953, dans la région de Than-Hoa, à cinquante kilomètres au sud de Ninh-Binh.

— Cette fois, pas question de descendre à terre, regrette le blessé en apprenant que l'opération, baptisée « Pélican », a pour but de harceler la division viêt-minh n° 304 dans le cadre d'une action d'envergure portant le joli nom de « Mouette ».

Les commandos redescendent au Cap-Saint-Jacques après ce dernier raid. Pihan, presque guéri de son pied, souffre toujours des séquelles de son éventration par les pals de bambous. Il dissimule au mieux ses peines pour éviter le rapatriement et, le 5 novembre 1953, fête ses vingt-deux ans avec trois de ses compagnons, dans le nouveau restaurant de Vitamine, plus grand que l'ancien et surtout bien mieux placé, tout de suite à gauche de l'entrée du marché du Cap-Saint-Jacques.

La fête est joyeuse, le repas tire à sa fin. Le colosse, soudain songeur, remue tout doucement sa cuillère dans sa tasse de café. Devant lui, dans un seau à champagne, nage, goulot renversé, la dernière bouteille de vin rosé qui a accompagné les crabes farcis de Vitamine.

— Vingt-deux ans, se dit-il, et déjà trop de trous dans la peau. Si ça continue comme cela, ça promet du joli, et puis, poursuit le convalescent, tout à sa rêverie soudaine, il va falloir faire sérieusement attention au chiffre 9, il est toujours présent dans les dates de mes accidents... 9 décembre 1950, 29 mai 1951, 19 juillet 1953, et là, le 9 octobre... Drôle de coïncidence tout de même...

Les quatre officiers mariniers regagnent leur cantonnement du Refoulement. Pihan se couche, la tête un peu lourde.

— Vingt-deux ans, se répète-t-il en cherchant le sommeil, est-ce que c'est jeune ? Vieux ? Je n'en sais vraiment plus rien...

26
BAROUDS D'HONNEUR

Le 25 novembre 1953, le *Paul-Goffeny,* escorté par l'aviso *Chevreuil* et le chasseur 7363, débarque le commando « Jaubert » et une unité de supplétifs à l'embouchure de la rivière Song Doc, dans le golfe du Siam et à l'ouest de Ca-Mau.

Les objectifs assignés aux bérets-verts sont atteints sans opposition. Pihan distingue quelques fuyards qui se perdent au lointain, sur la rive gauche du fleuve côtier, fourmis minuscules dévorées par la platitude du pays humide.

— On dirait qu'ils se moquent pas mal qu'on détruise leurs foutus sampans, grogne le commando convalescent en constatant que le Viêt-minh refuse le combat ouvert.

Trois jours après la réussite du raid, la même flottille mène les commandos à Kinh Cay Me, dans la région insalubre de Tek Sia et, le 2 décembre 1953, à Hon Chong, près du cap de la Table, à soixante kilomètres de la frontière cambodgienne. Le Normand suit le rythme des opérations avec une relative facilité.

— On casse pas mal de matériel, c'est un fait certain, mais les Viêts se défilent toujours, regrette-t-il, déçu, lorsque les hommes du commandant Biart regagnent leur navire porteur.

En deux missions, les bérets-verts laissent derrière eux, éventrés dans la boue des arroyos où pullulent les crocodiles et les serpents, cinquante-quatre jonques et quatre-vingts sampans.

Le 11 décembre 1953, le commando repart en chasse et, cette fois la mission qui lui incombe a tout pour plaire au Normand. Il s'agit en effet de s'infiltrer à une dizaine de kilomètres au cœur de la grande île de Phu-Cuoc, déjà visitée par le commando « François » au début de l'année 1950 et qui étire ses cent kilomètres de végétation échevelée au large de Kampot au Cambodge et Ha Tyen en Cochinchine.

Pihan et ses compagnons débarquent dans la petite baie de Cua Can, un peu après six heures du matin. Des supplétifs de Duong Dong, la seule ville importante de l'île, éclairent la marche des commandos dans le dédale de la jungle épaisse. Il fait tiède.

— On ne voit pas à dix mètres autour de soi, constate le Normand en marchant difficilement derrière un indigène qui taille sa route à volées de coupe-coupe sans avoir besoin de boussole.

La forêt déserte résonne de milliers de cris d'oiseaux et d'étranges miaulements aigres.

— Ce sont les singes, explique le guide de Pihan, il y en a beaucoup par ici...

Le bruit de moteurs de deux *Gruman Goose*, hydravions bi-moteurs de l'Aéronavale qui appuient l'opération, traverse à peine le rideau de verdure. La colonne de bérets-verts avance en longue ligne sinueuse dans une semi-obscurité étouffante.

Soudain, les guides paraissent nerveux et n'avancent plus que par à-coups.

— Les Viêts ne doivent plus être bien loin, espère Pihan, aux aguets.

Les commandos, oppressés par la jungle, ne parlent pas. En sueur, ils fixent l'écran vert sombre des arbres d'où peut venir la mort. Les guides arrêtent la progression. Le silence devient intolérable. Le pacha vérifie l'avance de son unité sur la carte. Pihan, l'arme braquée vers l'inconnu menaçant, attend.

Des rafales, étouffées par la masse de feuilles et de paquets de lianes résonnent, brisant le mystère.

— Ce sont les gars de « Montfort » qui accrochent, souffle

A peine entrouverte, la jungle se referme au passage des commandos.

le Normand au voltigeur qui le suit. Ils ont de la chance !

Le quartier-maître, tendu, sourit à son chef sans répondre. Les guides, soulagés par l'ouverture du feu, reprennent la progression. Le vacarme meurt au bout de quelques minutes. Un guide se plaque soudain au ras d'un gros tronc d'arbre qui fait bien vingt fois l'épaisseur de son corps et, sans parler, indique du bras l'entrée d'une clairière : le camp viêtminh est là. Les commandos s'infiltrent dans les entrelacs serrés pour prendre les rebelles en tenaille. Des rafales accueillent les premiers voltigeurs. La riposte est violente. Les oiseaux reprennent leur essor, affolés, tout en haut des grands arbres. Les coups de feu résonnent étrangement.

— On a l'impression de se battre dans une cathédrale, se dit Pihan en suivant les mouvements d'approche de ses voltigeurs.

Le combat aveugle dure près d'une demi-heure. Les Viêtminhs connaissent le moindre recoin de leur forêt et bondissent, lutins agiles, de point de repli en point de repli.

Les bérets-verts déjouent leurs pièges de feu et se lancent à la traque du groupe en fuite dans le dédale vert dégoulinant d'humidité. Fouetté au visage et aux bras par les lames coupantes de majestueuses hautes fougères, le Normand, essoufflé, devine l'issue de l'engagement.

— Ils vont nous faire courir derrière eux jusqu'à la limite de notre temps, rage le commando en reprenant son souffle. Et, lorsque nous serons obligés de rebrousser chemin, ils vont se défiler tranquillement...

Pourtant, les voltigeurs parviennent à fixer un élément de l'unité ennemie bien commandée. L'accrochage est rude. Deux cadavres ennemis le sanctionnent. Le pacha donne alors l'ordre de revenir vers la mer.

Les guides, haletants, afin d'éviter de tomber dans une embuscade, tracent une route différente pour retrouver la baie de Cua-Can. Les bérets-verts marchent tranquillement pendant plus d'une heure, accompagnés par le concert agaçant des chants d'oiseaux qui a repris.

Des coups de feu claquent soudain au-dessus de la

colonne. Les commandos s'accroupissent à l'unisson aux pieds des plus gros troncs.

— Impossible de voir d'où ça part, grommelle Pihan en effaçant instinctivement la tête dans ses épaules au passage de deux nouveaux coups de feu qui vont se ficher avec un bruit mat dans un arbre proche de lui.

Les guides roulent des yeux fous. Quelques balles égratignent encore l'écorce des arbres et les rebelles invisibles refluent sous la riposte aveugle des fusils-mitrailleurs du commando. Le vacarme des 24/29 s'épuise en échos sourds. Deux prisonniers restent aux mains des commandos sortis indemnes de l'embuscade.

Le silence retombe bientôt sur la jungle, grignoté à nouveau par les oiseaux qui emmêlent leurs chants criards. La mer est toute proche, les commandos poussent devant eux les deux prisonniers aux bras entravés.

Après ce raid sur l'île de Phu Cuoc, le commando « Jaubert » ne participe, tout au long du mois de décembre et la première quinzaine du mois de janvier 1954, qu'à des actions de routine autour du Cap-Saint-Jacques.

Pihan s'est, tout naturellement, occupé des festivités de Noël et du jour de l'An au cantonnement du Refoulement, justifiant une nouvelle fois sa réputation de féroce commerçant et d'organisateur-né.

A la fin du mois de janvier, l'amiral commandant la division navale d'Extrême-Orient hisse sa marque sur le L.S.T. *Foudre* et forme, sous son commandement direct, une véritable armada de conquête, composée de l'aviso-escorteur *Dumont-d'Urville,* du tender d'aviation *Robert-Giraud,* de l'aviso *Commandant-Duboc,* de l'escorteur L'*Inconstant* et de trois autres L.S.T., le *Cheliff,* la *Rance* et le *Golo.*

Cette imposante force croise au large de la presqu'île de Qui Nhon à l'aube du 20 janvier 1954 pour débarquer deux bataillons de parachutistes, un bataillon de tirailleurs et des batteries d'artillerie.

— Tu vas voir, commente Pihan pour un de ses compagnons officiers mariniers du commando juste avant la mise en route de l'opération, nous allons éclairer le paysage pour que tout le monde puisse débarquer tranquillement et sans trop de casse...

Le colosse voit juste : « Jaubert » et « De Montfort » protègent les opérations de mise à terre des bataillons de paras et de tirailleurs. Cette action sur la région de Qui Nhon est lancée dans le cadre du mouvement d'ensemble « Atlante » monté par le général Navarre.

Pihan et ses compagnons lancent plusieurs coups de main pour tâter les forces viêt-minhs bien implantées à nouveau dans une région déjà plus de vingt fois traitée par les commandos. La résistance habile des rebelles retarde tellement le déroulement de l'affaire que l'action capitale, dirigée sur Qui Nhon, initialement prévue pour le 6 mars, ne peut être entamée que le 13.

Pour cette deuxième phase de l'opération, la marque de l'amiral commandant la D.N.E.O. est frappée sur le *Dumont-d'Urville* et l'aviso-escorteur *Francis-Garnier* est venu grossir l'armada de protection du débarquement qui comprend aussi trois petits cargos civils réquisitionnés, la *Gascogne,* l'*Espérance,* et le *Saint-Michel,* chargés d'un matériel impressionnant.

Le mouvement inversé des moussons produit une dépression très forte, le temps est épouvantable lorsque, le 13 mars, les commandos débarquent les premiers dans la tourmente, à Phuoc Mai, pour y installer une tête de pont.

Les bérets-verts des lieutenants de vaisseau Gouva et Daubé, qui ont respectivement remplacé leurs homologues Biart et Collet aux commandements de « Jaubert » et « De Montfort », prennent leurs objectifs en un temps record, presque sans pertes.

— La machine est bien rodée, constate avec plaisir Pihan qui apprécie l'efficacité des coups de mains.

Quelques prisonniers viêt-minhs sont regroupés sur la plage piétinée par plus de cinq cents coolies « P.I.M. », trottant menu et chargés de matériel de toutes sortes, qui font d'inlassables allers et retours des barges aux entrepôts provisoires agencés par les soldats du Génie et du Train.

Le colonel Sagonne débarque un peu avant la mi-journée au milieu de toute la pagaille pour prendre le commandement de la manœuvre.

C'est sur une plage comme celle-ci que tout commence et parfois se termine.

Pihan écarquille les yeux devant l'ampleur des moyens mis en œuvre pour cette phase de l'opération « Atlante », baptisée « Axelle ».

— On dirait bien qu'ils ont la ferme intention d'installer une grande base dans le coin, suppose le Normand étonné.

Les commandos lancent encore quelques coups de main fructueux pendant la journée du 14 mars, dans des conditions atmosphériques de plus en plus détestables qui ralentissent la progression de deux groupements mobiles terrestres partis de la région de Nha-Trang.

Pendant ce temps-là, Giap lance ses divisions 308, 312 et 316, à l'attaque de la longue base de Diên Biên Phu, inversant, comme la mousson du sud-est le fait pour le temps, le cours de la guerre. La phase finale de l'opération « Atlante » est ajournée, l'armada de l'amiral se disloque.

Pihan débarque à nouveau, le 24 mars 1954, dans le secteur de Qui-Nhon repris par l'ennemi.

— Tout est toujours à refaire dans cette guerre, conclut le Normand à l'issue des accrochages où le Viêt-minh a laissé quinze morts.

Le mois d'avril passe dans l'attente des nouvelles de Diên Biên Phu, qui ne sont pas bonnes. Le 7 mai 1954 sonne le glas de ce qui reste du camp retranché.

Pihan accuse durement le coup, comme tous ses compagnons de « Jaubert ».

— On aurait pu au moins nous envoyer là-bas, regrette le colosse attristé par la nouvelle de la chute définitive de la base de l'ouest. C'était notre vraie place à tous, avec les parachutistes et les légionnaires...

Le Normand ravale ses regrets en débarquant le 27 mai à Han Hoa, toujours en Annam, mais le bilan, vingt-cinq tués et dix-sept prisonniers, ne fait pas oublier la défaite générale qui se dessine.

Le lieutenant de vaisseau Gouva relance ses hommes trois jours plus tard à l'assaut d'une base rebelle dans la presqu'île de Phuoc Tien.

Le Normand et ses compagnons se retrouvent devant un village fortifié qui crache le feu. Un commando du groupe mobile d'intervention du centre-Viêt-nam prend les points de feu en tenaille. Les bérets-verts pénètrent facilement dans le réduit. Pihan oublie aussitôt tous les revers actuels de la guerre pour ne vivre que l'instant qui force le Viêt-minh à rompre le combat et à s'enfuir en abandonnant aux mains des commandos vingt prisonniers apeurés regroupés autour de trente cadavres retrouvés dans le village investi. Trois marins se font panser, un peu à l'écart du regroupement.

— La guerre n'est peut-être pas finie, se réjouit le Normand en repartant à nouveau au combat le 3 juin, au cap Ban Tan, en face de l'île de Cu Lao Re.

Le commando boucle la pointe de Nam Tram.

— Il y a un poste de guet important par là-bas, indique un supplétif du G.M.I. au grand second-maître. On peut l'avoir, chef !

Pihan dévore du regard la position à investir. Le terrain, vallonné, se prête bien à la pénétration furtive. Les sections du commandant Gouva s'articulent souplement le long des ravines noyées sous la pluie. La progression est lente mais parfaitement silencieuse.

— On les tient, gronde Pihan, transpercé d'eau. Plus que trois cents mètres...

La mer toute proche bat le pied des hautes falaises, repaires du Viêt-minh. Les bérets-verts approchent encore de leur objectif écrasé sous la pluie. L'accrochage éclate alors que les premiers voltigeurs ne sont plus qu'à trente mètres du poste de guet. Pihan ajuste un rebelle, qui s'est un instant découpé au sommet d'un rocher, d'une balle de sa carabine U.S. Le combat ne dure pas longtemps. Les Viêt-minhs, piégés à revers, perdent vingt-cinq hommes. Il ne reste bientôt plus dans les décombres de leur poste que trois rescapés aux yeux fous.

Le commando redescend vers la mer par des chemins de chèvres, détruisant après l'avoir franchie une passerelle en pont de singe large et faisant sauter sept jonques abritées dans une crique sombre.

Les opérations se poursuivent à bon rythme, toutes couronnées de succès. C'est pourquoi les bérets-verts reçoivent comme un coup de massue l'annonce de la signature de l'armistice, à Genève, le 20 juillet 1954.

Le Normand prend la chose comme une insulte personnelle.

— C'était vraiment pas la peine de nous faire faire tout ça, se dit-il, choqué, presque assommé, écœuré.

Le cessez-le-feu entre en vigueur le 27 juillet au Nord-Viêt-nam, le 1er août au centre et le 2 du même mois au sud du pays.

Malgré les soins constants dont il a été l'objet au long des mois, affaibli par le rythme des débarquements en Annam et dans le golfe du Siam, miné par les fièvres, souffrant à nouveau de sa jambe droite, le Normand est obligé de rester au Cap-Saint-Jacques lorsque, en septembre 1954, le commando « Jaubert » va s'installer à l'île Tagne pour y instruire les commandos vietnamiens.

— Et voilà, je me retrouve paperassier, regrette le colosse miné par la douleur en s'attelant à la tâche peu enthousiasmante de la tenue à jour des cahiers de mouvements et de rations de la base arrière des commandos. De toute façon, ajoute-t-il, philosophe, la guerre est bien terminée, alors, faire ça ou autre chose...

Un paquebot soviétique vient mouiller au large du Cap-Saint-Jacques, bondé de prisonniers libérés par le Viêt-minh vainqueur. Le Normand monte plusieurs fois à bord du navire avec le second-maître Kurowski qui se débrouille très bien en russe.

Les deux commandos aident à accueillir des tirailleurs sénégalais et nord-africains, pour la plupart dans un état lamentable malgré leur apparence propre, qui sont échangés sans cérémonies contre des cadres du Viêt-minh retirés du bagne de l'île de Poulo-Condor.

— Maintenant on voit bien contre qui on faisait la guerre, souffle le Normand rageur en détaillant les faces fermées de quelques officiers russes qui tranchent au milieu de commissaires politiques et d'officiers galonnés d'étoiles et harnachés de cuir neuf, hautains, cassants et qui semblent avoir, une fois pour toutes, rivé sur leurs faces suffisantes un sourire glacé.

Les échanges humiliants, tatillons quant au quota à respecter, traînent sans trop d'histoires. Pihan n'a plus le moral, la déchéance des prisonniers revenus de l'enfer des camps du nord achève de l'abattre et il rentre en France, amer, à bord du *Pasteur* qui n'a sans doute jamais été aussi chargé de sa déjà longue carrière de transport de troupes.

Le Cap-Saint-Jacques coule dans la brume sur l'arrière tribord du paquebot. Le Normand laisse longtemps traîner son regard embué sur les lambeaux flous de son Indochine abandonnée.

Une église, imprécise, massacrée, isolée dans les rizières tonkinoises, s'impose à ses pensées. Il voit soudain défiler, un à un, fantômes inoubliables, les visages de tous ses compagnons morts à Ninh-Binh et en captivité.

— Ils sont morts pour quoi ? se demande-t-il une nouvelle fois en fixant le sillage large du bateau. Pour qui ?

Des mouettes crient dans le ciel, lui apportant la seule réponse possible à ses douloureuses questions.

ÉPILOGUE

LE COMMANDO APRÈS L'ENFER

Pierre Pihan, remis de ses attaques de fièvre et des séquelles de ses blessures, essaie d'oublier la guerre. Il se marie, à Bordeaux, le 21 avril 1955, avec Aurore, la sœur de Diaz, sa marraine de guerre de 1948.

Il est affecté à la compagnie de garde de Toulon, sous les ordres de l'officier des équipages Colmay, celui qui l'avait reçu au centre Siroco. Le Quintal n'a pas le temps de s'ennuyer, il fait du sport malgré ses blessures, des rondes sur tous les points sensibles de la région maritime susceptibles d'être pris pour cibles par le F.L.N. très actif. Le personnel de la compagnie de garde est formé d'appelés, d'engagés en fin de lien, et encadré d'anciens d'Indochine comme Pihan et Vancoteren. Parmi ses hommes, le Normand repère tout de suite un jeune rapatrié d'Extrême-Orient, un écorché vif toujours en mouvement, indiscipliné mais bon cœur. Pihan s'attache au chien fou, le comprend et le veille jusqu'à son dernier jour de service.

— Et maintenant, lui demande-t-il, qu'est-ce que tu comptes faire ?

Les yeux vifs et intelligents du matelot en rupture de contrat lancent des éclairs.

— Moi, assure-t-il, conquérant, je vais faire du cinéma...

Quelques mois plus tard, le nom d'Alain Delon se lit sur des affiches placardées sur les murs de Toulon. Pihan, sa femme et Leresteux vont voir *Quand la femme s'en mêle.*

L'auteur alors qu'il était, à dix-huit ans, tireur au fusil-mitrailleur au commando « Jaubert ».

— Il avait raison, le bougre de têtu, dit le Normand à la sortie de la salle comble, on dirait qu'il est bien parti pour réussir...

Le second-maître aime que les gens aillent au bout de leurs possibilités, même de leurs rêves les plus fous et la belle réussite de son ancien matelot rebelle à toute forme de discipline aveugle lui plaît.

Les mois s'écoulent, en gardes d'honneur, en patrouilles, en protection de l'amiral Barjot et, au bout de trois ans de compagnie de garde sous les ordres de Colmay, le commando décide de repartir au combat, en Algérie.

Il embarque une nouvelle fois au commando « Jaubert » et retrouve de nombreux anciens d'Indochine, l'inévitable Leresteux, Gras, Bonnot, un quartier-maître cité à « De Montfort », Jansen, Caroff, et le maître Branche et Guillerm, deux de ses instructeurs au stage commando de 1949.

La guerre d'Algérie n'est pas comparable aux actions d'Indochine. « Jaubert » est affecté à la demi-brigade de fusiliers marins créée par Ponchardier et maintenant commandée par le capitaine de vaisseau Guyon, un ancien du R.B.F.M. des combats de la Libération. Les bérets-verts grenouillent à la frontière marocaine, dans la région de Nemours, sous les ordres du lieutenant de vaisseau Costagliola, sur les traces des maigres éléments du F.L.N. qui survivent encore dans la région étalée au pied des monts de Tlemcen. De petits accrochages en petites escarmouches, le commando « Jaubert » aide à réduire, un à un, les derniers points de force de la rébellion.

Le 13 mai 1958 retentit comme un coup de tonnerre. La Marine, toujours prudente et profondément attachée aux notions républicaines, ne bronche pas aux échos d'Alger. Pihan vit l'événement intensément et observe un groupe de ses compagnons qui fomentent une sorte de complot à l'intérieur du commando. Parmi eux, le second-maître Maurice Montjaux, un soldat acharné à pousser à l'extrême sa passion de la guerre. Fleury, un tout jeune matelot aux yeux bleus, a fait de faux ordres de mission pour les seize conjurés.

— Maurice, s'informe le Quintal, qu'est-ce que tu comptes vraiment faire ?

Le sous-officier catalan, à l'accent chantant et ensoleillé, plante son regard noir dans les yeux du Quintal.

— On a un G.M.C. de la D.B.F.M., on fout le camp sur Alger si rien ne bouge par ici... On va chez Massu...

L'affaire est dénoncée par un des candidats au voyage. Le lieutenant de vaisseau Castagliola se fait remettre les documents falsifiés mais ne sévit pas car la Marine suit maintenant le mouvement d'Alger. Le général de Gaulle rallie tous les suffrages.

L'enthousiasme submerge les douars autour de Nemours en fête permanente. Les anciens combattants musulmans ressortent leurs décorations aux rubans délavés : la guerre est finie ! Pihan et ses compagnons les plus blasés par les défaites d'Indochine et l'avortement de la victoire d'Égypte, vivent des instants exceptionnels qui balaient de l'esprit du Normand tous les doutes qu'il pouvait avoir quant à l'issue de la guerre d'Algérie.

— Ça fait tout de même rudement chaud au cœur des coups comme ça, admet-il sans fausse pudeur lorsque la population, musulmans et pieds-noirs liés dans le fol espoir de la paix retrouvée, se pressent en foule joyeuse pour écouter les harangues emphatiques des membres du comité de salut public de Nemours.

Le général de Gaulle revient aux affaires. Les commandos poursuivent la traque des rebelles, accrochant quelques bandes qui tentent de franchir le barrage de barbelés courant le long de l'oued Kiss, de Martimprey à Port-Say. Le commando « Jaubert » rentre au repos en France au bout de sept mois de campagne. Pihan décide de suivre le cours de moniteur d'éducation physique de Saint-Mandrier. Couturé, lesté d'éclats qui menacent toujours son cœur, le colosse réussit son pari fou et sort, une nouvelle fois, en bon rang de son cours de six mois.

— Tant qu'à faire, se propose-t-il, autant faire tout ce qu'il y a de mieux dans la spécialité de sako...

Fidèle à sa devise d'aller toujours au bout des choses, le Normand se retrouve à la très dure école des nageurs de combat. Son organisme, pourtant maltraité au cours des années, résiste parfaitement au formidable entraînement des hommes-grenouilles et il rejoint le commando « Hubert » qu'il ne quitte qu'au cours du mois de janvier 1963, pour rejoindre le centre d'essai en vol de Saint-Raphaël. Là, le Quintal retrouve des anciens d'Indochine : Yves Fouillet,

Véritable défi à toutes certitudes médicales, Pierre Pihan, devient nageur de combat puis est affecté au service essai du matériel en vol à Fréjus-Saint-Raphaël.

Quemeneur et Michel Raclet, le capitaine d'armes de la base.

Le travail est passionnant, le colosse saute de tous les types d'avions de l'Aéronavale, par toutes les issues de secours possible.

— Avec ton quintal, si tu passes par là, lui hurle un jour dans le vacarme hurlant son camarade Fouillet en le poussant difficilement dans l'étroite portière de secours d'un appareil, tout le monde devrait pouvoir en faire autant ! Allez, grand, encore un effort...

Pestant contre l'exiguïté de l'ouverture, Pihan réussit à s'éjecter de l'avion à tester. La mer, à six cents mètres en dessous de lui, est bleue, il fait tiède, l'homme oiseau se sent bien. La secousse de l'ouverture commandée de son parachute secoue à peine ses épaules habituées au saut. Manœuvrant ses suspentes pour ne pas tomber dans l'eau, le second-maître, en combinaison de saut d'une blancheur immaculée, heurte de ses semelles de rangers l'herbe chaude de la garrigue de Fréjus-Saint-Raphaël.

Le Normand, qui a déjà participé au tournage du *Jour le plus long* avec le commando « Hubert », tourne un documentaire pour l'Armée : *Évacuation en vol*, avec Fouillet et Quemeneur puis se retrouve un beau jour au fond du port de Cannes pour les besoins de l'émission de Pierre Bellemare et Igor Barrère, « la Caméra invisible ».

— On aura vraiment tout fait, se dit-il, assis tranquillement au fond de l'eau, sous la coque d'un bateau, avec son compère Quemeneur, drôle de truc tout de même...

Sur le bord du quai, Jacques Legras, est en train de pêcher à la ligne au milieu d'un demi-cercle de curieux qui savent bien que, mis à part quelques gobis, il n'y a pas de poissons pêchables dans le port de Cannes. Le comédien à moustaches et lunettes a convenu d'un code avec les deux commandos lestés de leur appareil de plongée « Oxygers » qui, fonctionnant en circuit fermé, ne laisse pas échapper de bulles. A son signal, Pihan attrape un poisson vivant dans un sac et Quemeneur l'accroche à l'hameçon du bateleur. Un coup vif sur le nylon, Legras remonte sa prise. Le manège dure longtemps. Les badauds de plus en plus nombreux se demandent ce qui se passe. Au bout d'une trentaine de poissons, les deux marins émergent et sont aussitôt happés par la foule comme des bêtes curieuses.

Le Normand a tout à fait oublié ses blessures et participe, pendant trois ans, à l'étude de tous les moyens de survie en cas de catastrophe aérienne. Puis il obtient facilement d'être affecté à l'école de plongée de Saint-Mandrier. L'ambiance nerveuse des cours lui plaît. Le temps passe très vite, émaillé de moments privilégiés comme celui de la découverte au large de la presqu'île de Gien d'une galère romaine remplie d'amphores magnifiques et bien conservées, à dix-huit mètres de fond. Il s'agit d'une des plus belles découvertes archéologiques faites en Méditerranée. Les instructeurs de l'école de plongée reçoivent chacun, en remerciement des services officiels, une amphore plombée pour leur permettre de la détenir sans ennuis.

Mais les durs moments existent aussi au long des plongées par tous les temps, dans toutes les eaux, des rives de la Méditerranée au cours du Rhin. Des accidents endeuillent les commandos. Le 21 janvier 1969, au cours d'un exercice de fin de stage dont le but est de faire sauter fictivement des installations du port de Brest et des bateaux dont les gardes ne sont pas avertis de l'opération, deux élèves, le second-maître Perinna et le quartier-maître Bourdin, meurent coincés sous la coque d'un navire, le *Henri-Poincaré*.

A Saint-Mandrier, Pihan et ses compagnons instructeurs s'occupent aussi de la formation de quelques plongeurs civils, sportifs détachés par la fédération des sports subaquatiques et professionnels du travail sous la mer.

— Oh, le Quintal, vient avertir un de ses compagnons alors que le Normand est en train de mouler ses larges formes dans une combinaison de plongée, il y a un gars de « François » qui est là... Il te connaît... Viens vite !

Pihan, perplexe, débouche au milieu d'un groupe animé. Un civil parle avec de grands gestes.

— Oui, c'était dur à « François », on en a bavé... Surtout à...

La voix grave du Normand couvre le registre nerveux du nouveau stagiaire.

— Tu étais à « François » ?

L'homme fixe le colosse et lâche :

— Oui, dans les années 50, pourquoi ?

Pihan détaille les traits de l'inconnu qui n'éveillent aucun souvenir en son esprit.

— Non, souffle-t-il, pour rien...

Le plongeur reprend le cours de sa narration.

— A Ninh-Binh...

Pihan sursaute.

— Oui, lâche l'homme interrompu, j'ai eu de la chance de m'en sortir...

Pihan se sent bouillir mais se contient. Sa voix, rauque, monocorde, questionne à nouveau :

— Tu connais Charlotte ?

Le visage de l'inconnu se fend d'un large sourire :

— Tu parles, si je le connais, il a eu de la chance de revenir des camps viêts avec...

Pihan se demande s'il ne rêve pas et s'il n'a pas oublié l'homme qui poursuit.

— Il était avec Toussaert...

Là, le Quintal n'en peut plus et demande encore des précisions :

— Et Burnichon, tu le connais ?

— Bien sûr, annonce le civil, c'est lui qui est resté coincé dans le clocher pendant des heures et qui s'est même fait tirer dessus par les aviateurs...

— Et Pihan ? lâche alors l'instructeur.

L'homme ne tique pas :

— Tu parles, c'est un de mes meilleurs copains...

Un ange passe, le silence se fait lourd, les témoins de la scène folle redoutent le pire. Pihan serre les poings, son cœur bat, il gronde.

— Eh bien, tu as de la chance car il n'est pas loin, Pihan...

L'inconnu ouvre tout grands les yeux.

— Oui, poursuit le Normand, moi aussi je le connais bien...

La voix rauque se tait, Pihan se rapproche de son élève, le fixe dans les yeux et lâche, les yeux durs :

— C'est moi, Pihan !

Sans attendre la réaction du civil pris en défaut, le Quintal quitte le groupe et retourne terminer son équipement.

Lorsqu'il revient, le civil a disparu. Il ne reparaît pas non plus le lendemain, ni jamais.

Le Normand se sent depuis quelque temps saisi par des douleurs qui mordent sa colonne vertébrale. Il passe visite sur visite tout en continuant son travail à l'école de plongée.

— J'ai trop mal, avoue-t-il un soir à sa femme, je crois que je vais être obligé de tout lâcher...

Le Quintal, aussi enthousiaste qu'au premier jour de son entrée à l'école des mousses, quitte, le cœur gros, la Marine après vingt et un ans, six mois et vingt-quatre jours de service.

Les années passent, le colosse, un peu épaissi, garde le contact avec ses anciens compagnons de combat et de plongée en s'occupant très activement d'une association de nageurs de combat dont il est la cheville ouvrière.

Le samedi 29 mai 1976, il se retrouve, ému, devant les commandos et les compagnies de l'école des fusiliers marins de Lorient, bien alignés, pour commémorer pour la première fois le combat de Ninh-Binh.

Le commandant de l'école des fusiliers, rapatrié de Siroco en 1962, lit le récit succinct de la nuit terrible. Les bérets-verts des commandos « De Montfort », « Jaubert » et « Trepel » écoutent, parfaitement immobiles, la saga de ceux qui se tiennent à la droite du monument au fusilier marin : le commandant Labbens, Mahé, Bothorel, Simon, Mevel, Charlotte, venu de sa Martinique natale, le grand Caroff, Le Louer, Colleter, Pivin, Massebœuf, Ellelouet, Toussaert, Cazeau, Pihan et quelques autres dont Perron et Abjean qui, pudiques, n'ayant pas participé au combat de l'église se tiennent à l'écart mais sont vite ramenés dans le groupe des rescapés par des signes de mains.

Le pacha de l'école, le capitaine de frégate Eliès, maigre, grand, qui a servi en Indochine au commando « De Montfort », lance les mots de sang au ciel, d'une voix qui tremble un peu, sèche. Puis, dans le plus grand silence, les rescapés de l'enfer déposent une gerbe de fleurs enrubannée de bleu-blanc-rouge au pied de la statue du fusilier marin ramenée d'Algérie.

Le commandant Eliès fait présenter les armes. Les mains de ses sakos claquent sec sur les fusils bien alignés. L'appel des morts s'égrène, déchiquetant le silence de traits douloureux. Pihan et ses compagnons, figés, retiennent difficilement leurs larmes. La sonnerie aux morts, déchirante, précède une minute de silence.

Tout tourne autour de Pihan, il n'est plus là, il a tout oublié, le ciel de Bretagne est devenu celui de « là-bas », ses mâchoires tétanisées blanchissent, douloureuses, ses yeux embués ne distinguent plus rien. La voix du commandant Eliès émiette la magie du souvenir :

— Faites reposer les armes !

— C'est ça, murmure Pihan en écho : reposez les armes...

ANNEXES

POURQUOI NINH-BINH ?

Le général viêt-minh Vo Nguyen Giap n'a pas accepté la cuisante défaite de la bataille de Vinh-Yen, qui s'est déroulée du 14 au 17 janvier 1951, au cours de laquelle les vingt-quatre bataillons de réguliers qu'il avait engagés dans l'action ont perdu près de six mille morts et cinq cents prisonniers. Il décide d'attaquer encore, un peu plus à l'est aux marches du delta du fleuve Rouge, dans la région montagneuse du Dong-Trieu, au nord-ouest d'Haiphong.

Le stratège d'Hô Chi Minh lance, le 23 mars, un mouvement offensif sur le secteur minier de Hongay, espérant sans doute que le haut commandement français dégarnira pour défendre le secteur attaqué les positions clés qu'il convoite et, six jours plus tard, fait déferler les divisions 308, 312 et 316 tout autour de Mao Khé, à trente kilomètres à l'ouest de sa première attaque. De Lattre et ses généraux réagissent brutalement. Les bâtiments de la Marine montent au feu en empruntant le song Da-Bach pour soulager les postes assaillis, l'Aviation et l'Aéro-navale concentrent leur potentiel en appui, le 29 au soir le Viêt-minh piétine. Giap accentue la pression de ses forces au cours de la nuit et réussit à enfoncer un coin dans la défense française en pénétrant dans Mao-Khé-Village. Au petit jour du 30 mars, les éléments d'une division de marche amenée en renfort lancent contre-attaque sur contre-attaque, Giap recule une nouvelle fois sous de furieux tirs d'artillerie qui partent de Dong-Trieu. Le 5 avril, les Viêt-minhs tentent un dernier coup de boutoir plus à l'ouest, sur Dong-Trieu mais échouent encore. Giap a perdu près de huit mille hommes de plus, trois mille tués environ, entre quatre et cinq cents prisonniers, et au moins quatre mille blessés.

Tenace, le général viêt-minh glisse les restes de ses bataillons dans le sud du delta, les divisions 304, 308 et 320 et une dizaine de bataillons régionaux sont bientôt prêts à attaquer le système de défenses de Phu-Ly, Ninh-Binh et Phat-diem, plus au sud.

Les bo-doïs déferlent en force dans la nuit du 28 au 29 mai 1951, réussissent à s'emparer tout de suite des postes de Phu-Ly mais rencontrent le commando « François » placé en sonnette à Ninh-Binh. L'incroyable résistance des hommes de Labbens dérègle le déroulement de l'action bien montée. Elle permet au commandement d'acheminer des renforts importants, d'abord de Nam-Dinh, d'où part tout de suite un bataillon vietnamien en formation et la Dinassaut 3 du capitaine de corvette de Vanssay, composée d'un L.C.I. 102, de quatre L.C.M. et de trois L.C.V.P. Les marins tombent en embuscade sur le Day, au kilomètre 44, mais réussissent à passer sous l'orage, perdant dans l'affaire l'enseigne de vaisseau Fornique.

La nuit suivante, les marins courbent l'échine sous la concentration des canons sans recul et des mortiers viêt-minhs, le commandant de Vanssay est blessé dans l'action.

Le lieutenant de vaisseau Labbens, malgré sa blessure, accompagne les renforts jusqu'à l'église pour tenter de récupérer le matériel abandonné avec des coolies. Les Viêt-minhs attaquent alors à nouveau, bousculant les commandos de Vandenberghe et Fevrier au pied des rochers repris. Le lieutenant Bernard de Lattre de Tassigny meurt sur le piton ouest de la position mais, tout le long de la journée des renforts affluent, descendant du nord. La bataille se fige et meurt presque le 5 juin, le général Giap vient de subir sa troisième défaite sérieuse en quatre mois. Il a perdu, lorsqu'à la fin juin les opérations de ratissage sont terminées, plus de dix mille hommes, ses divisions sont totalement désorganisés.

Les chefs rebelles de l'attaque sur Ninh-Binh ont fait payer très cher aux commandos prisonniers le retard de leur action : au mépris de toutes les lois de la guerre, ils en ont fusillé seize aux pieds des calcaires !

S.P. 61.262, le 27 Mai 1951

FORCES FRANCAISES DU VIETNAM NORD
& ZONE OPERATIONNELLE DU TONKIN
-=-=-=-=-=-=-=-=-=-=-=-=-=-=-
ZONE SUD
-=-=-=-=-
ETAT-MAJOR - 3ème BUREAU
-=-=-=-=-=-=-=-=-=-=-=-
N° 963 /ZS/3/S

SECRET

ORDRE PARTICULIER
++++++++++++++++++

-=:oOo:=-

~~dès sa remise en condition sommaire~~

I - Le Commando de Fusiliers-Marins "FRANCOIS", mis à la disposition du Colonel Commandant la ZONE SUD, sera initialement basé à NINH BINH.

II - MISSION :

Dès sa remise en condition [illegible]

- Contrôler les passages du DAY de jour et de nuit entre VINH CHI et GIAP GIA.
- Effectuer des reconnaissances d'amplitude progressive :
  - a)- sur le DAY, jusqu'à DOAN VI.
  - b)- sur la rivière de PHU NHO QUAN.
  - c)- sur la rivière de NINH BINH.
- Entrer en liaison avec le Commandant du Groupement de "CRABES" basé à GIAN KHAU à l'occasion des reconnaissance "a" et "b" ci-dessus et avec les chefs des postes de NINH BINH pour ce qui touche le paragraphe "c"
- Effectuer des raids avec le DINASSAU III

Le Colonel GAMBIEZ,
Commandant la ZONE SUD,

DESTINATAIRES :

- Cdt. du Commando "FRANCOIS"

COPIE à :

- Cdt. DINASSAU III
- " Groupement de "CRABES"
- " I/6ème R.I.C.
- " Secteur de PHAT DIEM

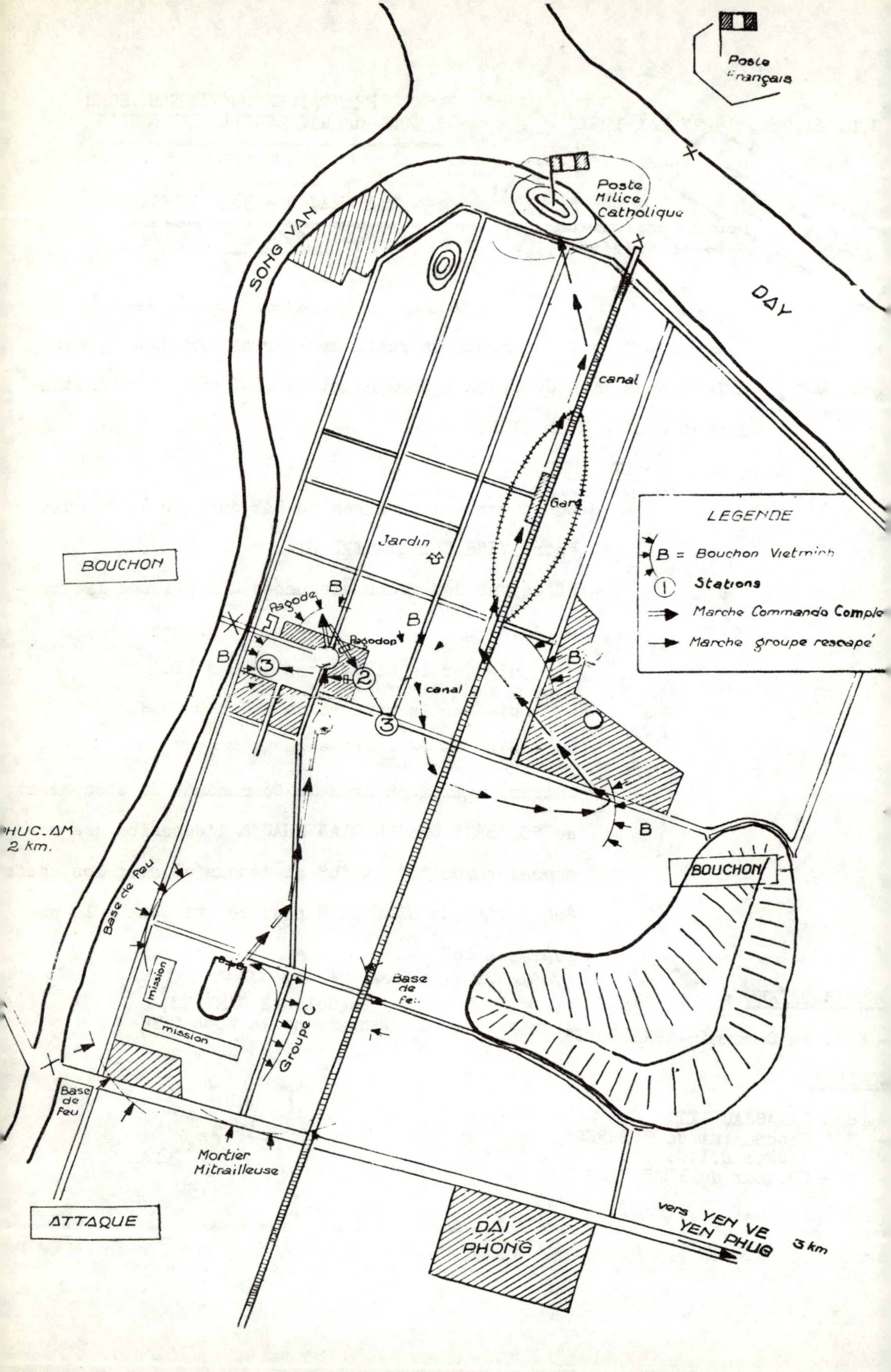

Poste Français
Poste Milice Catholique
SONG VAN
DAY
canal
Gare
LEGENDE
B = Bouchon Vietminh
① Stations
Marche Commando Comple
Marche groupe rescapé
Jardin
BOUCHON
Pagode
Pagodon
B
canal
PHUC-AM 2 km.
BOUCHON
Base de feu
mission
mission
Groupe C
Base de feu
Base de feu
Mortier Mitrailleuse
ATTAQUE
DAI PHONG
vers YEN VE YEN PHUG 3 km

RÔLE DE COMBAT DU COMMANDO « FRANÇOIS » au soir du 28-5-1951

Commandant : Lieutenant de vaisseau LABBENS.
Chef du groupe de commandement : Quartier-maître PIVIN.
Radio : Matelot BRIOT.
Mécanicien : Quartier-maître ELLELOUET.
Infirmier : Matelot LAROTTES DE BANNES.
Groupe de protection : Quartiers-maîtres TOUSSAERT, BIETTE ; matelots MULLER, GAROFARO ; deux Vietnamiens : « BOBOY » et « FRÉDO ».

1re section : Enseigne de vaisseau CAPDEVILLE.

Groupe A : Second-maître MAHÉ Roger ; quartiers-maîtres MASSEBŒUF, CHARLOTTE, YNG, DENIS, BOTHOREL ; matelots FOUCAUD, LE PAUGAM, NICOLAS, COSQUER, PETIT, ROUGEMONT, TURCAS.

Groupe B : Quartiers-maîtres MEVEL, GAGLIERO, PIHAN, MAHÉ Jean, ROGER Raymond, CAMUS, BERGAMO ; matelots BIZET, BAILLY, CAZEAU, ROBERT, HOFFMANN, BERNARD, SEVEN.

2e section : Enseigne de vaisseau LE GOUVELLODE LA PORTE.

Groupe C : Second-maître POULLELAOUEN ; quartiers-maîtres MALLÉCOT, LE CORRE, BURNICHON, HOCHARD, BASSANI Gilbert, TANGUY ; matelots ISNARD, GUYON Robert, BOULIC, GARRIC, QUELENNEC ; ABIVEN.

Groupe D: Second-maître SIMON Marceau; quartiers-maîtres CAROFF, YONGER, HÉRITIER, POUCHET, BARLOY ; matelots BLATTMANN, PAPINAUD, MERLE.

Groupe mortiers: Second-maître SÉVENO ; quartiers-maîtres COLLETER, LE LOUER, COSSO, BALICHARD ; matelots GUILLEVIC, CHEVALIER.

Groupe d'assaut : Second-maître HENRY ; quartiers-maîtres LE HUÉDÉ, CZARNECHI, PY ; matelots GUILLON-COTTARD, VICHNIAKOFF, BOUCHET, BOULIC.

Tués au cours de la nuit du 28 au 29 mai 1951 :

BRIOT, ROGER Raymond, MULLER, SEVEN, MALLÉCOT, HOCHARD, COSSO, GUILLEVIC, CHEVALIER.

Disparus :

FOUCAUD, LE PAUGAM, ROUGEMONT, TURCAS, GAGLIERO, « BOBOY », BASSANI Gilbert, GUYON Robert, BARLOY, BALICHARD, CZARNECHI, VICHNIAKOFF.

Fusillés le matin du 29 mai 1951 :

BERGAMO, BIZET, BAILLY, ROBERT, BIETTE, GAROFARO, POULLELAOUEN, TANGUY, GARRIC, QUELENNEC, HÉRITIER, POUCHET, BLATTMANN, PAPINAUD, MERLE, HENRY.

Morts en captivité :

LE GOUVELLO DE LA PORTE, ISNARD, GUILLON-COTTARD, BOUCHET, ABIVEN, CAMUS, BERNARD, « FRÉDO », PY.

Rescapés du combat :

LABBENS, PIVIN, ELLELOUET, LAROTTES DE BANNES, CAPDEVILLE, MAHÉ Roger, MASSEBŒUF, YNG, DENIS, BOTHOREL, NICOLAS, COSQUER, PETIT, MEVEL, PIHAN, MAHÉ Jean, CAZEAU, HOFFMANN, LE CORRE, BURNICHON, CAROFF, SIMON Marceau, YONGER, SÉVENO.

Libérés des camps viêt-minhs :

CHARLOTTE, TOUSSAERT, COLLETER, LE HUÉDÉ, LE LOUER.

Table

IMPRIMERIE AUBIN, 86240 LIGUGÉ

N° d'édition, 6405 — N° d'impression, L 16602
Première édition, dépôt légal, mai 1983.
Nouvelle édition, dépôt légal, mai 1984

Imprimé en France

I.S.B.N. : 2-246-28841-X